खौलता पंजाब

(बलदेव सिंह धालीवाल की पंजाबी कहानियाँ)

खौलता पंजाब

(बलदेव सिंह धालीवाल की पंजाबी कहानियाँ)

चयन एवं अनुवाद

तरसेम

वाणी प्रकाशन ग्रुप

भारतीय ज्ञानपीठ

वाणी प्रकाशन : भारतीय ज्ञानपीठ की पुस्तकों के एकमात्र प्रकाशक एवं वितरक

Email : sales@vaniprakashan.in

सजिल्द पहला संस्करण : 2024

प्रकाशक
वाणी प्रकाशन ग्रुप
4695, 21-ए, दरियागंज, नयी दिल्ली-110 002
फ़ोन : 011-23273167, 23275710
ईमेल : sales@vaniprakashan.in

ISBN : 978-93-5775-480-4

खौलता पंजाब
(कहानी-संग्रह)
बलदेव सिंह धालीवाल
अनुवाद : तरसेम

KHAULTA PUNJAB
(Collection of Stories)
by Baldev Singh Dhaliwal
Translation : Tarsem

मुद्रक : आर. टेक ऑफ़सेट प्रिंटर्स, दिल्ली-110 032

Price : INR. 395

शब्द की महिमा का
गुणगान करने वाले पंजाब की
बौद्धिक विरासत
के लिए...

भूमिका

गाथा 'खौलते पंजाब' की

बलदेव सिंह धालीवाल पंजाबी के बहुविधायी लेखक हैं। उन्होंने भले ही अपनी साहित्य–यात्रा कविता (उच्चे टिब्बे दी रेत–1982) के रूप में आरम्भ की हो लेकिन जब कहानी की ओर मुडे तब उन्होंने पीछे मुड़कर नहीं देखा। मेरा मतलब है, कहानी के ही होकर रह गये। इस दौरान उन्होंने यात्रा–वृतान्त, आलोचना पर भी बहुत महत्त्वपूर्ण कार्य किया लेकिन कहानी लेखन में भी विशेष रूप से नाम कमाया। धालीवाल का नाम पंजाबी के उन प्रख़्यात साहित्यकारों में शुमार है, जो लिखते तो कम हैं, मगर लिखते बहुत बढ़िया हैं। धालीवाल की अब तक कहानियों की दो पुस्तकें 'ऊपरी हवा' और 'अपने–अपने कारगिल' प्रकाशित हुई हैं। इनकी कहानियों ने पंजाबी कहानी के क्षेत्र में अपनी अलग पहचान को सुदृढ़ किया है।

धालीवाल पंजाबी विश्वविद्यालय, पटियाला से बतौर प्राध्यापक/डीन, अलुमनी रिलेशंस सेवा निवृत्त हुए। अध्यापन के दौरान प्राप्त हुए विभिन्न अनुभवों को उन्होंने अपनी कहानी कला में बाखूबी प्रयोग किया। 'तोता मैना की कहानी' और 'चींटियों की मृत्यु' कहानियाँ शैक्षणिक संस्थाओं में अन्दरूनी–बाहरी राजनीति के चलन पर आधारित हैं। 'चींटियों की मृत्यु' कहानी मैंने हिन्दी में की और साहित्य अकादेमी, नयी दिल्ली की पत्रिका 'समकालीन भारतीय साहित्य' में छपी। वहीं से शुरू हुआ उनकी कहानियों के अनुवाद का सिलसिला।

पंजाब कृषि प्रधान क्षेत्र है। यहाँ बहु–संख्यक लोग कृषि के काम–धन्धों से जुड़े हैं। कृषि के आधुनिकीकरण (हरे इंकलाब) के कारण मुश्किलें–समस्याएँ भी उत्पन्न होती हैं। इन समस्याओं के

बारे में वही आदमी जागरूक रह सकता है जो इस काम–धन्धे की आन्तरिकता को जानता/समझता हो। धालीवाल भले ही प्राध्यापक रहे लेकिन उनका खेतीबाड़ी से जुड़ा हुआ है। उनके बाप–दादा खेती करते रहे हैं। खेतीबाड़ी उनका जद्दी–पुश्ती काम है। इस लिहाज से धालीवाल भी प्रत्यक्ष या अप्रत्यक्ष रूप में कृषि–कार्यों से सम्बन्धित रहे हैं। खेती से जुड़े नये सभ्यचार का उनकी कहानियों में आ जाना स्वाभाविक है। 'कारगिल', 'लक्ष्मणरेखा' आदि कहानियाँ खेती संकट के दरमियान पैदा हुई समस्याओं को बड़ी गम्भीरता से चित्रित करती हैं। कई साल पहले जब यह कहानी पढ़ी तब कहानी में जीवन की जटिल स्थितियों के चलते मैं कई दिन परेशान रहा। कहानी की पायेदारी ने मुझे अनुवाद करने के लिए मजबूर किया। यह कहानी भी 'समकालीन भारतीय साहित्य', 'आधार–शिला' और हिन्दी प्रचारिणी सभा, मुम्बई की पत्रिका 'हिन्दी भाषा' में छपी। उपर्युक्त पत्रिकाओं के ज़रिये भारतीय भाषाओं के पाठकों की सराहना के मद्दे–नज़र मैंने धालीवाल की अन्य कहानियों का पाठ आरम्भ किया। 'कारगिल' कहानी पर आधारित टेलीफिल्म के साथ–साथ 'साडा जग्गो सीर मुक्किया' और 'मिर्ज़ा' नाटक बने जो भारत के विभिन्न क्षेत्रों में मंचित किये गये।

भारत बहु–भाषायी और विभिन्न सभ्याचारों वाला देश है। इसके विभिन्न राज्यों में अलग–अलग बोलियाँ बोली जाती हैं। तमाम बोलियों को जानना व समझना असम्भव–सी बात लगती है। चलो एक बार मान लिया जाये असम्भव नहीं तो मुश्किल ज़रूर है। साहित्य व सभ्यचार का जिज्ञासु व्यक्ति जिस सभ्याचार को जानना चाहता है या तो वहाँ की सम्बन्धित भाषा सीखे अन्यथा अनुवाद के माध्यम से अपनी जिज्ञासा शान्त करे। यूँ कहा जा सकता है कि अनुवाद भाषाओं के दरमियान एक सुदृढ़ सेतु का काम करता है।

अनुवाद दो भिन्न–भिन्न भाषा के बीच विचारों का अदान–प्रदान का एक सशक्त माध्यम है। इसकी सहायता से दो विभिन्न सामाजिक व सांस्कृतिक चुगिर्दे में बोली जाने वाली भाषाओं के बीच सम्बन्ध

स्थापित किया जा सकता है। उस काम में अनुवादक को निपुण साहित्यकार की तरह सृजन प्रक्रिया से होकर गुज़रना होता है। वह यह रचना मूलरूप के लेखक की तरह ही करता है। अनुवाद महज शाब्दिक रूपान्तरण नहीं होता।

मैं पंजाबी और हिन्दी का विद्यार्थी हूँ। मैंने पंजाबी की कुछ महत्त्वपूर्ण पुस्तकों का हिन्दी में अनुवाद किया है। मेरे लिए हिन्दी भाषा दूसरी भारतीय भाषाओं तक पहुँचने का सुदृढ सेतु है। जब मैं ध ाालीवाल की कहानियों का अनुवाद कर रहा था तब मैं हैरान था कि विश्वविद्यालय के एक प्राध्यापक के पास देहात की ठेठ भाषा का शब्द–चयन कैसे है? क्योंकि कहानियों में पंजाब के मालवा क्षेत्र का विलक्षण मुहावरा और वो भी खेती सभ्याचार के साथ जुड़ा हुआ, सामने आता है। मेरे लिए ये कहानियाँ चुनौती के रूप में उजागर हुई। मैंने कहीं पढ़ा था कि अनुवादक जब अनुवाद कर रहा होता है तब वह केवल पाठ की भाषा नहीं बदलता, उस प्रसंग को दूसरी भाषा में अनुवाद करते हुए एक साथ कई बातों, शब्द, वाक्य, कथ्य की प्रकृति, प्रसंग का सभ्यचार और उसकी शैली को भी समझता है। अनुवादक का एक ही लक्ष्य होता है कि मूलपाठ की आत्मा तक पहुँच कर उसे आत्मसात करने का प्रयत्न करता है ताकि अनुवाद करते समय मूलपाठ को क्षति न पहुँचे।

इन कहानियो का अनुवाद करते हुए मुझे जहाँ अथाह ज्ञान की प्राप्ति हुई, नयी शब्दावली के रूबरू हुआ, वहाँ आनन्द की अनुभूति हुई। कहानियों में ठेठ देहाती शब्दों के मद्‌दे नज़र कहीं–कहीं मुझे रुक जाना पड़ा कि हिन्दी समाज में इन शब्दों के संचार में कोई समस्या तो नहीं आयेगी। फिर सोचा क्यों न पाद टिप्पणी दे दी जाये या शब्द के अर्थ कोष्टक में लिख दिये जाये ताकि कहानी समझने में कोई दिक़्क़त न आये।

तभी अचानक मेरे दिमाग़ में हिन्दी की प्रबुद्ध कथाकारा कृष्णा सोबती की बँटबारे पर आधारित कहानी 'सिक्का बदल गया' कौंध गयी और यह कहानी भी पंजाबी पृष्ठभूमि की कहानी है। इसमें लेखिका

ने ठेठ पंजाबी शब्दों का तत्सम रूप में प्रयोग किया है। जैसे शटाला, गँड़ासा, छा वेला (सुबह—सुबह)। कहीं—कहीं तो उसमें पूरे—पूरे वाक्य भी पंजाबी के थे। जैसे 'तैनू भाग लग्गण चन्ना' ओ चाँद तुझे भाग लग जाये।

अब मेरा जो संकोच या झिझक थी वो सर्जन में बदल गयी। मैंने भी ठेठ पंजाबी के शब्द जैसे शूशक, जिसका मतलब है—लड़की के पहला बच्चा होने पर उसके माँ—बाप की ओर से विदायी पर दिया गया दहेज, मूलरूप में रख लिये। यह पंजाबी सभ्याचार में रस्म है। लाहण (घर में निकाली हुई शराब), कम्मी (खेतों में काम करने वाले मज़दूर), घोरड़ू (मरते समय निकलने वाली रुँधी—सी कण्ठ—ध्वनि) आदि ऐसे बहुत सारे शब्द होंगे जो तत्सम रूप में लिये गये हैं। उन्हें पढ़ते हुए कहानी में कोई बाधा उत्पन्न नहीं होगी, ऐसा मेरा विश्वास है।

प्रस्तुत पुस्तक 'खौलता पंजाब' की कहानियाँ जहाँ आपको पंजाब के सभ्याचार, संघर्ष और मानसिकता के बारे में अवगत करायेंगी वहाँ पंजाबी कहानी का विलक्षण स्वभाव भी आप महसूस करेंगे। मैं आशा करता हूँ कि ये कहानियाँ अपनी पठनीयता के चलते आपके हृदय में स्थान पा लेंगी।

अमीन!

—तरसेम

अनुक्रम

कारगिल

निरन्तर घटी दो कहर की घटनाओं ने गाँव का त्राह निकाल दिया था। काश्मीर के कारगिल क्षेत्र में से सूबेदार जोगिन्दर सिंह की लाश आयी को अभी बीस दिन भी नहीं हुए थे कि बराड़ों के रणबीर का सारा परिवार मौत के मुँह में चला गया था। सूबेदार की मृत्यु का दुःख तो सबको था परन्तु आश्चर्य नहीं हुआ था। लोगों के अनुसार फ़ौजी की यह नियति भर्ती वाले दिन ही निश्चित हो जाती है और जंग के दिनों में तो सुबह–शाम ऐसी ख़बर का भय और भी बढ़ जाता है। परन्तु रणबीर के साथ यह कैसी भावी घट गयी थी? यह आश्चर्य भरा प्रश्न शोकग्रस्त इकट्ठ के माथे में टीस बनकर उभरा हुआ था।

रणबीर, उसकी पत्नी बचिन्त कौर, दोनों जवान बेटियाँ दीपाँ और जीताँ और छोटे लड़के प्रीतू की लाशें बराबर बर्फ़ की सिलों पर चादरों के साथ ढकी पड़ी थीं। दाह–संस्कार में देरी होने के कारण चौफेर में बदबू फैलने लग गयी थी। घटना वाली रात तो किसीपड़ोसी को भनक ही नहीं पड़ी थी। अगला सारा दिन पोस्टमार्टम के चक्करमें बीत गया था। ये भी फ़ौजियों के कैप्टन धर्म सिंह, सरपंच गुरमुखसिंह और रणबीर के धर्म भाई बने त्रिलोकचन्द सलूजा की हिम्मत थी कि उन्होंने इलाक़े के एम.एल.ए. ढिल्लों साहिब से सिविल सर्जन कोफ़ोन करवा दिया था। सारी काग़ज़ी कार्रवाई हाथों–हाथ निपटा कर लगभग आठ बजे लाशों को घर ले आये थे। ज़हर के कारण लाशें दबनी शुरू हो गयी थीं। दाह–संस्कार की जल्दी थी परन्तु रणबीर की बहन सीती की प्रतीक्षा करनी ज़रूरी थी। उसको फ़ोन पर सन्देश तो मिल गया था, परन्तु सफ़र लम्बा था। लगभग दो वर्ष

पहले उसकी ससुराल पंजाब वाली ज़मीन बेच कर तराई के इलाक़े में जा बसा था।

सुबह ही आषाढ़ की तम–तमाती धूप ने प्रतीक्षा को और गरमा दिया था। चारों ओर भारी चुप गुबार की भाँति फैली हुई थी। रो–रोकर थकी–माँदी औरतों की तरफ़ से कभी–कभी कोई आह सी उठती और इकट्ठ के सिरों पर अटक जाती। समय बिताने के लिए 'जग– बाणी' अख़बार का वो अधफटा हुआ पन्ना ही सहारा बना हुआ था, जो शहर से आते हुए सलूजा लाया था। उसके एक कोने में छपते–छपते कालम के नीचे संक्षेप–सी खबर छपी हुई थी, एक और किसान परिवार द्वारा आत्महत्या। मौतें ज़हर से होने के विवरण के अलावा और कुछ भी नहीं बताया गया था। आस–पड़ोस के पास भी बताने के लिए और कुछ नहीं था। रणबीर के एक तरफ़ उसके ताऊ करम सिंह का घर था, परन्तु पिछले कई वर्षों से बात–चीत बन्द थी और बीच की दीवार ऊँची कर ली गयी थी। दूसरी ओर वाले घर की बुढ़िया हर कौर ने भी उस दिन सुबह ही देखा था जो वो कल से कई बार बता चुकी थी, ''अरे भाई सुबह बड़ी बहू मधानी डालने लगी थी तो कहने लगी माँ जी दही गर्म है रणबीर के घर से वर्फ़ ले आओ। मैं नाँद पर चढ़कर दीवार के ऊपर पर से बचिन्त कौर को आवाज़ देने लगी तो देखकर घबरा गयी। वो अभागी मटकों पास के औंधे मुँह गिरी पड़ी थी। मैंने शोर मचाया, 'ओ लोगों बरबाद हो गये।' जाकर देखा तो सारा साजो–सामान ही उल्टा पड़ा था। उ...फ...मालिक पता नहीं कैसे पत्थर दिल होकर–कर देवें ऐसे काम... हाय...।'' हर कौर के ये बोल भी सुनने वालों के चेहरे पर अंकित हैरानी भरी पूछ को शान्त न करते और चुप की गुबार और घनी हो जाती।

इस घर में ऐसी मातमी चुप ने पहली बार तब पाँव रखा था, जब रणबीर नया–नया नौवीं कक्षा में गया था। आठवीं के पेपरों में सारे स्टाफ ने बच्चों के लिए नक़ल का प्रबन्ध करने के लिए पूरी 'मेहनत' की थी। बच्चों ने भी पेपर सुपरिंटेंडेंट के लिए चन्दा इकट्ठा करने के अलावा स्टाफ की सेवा 'अरिस्टोक्रेट' की बोतलें और मिठाइयों

के डिब्बों से की थी। रणबीर पहले चन्दे के लिए पैसे तो लड़–झगड़ कर ले गया था, परन्तु जब 'अरिस्टोक्रेट' के लिए खुद बापू प्रताप से पैसे माँगे तो वो उछल पड़ा, "क्यों सरकार से वेतन नहीं लेते वो? फिर रोज़ाना क्यों चाहते हैं विस्कियाँ? ये क्या प्रत्येक आदमी ने हमें लूटने के लिए कमर कस रखी है।"

''बापू जब सारे ले गये हैं। तू इन फ़ौजियों के जोगिन्दर से पूछ ले कि बोतल दी है कि नहीं।'' रणबीर ने दलील दी।

''अरे पुत्र फ़ौजियों से हमारी कैसी बराबरी है। उन्हें आये महीने मनीआर्डर आ जाता है। तेरे बाप की कौन–सी चीन की खट्टी–कमाई आती है। तू स्वयं सयाना बन कुछ।"' प्रताप की बात के साथ अगली बात रणबीर की माँ बचनी ने जोड़ दी थी।

''ठीक है फिर समझदारी तो हटने में ही है।'' कहकर रणबीर ने बात को ख़त्म कर दिया।

उसकी स्कूल न जाने की जिद के आगे झुकते हुए आख़िर बचनी ने प्रताप से चोरी दानों की झोली बेचकर दुकान से एक सेर पताशे ला दिये और चुप करवाकर रणबीर को स्कूल भेज दिया।

सुबह की प्रार्थना के बाद मास्टर अभी कक्षाओं में जाने से पहले है डमास्टर के दफ़्तर के आगे खड़े गप्पे हाँक रहे थे कि रणबीर उचित अवसर पाकर पास जा खड़ा हुआ।

''मास्टर जी ये पताशे मेरे पास होने के।'' उसने अख़बारी काग़ज़ का लिफ़ाफ़ा ऐसे आगे किया, जैसे कोई श्रद्धालु मूर्ति को भोग लगा रहा हो।

''ओये बीरे के पुत्र ये क्या उठा लाया, मक्खियों का खाना?'' ओ बेईमान मास्टरों को मारना है हैजे से...सुना?'' पी.टी. मास्टर ने लिफ़ाफ़ा खोलते हुए रणबीर को डाँटा, ''अरे कंजूस की औलाद कहीं साल में एक–आध बार मास्टरों पर भी ख़र्च कर लिया करो चार पैसे। सारा साल मरते हैं तुम्हारे खर–दिमाग़ों में ज्ञान घुसेड़ते।"'

''पी.टी. साहिब सयाने ऐसे ही नहीं कहते कि जाट न जाने गुण को और चने न जाने घुन को। ये तुम्हारी जाट श्रेणी ही ऐसी है जी।"

ड्राइंग मास्टर बृज भूषण ने अवसर पाकर अपना तीर छोड़ दिया। "लो लगे हाथ और सुनो महिमा अपने भाई–बन्धु की। तीन–चार वर्ष पहले की बात है। एक दिन मैं जल्दी में बस चढ़ आया और ब्रेकफास्ट का टाइम ना मिला। मैंने इस फाँस–सी को कहा, "जा बेटा, घर से खाना ले आ।" यह कन्धे उचकाता चला तो गया पर उठा लाया चीभड़ की चटनी के साथ चार मोटी–मोटी रोटियाँ। मैंने पूछा, "दाल–सब्ज़ी?" तो कहता, "दाल तो मास्टर जी हमारे शाम को ही बनती है।" और पी.टी. साहिब तुम कैसे ढूँढ़ते हो रसगुल्ले?" बृज भूषण की बात से हँसी का वावरोला घूमता–घूमता स्कूल की चारदीवारी से बाहर निकल गया। रणबीर अपनी कैंची चप्पल से धरती कुरेदता कुछ क्षण तो लज्जित–सा खड़ा रहा और फिर तेज़ी से गेट से बाहर निकल गया।

आधी छुट्टी को बच्चे घरों को आने लगे तो रणबीर राह में पोखर के पास पीपल के नीचे बैठा था।

"अरे क्या कह रहे थे मास्टर?" लड़कों ने रणबीर के इर्द–गिर्द चक्कर बनाते हुए पूछा। "कहते थे रसगुल्ले खाने हैं, ये खा ले मेरा चूता हुआ रसगुल्ला।" रणबीर ने पीठ का कूबड़ निकालते हुए दायें हाथ की कोहनी को नाभी से लगाते हुए बन्द मुट्ठी वाली बांह को ऐसे लहराया कि लड़कों की हँसी बम की भाँति फटी, परन्तु रणबीर स्वयं नहीं हँसा। चुपचाप आकर चादर ओढ़कर लेट गया। उसकी यह चुप्पी न बचनो और न सीती की मिन्नतों से टूटी, न ही प्रताप की मार से, न ही स्कूल से आये हेडमास्टर के सन्देशों से और न ही उसके घनिष्ट मित्र जोगिन्दर के समझाने से।

"तूने क्यों मुँह को लगा लिये ताले ओ मेरे सोने से भ...इ...या?" अभी–अभी पहुँची सीती रणबीर के मुँह से चादर उतार कर विलाप करने लगी। उसके साथ ही औरतों के चीत्कार से चुप का गुब्बारा फट गया।

"मैं दूर से आयी अरे तू बात क्यों नहीं करता भ...इ...या...हाय..." सीती के आँसुओं का बाँध टूट गया। वो कर्म सिंह की बहुओं से छुड़ाती

कभी एक लाश पर गिरती और कभी दूसरी पर। आख़िर बेहोश हो गयी। मुँह में चम्मच में डाला पानी मुँह से बाहर आ गया। औरतें चम्मच से सीती की मूर्च्छा तोड़ने लगी।

''भई अब मूर्च्छित ही होना है और क्या होगा? मायके में बेचारी का कुछ नहीं बचा। अभी तो माँ—बाप का दुःख नहीं भूली थी और ऊपर से माँ जाये का परिवार मिट्टी हुआ पड़ा है सामने। कैसे न सड़े कलेजा? माँओं के मानिन्द पाला था डूबड़े को।" सीती की हालत देख कर पिघली हर कौर स्वयं बोलने लगी", जैसे कल की बातें हों यहाँ गुलेल चलाते—फिरते को ढूँढ़ती—फिरती थी।

हर कौर की बातों से गुलेलची रणबीर सबकी आँखों के सामने आ खड़ा हुआ। स्कूल छोड़कर माँ—बाप का दुत्कारा रणबीर चुपचाप खोया घूमता—फिरता रहता। एक—दो दिन तो वो लिंक रोड के साथ कीकरों की ओट में छिपकर बैठा बृज भूषण मास्टर की प्रतीक्षा करता रहा परन्तु मेल न हुआ और उसके जमा किये पत्थर किसी काम न आ सके। सीती उसको मुश्किल से चाय—रोटी के लिए ढूँढ़कर लाती। रोटी खाकर वो फिर फ़ौजियों के घर की ओर निकल जाता। कई बार आधी रात तक जोगिन्दर के पास ही बैठा रहता। कुछ दिन तो जोगिन्दर की माँ ये सब देखकर मन—ही—मन जलती रही परन्तु हार कर एक दिन कह दिया, ''अरे भई तूने ख़ुद तो पढाई छोड दी, जोगिन्दर को तो पढ़ लेने दिया कर चार अक्षर। जा मेरा बेटा घर को अब, घर वाले प्रतीक्षा करते होंगे।" सुनकर रणबीर जल—भुन गया और फिर कभी उनके घर की ओर मुँह नहीं किया। तख़्तपोश पर बैठकर ताश खेलते लड़कों के पास जाने को भी उसका मन न करता। अब उसने एक नया काम ढूँढ़ लिया था।

अपने आँगन की सूखी कीकर से लगभग दो हाथ लम्बी दुशाख काटकर उसने स्वयं कुल्हाड़ी से गाँठें साफ़ कर लीं। ऊपर से कट का निशान डालकर रबड़ की रस्सी बाँध ली और गुलेल बना ली। फिर एक दिन पाण्डु मिट्टी के गुलेल बनाकर सुखा लिये। अब तेज़ दोपहर में जब लोग घरों में आराम कर रहे होते तब रणबीर गुलेल और गुलेलों

वाली गुथली को कन्धे पर लटकाये कौओं के पीछे भागता–फिरता। चारों ओर गर्दन घुमाते कौए उसको निशाना सेंधता देखकर ही उड़ जाते। गुलेल से मूर्च्छित करके कीकर से गिरते कौए को देखने की उसकी इच्छा कभी पूरी नहीं हुई। कौए की जगह एक दिन फाख्ता घायल होकर ज़रूर आ गिरी। रणबीर ने पानी पिलाकर भरसक प्रयास किये परन्तु वह हाथों में ही लुढ़क गयी। वो मन–ही–मन पाप के अहसास से भरा हुआ परेशान फिरता रहा। इसी कारण रात को सपने भी डरावने आते जैसे कीकरों के झुण्ड में कौए, गीध, कबूतर, फाख्ताएँ और चिड़ियाँ चोंच से नोंच–नोंचकर बदला ले रही हों। उसके ज़ख्मों में से बेतहाशा लहू बह रहा हो। ख़ून को लक–लक करके चाटने के लिए आस–पड़ोस के कुत्ते भी इकट्ठे हो जाते और डरावने ढंग से भोंकने लगते। उनके साथ रणबीर का अपने हाथों से पाला कुत्ता गुल्लर भी लक–लक करके खून चाटने लगता। उसको लगता जैसे गुलेल बन्दूक बन गयी हो। सामने खड़ी फ़ौज में वर्दी वाले धड़ आम आदमी के होते परन्तु सिर कौओं, कुत्तों, कबूतरों, चिड़ियों के। इतनी बड़ी सेना के आगे उसकी एक न चलती। फिर वो गिर पड़ता और गोलियों, गुलेलों की वर्षा उस पर पूरे जोर से होने लगती है।

"अरे उठ डरपोक कहीं का, लेटा–लेटा ही बड़बड़ा रहा है। खटिया तो भीतर कर मर ले।" झंझा के साथ ही अचानक आये ओलों से खीजी बचनी ने रणबीर पर गालियों की बौछार कर दी।

"पड़ा रहने दे बीबी, न नींद ख़राब कर बेचारे की, ले पायँता से पकड़ तू मैं इधर से पकड़ती हूँ।" सीती ने रोज़ाना की तरह बीच में आकर रणबीर को बचाने का यत्न किया।

रणबीर सारी रात उसी सपने में ही उलझा रहा। सुबह थका–सा उठा तो आगे से प्रताप टूट पड़ा, "ओए बड़े शिकारी सारा दिन आवारा कुत्तों की भाँति भोंकता फिरता है, भौं–भौं करता, तुझे कोई खुशी–ग़मी की परवाह है कि नहीं? पढ़ने–वढ़ने वाला काम तो ख़त्म ही हो गया, अब खेतो में तो जाया कर। चल खा दो रोटी और जा

बरानियों की ओर चनों की रखवाली करने। आधी टाँट तो बेटी चोद रब ने झाड़ दी अब शेष को तोते—गुटारों ने ठूँठकर जाना है। चल डाक बनकर जा खेत को।"

नज़रें नीचे किये गालियाँ सुनता रणबीर चाय पीकर गुलेल के पोटाश उठाकर चुप—चाप खेतों को चला गया। ओलों से झड़े चनों को देखकर उसके मन को ऐसे लगा जैसे लड़ाई के मैदान में लाशें बिछी हों। चारों ओर तोते गुटारों की डारों को चक्कर काटते देखकर उसने पोटाश में बारूद रखकर पटाखे चलाये। डरकर उड़े जानवर चक्कर काट फिर वहीं आ जाते। "ख़ाली फ़ायरों से नहीं काम चलना, तुम्हें ऐसे मारूँगा।" सोचते हुए रणबीर ने पोटाश को परे रखते हुए गुलेलों की बौछार की।

"अरे ओ रुक माँ के लाड़ले चाँद, ये क्या करने लगा तू? उतनी टाँट तो जानवरों ने नहीं खानी जितनी तेरे गुलेलों ने झाड़ देनी है। मूर्ख अकल को हाथ मार कुछ। खेती का काम तो सहज का होता है ये तोते तो शाम तक खड़े पाँव रखते हैं रखवालों को।" रणबीर के साथ वाले खेत मे चने की रखवाली करता उसका ताऊ करम सिंह मुस्कराता हुआ बोला। उसकी कपटी हँसी से रणबीर के अन्दर खीज का उबाल उठा। वैसे भी उसको करम सिंह से शुरू से ही घृणा थी। जब से उसने होश सँभाला था, रणबीर ने घर में होती स्वाभाविक बातों से ही करम सिंह का घृणित—सा अक्स अपने मन में बैठा लिया था। इस अक्स वाले करम सिंह ने अपने तीन लड़कों के विवाह साँझे घर में से किये थे। और सीती के विवाह से पहले ख़र्च से बचने के लिऐ खेती का काम अलग कर लिया था। अलग होते ही एस्कॉर्ट ट्रेक्टर ले लिया था। प्रताप को शक था कि लेने—देने में आगे रहने के कारण करम सिंह शायद साँझी खेती में से गोझी रखता था। मुश्किल समय में इकट्ठ टूटने पर पहले ही दमे का खाया हुआ प्रताप सिंह और दबाव मे आ गया था। रणबीर ने मन—ही—मन ताऊ का नाम 'लोमड़ी—मुखा' रखा हुआ था।

"ताऊ जा तू अपना काम कर" रणबीर की घृणा आँखों की लाली में बदल गयी, परन्तु करम सिंह ने महसूस नहीं किया।

''काम तो बरखुर्रदार मैं अपना भी कर लूँगा और तुम्हारा भी, तू खेल जाकर माँ की गोद में भी। मेरी छोटी भाभी से कहना कि तेरे हिस्से का मक्खन मुझे पकड़ा जाया करे मेरी रखवाली के बदले। समझा बात? मंजूर है सौदा?'' करम सिंह मज़ाक़ पर उतर आया।

''हूँ , कर देगा हमारा काम! जानता हूँ मैं तेरे भद्रकार्य को बड़े आये दूसरों के काम करने वाले।'' रणबीर उसे मार्मिक चोट करने से रुक न सका।

''भद्रकार्य को, मैंने क्या तेरी माँ की बाँह पकड़ ली, दोगले? अभी तो पैदा नहीं हुआ और मेरे भद्रकार्य परखता है। चार लगाऊँगा ज़्यादा सिर चढ़ा तो।'' करम सिंह ने मारने का भय देने के लिये हाथ उठाया। रणबीर ने आगे से उसकी दाढ़ी पकड़ ली और वो दोनों गुत्थम–गुत्था हो गये।

...''अरे लड़को, अच्छी तरह थामे रखो, सिर न लुड़कने दो," रणबीर को नहलाकर उसके दस्तार सजा रहे अपने पुत्रों के पीछे से आ खड़े करम सिंह ने धीमी आवाज़ में कहा। सँभालने के बावजूद रणबीर का पतला शरीर कमान की भाँति मुड़ा हुआ था। सफ़ेद कफ़न में शान्त और गम्भीर लगते इस रणबीर की ओर देखकर तो सोचा नहीं जा सकता था कि वो लड़ता–झगड़ता भी रहा होगा।

अपने ताऊ के साथ लड़कर रणबीर की ऐसी चुप टूटी और हाथ खुला था कि छोटी–छोटी बात पर मरने–मारने पर उतर आता था। प्रताप किसी बात से खीज जाता तो आगे से रणबीर भी लड़ने को तैयार होता। लगभग दो वर्ष रणबीर ने अच्छा–बुरा खेती का काम किया था, परन्तु अब वो भी छोड़ गया था। उसके ऐसे स्वभाव के कारण सारे परिवार की नाक में दम हो गया था। अगर वो बाहर गया होता, तो यह भय बना रहता था कि किसी से लड़कर न आ जाये और घर में बैठा होता, तो परिवार में सहम छा जाता। एक दिन ऐसे ही रणबीर के बैठे, प्रताप सीती से बतिया रहा था। "सीती, भाई जब तेरे ताऊ करम सिंह की बारात गये तब चाव में मस्त सभी शरारतें करते जा रहे थे। जब चढ़ने लगे शहर वाली सड़क पर तब सबसे आगे घोड़े पर

सवार धन्ने मुग्द्धर की आवाज़ सुनायी दी। कहने लगा, आ गये ओये फिरंगी, भाग लो अगर भाग सकते हो तो। सुनते ही हम तो भाग लिये खेतों की ओर। तब सुनते थे कि अंग्रेज़ों की कहीं भारी जंग लगी हुई थी और वो नौजवान को देखते ही भर्ती कर लेते थे। ऐसे भला कौन देता है जलती आग में अपना हाथ। कहते हैं जंग से कोई–कोई ही लौटता था। बस फिर नहीं चढ़े सड़क। तेरी ताई के मायके तक खेतों के रास्ते ही चलते गये और हम...'', बात अभी प्रताप के ही मुँह में थी कि रणबीर बीच में ही काटते हुए खीज कर बोला, "हूँ भाग लिये खेतों को बड़े शूरमा, वैसे कहते हैं हम मुग्द्धर उठाते थे जवानी के समय में यूँ ही तो नहीं कहते कि गधे की दुखती आँखों में डालने लगे नमक तो कहता मेरे कान खींचते हैं।''

''यार तूने हमें बात भी नहीं करने देनी? हर समय कलह–कलेश चाहता है...कलह–कलेश नहीं तो...समझा?'' प्रताप खीज गया।

''बहुत बड़ा तीर मार लिया, कहते हैं भाग लिये...कहीं तब के हुए होते भर्ती तो अब तक पेनशनें लगी होतीं। अब शरीकों के बराबर चौबारे बनाये होते।'' रणबीर ने जोगिन्दर के बापू कैप्टन धर्म सिंह के चौबारों की ओर अँगुली करके लड़ाई को और हवा दी।

''चल हम तो भाग लिये, तू बँधा ले पेंशनें और बना ले चौबारे। अब कौन–सा हीर मर गयी कि बाँसुरी टूट गयी, बड़ा...,'' गुस्से में ज़ोर से बोलते हुए प्रताप की साँस उखड़ गयी। दोनों के बीच कुड़क्की के मुँह में फँसी बैठी सीती भाग कर पानी लेने गयी। परन्तु रणबीर अभी भी बोलता रहा, "समय आने दो, बँधा कर भी दिखाऊँगा पेंशनें तुम्हारी तरह नहीं भागता दुम दबाकर।"

...और सहसा वो समय भी जल्दी आ गया, जिस दिन फिरोज़पुर में खुली भर्ती के लिऐ जा रहे जोगिन्दर ने अपने साथ जाने के लिए रणबीर को आवाज़ दी।

कपड़े उतार कर लड़कों की लम्बी पंक्ति में खड़ा रणबीर पूरे उत्साह में था परन्तु मूसल जैसी जाँघों और डौलों के साथ खड़े युवकों में उसको अपना पतला जिस्म देखकर धैर्य कुछ–कुछ जाता लगा।

उसने निकर को ऊपर खींचा जिससे जाँघों का मोटा हिस्सा कुछ और उभर गया। उसका जोश फिर उमड़ने लगा। पंक्ति की शिनाख़्त करता आ रहा कमाण्डर जब रणबीर के सामने आया तब उसने छाती फुला ली परन्तु इससे पेट पहले से भी पिचक गया। उसको लगा जैसे निकर पुनः नीचे को खिसक गयी हो। शुरू की गिनती–मिनती के बाद कमाण्डर ने चुने हुए लड़कों को एक क़दम आगे लेकर पंक्ति बनाने का संकेत किया। रणबीर की पंक्ति ऐसे बग़ैर ध्यान के रह गयी जैसे किसी दुकानदार ने रुपये के पाँच सेर उठाने वाले अधसड़े टमाटरों की अलग से ढेरी लगा रखी हो। रणबीर से यह बर्दाश्त न हो सका और उसने लाइन से निकल कर बड़बड़ाते हुए कपड़े पहनने शुरू किये।

''चोदे भर्ती के, मोटी जाँघो के शहतीर चीरने हैं अगर बीच में दिल ही चिड़िया का हुआ। ऐसे पहलवान ठाह सुनकर पतलून गीली करने लग जाते है।'' रणबीर के ज़ेहन से धन्ने मुग्द्धर के खेतों में से भागने की बात बिजली की तरह गुज़र गयी।

गाँव लौटे रणबीर को मसख़रे 'फ़ौजी साहिब' कह कर चिढ़ाने लगे। जोगिन्दर को भर्ती कर लिए जाने से उसमें हीन भावना और भी बढ़ गयी। लज्जित–सा वो सत्थ में तख़्तपोश पर बैठे लड़कों से आँख चुराकर निकलने का प्रयत्न करता पर वो निकलने न देते।

''फ़ौजी साहिब, आओ सुनाओ कोई फिरोज़पुर की कहानी'' रणबीर के ताऊ के लड़के बिक्कर सिंह ने मज़ाक किया। रणबीर अभी कुछ गर्म–सा जबाव देने ही लगा था कि बिक्कर फिर बोल पड़ा, ''भई कहते हैं अफ़सर को पसन्द तो ये बहुत था, परन्तु एक बात से डर गया कि अगर कहीं आँधी का झुकाव पाकिस्तान की ओर हुआ तो रणबीर ने उड़कर बार्डर लाँघ जाना है और दी हुई सिखलाई बेकार हो जानी है।'' और...हँसी की बौछार में मस्त बिक्कर ने अभी बात भी पूरी नहीं की थी कि बन्दूक़ की गोली भाँति धप्प करके छाती में लगी ईंट से औंधे मुँह गिर पड़ा।

''ले बेटा तू तो बार्डर लाँघकर पहुँच धर्मराज के पास...साला गोह–गहीरा–सा, बहन चो...'' रणबीर ने गाली देते हुए पुनः ईंट उठाने की कोशिश की परन्तु बलवान लड़कों ने बाँहें पकड़ लीं।

''...हमारा भाई हमें मारकर फेंक गया ओ लोगो।" अपने भाइयों के साथ रणबीर को बॉहों से पकड़ कर सीढ़ी पर आख़िरी दर्शनों के लिए रखवा रहा बिक्कर रो पड़ा। बिक्कर ही क्या उसके बाद तो रणबीर का मुँह देखने वाले पत्थर दिल आदमी का भी धैर्य हिल–सा गया। यह दृश्य ही कुछ ऐसा था। ज़हर से लाशें फूल कर कुप्पा बनी हुई थीं, जैसे फटने को तैयार थीं, पर अच्छी तरह तैयार करने से सभी मृतकों के मुँहों पर कुछ चमक आने लगी थी। बंचित कौर का चेहरा ही बदरूप हुआ था। विवाहितों की भाँति सजायी युवतियों दीपाँ और जीताँ को बहुत रूप चढ़ा था। प्रीतू भी अपने मासूम–से चेहरे के साथ देखने वाले के अन्दर पीड़ा भर देता था। सीती को पकड़ कर औरतें लाशों के पास ले आयीं परन्तु उसको अभी होश नहीं आया था। और स्वयं ही बड़बड़ा रही थी। '' मे...रे...भा...ई...को...पी...ट...ना...बापू , हाय न पी...ट... ।"

''लो उठाओ भई लड़को, अब देरी का समय नहीं रहा भई।'' सयाने बदो की साँझी आवाज़ आयी। दूर खड़ा सलूजा भी समीप आ गया। हिचकिचाहट–सी में कुछ पल रुका और फिर धर्म–भाई होने की लाज के कारण कन्धा देने के लिए सीढ़ी की ओर झुका। ठीक उसी समय सामने गैलरी में लगे टाइम–पीस ने दस बजे का अलार्म दिया। ऐसे लगा जैसे अलार्म की टन–टन सुनकर रणबीर सीढ़ी से उठकर खड़ा होता कहेगा, "मैं कचहिरी चला हूँ सलूजे के पास, मेरा टाइम हो गया" और खूँटी पर टँगा रेक्सीन का थैला उठाये जल्दी–जल्दी बस स्टैंड पर पहुँच जायेगा। रणबीर का शहर जाने का यह पक्का टाइम था। बिना–नागा वो सवा दस बजे वाली बादल ट्रांसपोर्ट कम्पनी वालों की बस की प्रतीक्षा कर रहा होता। सलूजे के धर्म भाई बनने के बाद यह उसका नित्य कर्म था। जाता भी क्यों न? सलूजे ने पहली मुलाक़ात में ही रणबीर की काया–कल्प कर दी थी। 'झगड़े का घर' कहा जाने वाला बन्दा ऐसे 'कानूनी बन्दा' बन कर आ गया था, जैसे दुःख भंजनी बेरी के समीप के सरोवर में कौए भी बगुले बनकर निकले थे।

जिस दिन यह करिश्मा हुआ, उस दिन रणबीर वाटर वर्क्स के कनेक्शन के लिए फाइल तैयार कराने के लिए सलूजे के पास गया था। तीसरी बार केस तैयार करा रहे रणबीर के चेहरे की मायूसी व गुस्से को पहचानते हुए सलूजे ने बड़ी नम्रता से कहा था, "सरदार जी अगर इस बार भी काम न बना तो चुप–चाप मेरे पास आ जाना। फिर मैं जानूँ या मेरा काम।" परन्तु जब रणबीर लौटा तब चुप की जगह क्लर्क को गालियाँ देता हुआ लौट आया। उसकी कमीज़ फटी हुई थी।

''साला नीच कमीना कहता है कि वाटर वर्क्स की कैपेसिटी से ज़्यादा और कनेक्शन नहीं दे सकते। मैंने कहा जो सरपंच के साथ आकर तेरी मुट्ठी गर्म कर देते हैं तब कैपेसिटी कैसे बढ़ जाती है? चोरी और ऊपर से सीना ज़ोरी। कहता पुलिस बुलाता हूँ, मैंने कहा मेरा काम तो बहन चुदाये, पहले तेरे को बनाता हूँ बन्दा।'' रणबीर ने क्लर्क के चार चपत लगाने तक की बात सलूजे को बता दी।

''सरदार साहब, लड़ाई–झगड़े के ज़माने नहीं रहे, अब समय काग़ज़ी कार्रवाई का है। लो तुमने तो अपना जाटों–सा ढंग अपना कर देख लिया। अब सलूजे का मन्त्र देखो। कैसे हाथ पर सरसों जमती है।" कहकर सलूजे ने अपनी टाइप मशीन अपनी ओर खिसकाई और फ़ाइल देखकर अर्जी तैयार करने लगा। उसकी अँगुलियाँ मशीन पर नाचती रहीं और रणबीर के साथ बातों में व्यस्त रहा।

''अगर क्लर्क बादशाह न चिल्लाता फिरे और तुम्हारे पाँव पर न गिरे तो सलूजे की दाढ़ी मूत से मुड़वा देना।" सलूजे ने अपनी शेव की हुई दाढ़ी पर हाथ फेरते हुए मर्दों वाला वचन दिया। उसने एस.डी.ओ., डी.सी. और मुख्य मन्त्री के नाम पर चिट्ठियाँ तैयार करके ढीले से मेज़ की दराज में से टिकट निकाले और थूक लगाते हुए रणबीर को चुटकी मार कर कहा, "लो जी तुम्हारा काम ख़त्म, डाकख़ाने जाओ और रजिस्ट्रियाँ करवा कर रसीद ले लो। काम हो गया समझो।" कहते हुए सलूजे ने ख़र्च का हिसाब–किताब लगाकर कुल एक सौ पाँच रुपये बनाये।

''ऊपर के पाँच छोड़ो जी, अपना तो सीधा जाटों–सा हिसाब है।" कहकर सलूजे ने सौ का नोट दराज़ में डाल दिया और किसी पहुँचे

हुए फ़क़ीर की भाँति हाथ उठाकर आशीर्वाद देने के अन्दाज़ में कहा, "हफ़्ता–दस दिन प्रतीक्षा करो आराम से घर बैठकर। जवाबी चिट्ठी मिलते ही शीघ्र पहुँचना यहाँ।"

चिट्ठियाँ भेजकर गाँव वाली बस चढ़कर रणबीर अपने आपको हल्का–फुल्का–सा महसूस करने लगा जैसे बिना गोली चलाये कोई फ़ौजी जंग जीतकर लौट रहा हो। 'नहीं गोलियाँ तो चलायी थीं। सलूजे की मशीन उसको बन्दूक़–सी ही लगी जिसमें से काग़ज़ों की गोलियाँ चलती थीं। अगर दुश्मन गुड़ दिये मरे तो फिर ज़हर देने की क्या ज़रूरत है?' यह सोचते हुए बिल्कुल ही बदल चुके रणबीर ने अपनी फटी कमीज़ को बकसूओं के साथ कुछ समय के लिए नथ लिया।

''अरे चल भाई के बैंड बाजे की प्रतीक्षा करता है?'' बस से अपनी मौज में आराम से उतर रहे रणबीर को कंडक्टर ने पीछे से धक्का मारा तो गिरता–गिरता मुश्किल से बचा। रणबीर ने घूर कर उसकी ओर देखा जैसे अभी गिरेबान से पकड़ कर नीचे खींचने को तैयार हो। परन्तु सलूजे का कथन ''...समय काग़ज़ी कार्रवाई का है...'' उसके दिमाग़ से गुज़र गया। वो मन–ही–मन केवल इतना कहकर आगे चल पड़ा, 'कोई बात नहीं बच्चे तेरे ख़िलाफ़ भी देते हैं अर्जी किसी दिन, जो तू आधी बस खाकर भी डकार नहीं मारता।'

घर की दहलीज़ लाँघते हुए रणबीर की फटी कमीज़ को देखकर बचिंत कौर को चिन्ता हो गयी परन्तु उसका हँसता–चमकता चेहरा देखकर वो हैरान हो गयी। अपने विवाह के बाद ऐसा खुश रणबीर चिन्तो ने आज पहली बार देखा था। नहीं तो रणबीर बाहर से साग की हाँड़ी की तरह धधकता हुआ लौटता था। उसके माथे पर पसीना होता, हाथ काँपते और मुँह कोयले की मानिन्द धधकता लाल–सुर्ख़। वह आते ही सिर पकड़ खटिया पर गिर पड़ता। बचिन्त कौर चाय का गिलास पकड़ाते हुए भयभीत होती कि कहीं वापस माथे पर न दे मारे। रणबीर के ऐसे गुस्सैल स्वभाव से कलपते हुए और अन्दर–ही–अन्दर घुलते हुए प्रताप और बचनी मृत्यु की गोद में समा गये और कलपते रहने की जिम्मेवारी बचिंत कौर के लिए छोड़ गये थे। अगर उन्हें

पता होता कि विवाह से भी रणबीर को सीधे रास्ते पर नहीं आना तो वह बेगानी लड़की को ब्यहाते ही न, परन्तु सीती की बात मानकर वो भ्रमित हो गये कि गृहस्थी के दबाव तले आने से रणबीर खेती की ओर आ जायेगा परन्तु ऐसा कुछ नहीं घटा था और वो ज़मीन ठेके पर दे देता था।

बचिंत कौर ने सारी बात पूछने में उत्सुकता नहीं दिखाई। उसके लिए इतना ही काफ़ी था कि कहीं इस घर में भी चहल–पहल ने पाँव रखे हैं। उसने स्कूल का काम कर रहे बच्चों को आवाज़ देकर रणबीर के द्वारा लाये केले बाँटे। उसने मूँग–मसर की दाल बनाने के लिए रखे पतीले में उबलते हुए पानी को चूल्हे से उतार कर परे नाली में गिरा दिया और शहर से आयी कच्ची–कच्ची टींडे की सब्ज़ी बनाने की सोची।

शाम को हवा चलने से दिन ठर गया था। नहाकर आँगन में पड़ी खटिया पर लेटे रणबीर के स्वभाव में नम्रता देखकर दीपां, जीतां और प्रीतू भी उससे प्यार करने लगे। बचिंत कौर को यह देखकर सुखद साँस आयी। बच्चों के नर्म हाथों की छुहन से रणबीर के अन्दर सहसा मोह का भाव भारी हो गया। दीपां और जीतां के बालों में अँगुलियाँ फेरते हुए थके रणबीर को पता ही न चला कि कब नींद की झपकी आ गयी थी। बचिंत कौर ने आकर सोये हुए रणबीर को देखा तो बच्चों को इशारे से उठाकर परे भेज दिया। वह चाँद की लौ में रणबीर की सब चिन्ताओं से दूर और भार–मुक्त चेहरे को कितनी देर निहारती रही।

''...अरे! न भाई, न और भार मत डालो, दोनों तरफ़ लगा दो बाक़ी की भारी लकड़ियाँ।'' चिता की लकड़ियाँ चिन रहे लोगों को कर्म सिंह ने समझाकर कहा। फूली हुई लाशों पर भार पड़ने से शायद कोई देह फट गयी थी। हरे और पीले रंग का गाढ़ा मवाद निकल कर लकड़ियों के ऊपर से बहने लगा था। बदबू की तीखी लपटों के साथ सबकी नाक में खारिश–सी होने लगी थी और मन मिचलाने लगा। ''इतनी देर ज़हर वाली लाश कहाँ कटती है, समय भी बहुत ज़्यादा हो गया था।''

लकड़ियों को चिनवा रहे सज्जन चौकीदार ने फूस गिराकर मवाद ढक दिया था।

...जवाबी चिट्ठियों के लिए सूजे के बताये समय से ज़्यादा समय बीतने पर रणबीर फिर बेचैन रहने लगा था। वो गली में लाँघते डाकिये मदन को रोककर पूछता, ''पण्डिता, हमारी भी है कोई?''

''न भई, इस मुहल्ले में तो आज केवल फ़ौजियों का मनीआर्डर था बस। क्या कोई पार्सल–वार्सल आना था? ''मदन ने मचली–सी नज़र से ऐसे देखा जैसे कह रहा हो चिट्ठी तो तेरे बाप–दादे की भी नहीं आयी सुनी–देखी कभी, तुझे कौन–सी चीन की नौकरी के लिए पेंशन आनी है।

रणबीर उसकी रमज तो समझ गया परन्तु बोलने की जगह मन में ही कहा, ''फोस–नाक जैसे तेरा भी करना पड़ेगा इलाज सलूजे को कहकर।"

दुःखी मन से रणबीर खटिया नीम के नीचे खींचकर लेट गया। अभी आँख लगी ही थी कि जीप का कान फाड़ता हार्न सुना। बिल्कुल सिरहाने के पास आ खड़ी सरकारी जीप में चार आदमी निकले। रणबीर ने बस अपने गाँव के मुखिया गुरमुख सिंह, कभी आड़तिया रहे जगन्नाथ को ही पहचाना। उनके पीछे एक बड़ी तोंद वाला रुआबदार अफ़सर–सा सरदार और एक घिसा–पिटा–सा आदमी था जिसने पुरानी पैंट–कमीज़ पहनी हुई थी और कई दिनों से दाढ़ी न बनाने के कारण उसका मुँह चींटियों का भौण लगता था। रणबीर ने ध्यान से पहचाना ये तो वही वाटर सप्लाई विभाग वाला क्लर्क निकला।

''सरदार रणबीर सिंह जी कुछ तो दया करो ग़रीब पर। देखो तुम्हारी अर्जी से क्या बुरी हालत की हुई है बेचारे की। परिवार वाला है, अब क्षमा कर दो और खींचतान न करवाओ।'' जगन्नाथ ने क्लर्क की गर्दन पकड़ कर रणबीर के पाँव की ओर किया। क्लर्क पाँव पर सिर रखकर रोने लगा।

''ये देख भाई एस.डी.ओ. साहब स्वयं चलकर आये हैं। तुम आदेश दो टूटी लगानी कहाँ है? परन्तु अपनी शिकायत वापस ले लो।

ऊपर से मुख्य मन्त्री इनको डाँट–डपट करते हैं। भाई अब हमारी सबकी इज़्ज़त तुम्हारे हाथों में है, मार चाहे छोड़।" मुखिया गुरमुख सिंह ने हाथ जोड़कर भीख माँगने वालों की तरह मिन्नत की।

सबके मुँह पर चिपकी निराशा देखकर रणबीर के चेहरे पर अकबरी मुस्कान फैल गयी। परन्तु उसने अपने पिघले मन को सख़्त करके कहा, ''चलो रास्ता देखो अपना अब, ये सब पहले सोचना था। मैं तो अब पूरी तरह घसीटूँगा। ...समझे?'' उनसे बाँहें छुड़ाकर रणबीर परे चलने लगा। ''छोड़ो...छोड़ो...बस बाँह छोड़ो मेरी ...मैं...।''

''किससे लड़ रहा है सोया हुआ भी?'' बचिंत कौर रणबीर की बाँह पकड़कर ज़ोर से हिलाती हुई बोली, ''ये चिट्ठी पकड़ा गया डाकिया।"

भौंचक्का–सा उठ बैठे रणबीर ने सरकारी टिकटों वाली पंजाबी में लिखी चिट्ठी का अक्षर–अक्षर ध्यान से पढ़ा, जिसमें मुखिया से मिलकर पैसे खाने वाले आरोपों के सबूत के लिए कुछ ठोस दस्तावेज़ पेश करने के लिए कहा गया था। चिट्ठी देखकर रणबीर का मन खिल उठा। उसको अभी–अभी आया सपना सच होता प्रतीत होने लगा। अगले दिन ही वह चिट्ठी सलूजे के पास ले गया। सलूजे ने पूरी रुचि से एक और स्टांप तैयार किया। वाटर सप्लाई विभाग के दफ़्तर में से एक क्लर्क को खरीद कर उन फाइलों की नकल प्राप्त की जो 'बैक डेट' में दर्ज कर कनेक्शन दिये गये थे। सलूजा रणबीर को गाँव से जो भी लाने को कहता वो झट से हाज़िर करता। इस काम में रणबीर इतना व्यस्त हो गया कि कई जेबों वाला रेक्सीन का थैला ले लिया। जिस दिन वह शहर न जाता उस दिन घर में ही काग़ज़–पत्रों को क्रम से लगाते हुए क़ानूनी लड़ाई के जंगल में भटकते हुए समय बीत जाता।

पूरे सप्ताह के बाद जब फाइल भेज कर सुरख़रु हुआ रणबीर बस स्टैंड की ओर चलने लगा तो सलूजे ने धीमे से फ़ीस का ब्योरा बता दिया।

"सलूजा साहिब, इस फ़ाइल को बनाने पर ही बहुत ख़र्च आ गया, अब तुम्हें तो रुक कर दूँगा।" रणबीर ने अच्छी पहचान के अधिकार से कहा।

"ओहो सरदार जी सलूजे के होते तुम ऐसी कच्ची बातें क्यों करने लग जाते हो। तुम जमाबन्दी लाओ कल। ज़मीन समतल कराने का केस करवा देते हैं।" चुटकी मार कर सलूजे ने नया मार्ग खोल दिया।

"सलूजा साहिब, ज़मीन तो अपनी पहले से ही समतल है।" रणबीर ने भय ज़ाहिर किया।

"अरे भोले बादशाह जब सलूजा बीच में है तो ज़मीन किसने जाकर देखनी है? अफ़सरों का हिस्सा खरा और अपना लोन खरा। सलूजा के पास बहुत जादू हैं मेरे भाई। हम तो अगर चाहें तो दिल्ली का लाल क़िला तेरे नाम करवा दें, बड़े भाई।" सलूजे ने पल में ही रणबीर के तमाम दुःख हर लिये।

अब रणबीर के लिए सलूजा मानो अलादीन का चिराग़ था। वह हुकम करता तो सलूजा लोन हाज़िर कर देता। दो सालों में ही रणबीर की पौ–बारह हो गयी थी। उसने तीन कमरों वाला पक्का मकान बिल्कुल फ़ौजियों के घर के नक्शे के अनुसार बना लिया था। दो कमरों के बीच साँझा वाथरूम और उसके बीच ही फ्लश सिस्टम, हवादार गैलरी। कमरे की ओट में रसोई और कंधोली का पर्दा। मिस्त्री ने ज़बरदस्ती चिप्स की बढ़ी हुई कंकरियों से, कंधोली के बाहर की ओर चोंच–में–चोंच फँसाकर कलोल करते मोर और मोरनी बना दिये थे। जो गाँव की फिरनी में से लाँघने वालों का ध्यान खींच लेते। नये घर के अनुसार सलूजे ने अपनी गवाही देकर फ्रिज, ब्लैक एण्ड व्हाइट टी.वी. और छोटा कूलर भी उधार दिलवा दिया था। घरेलू सांझ बढ़ने से धर्म भाई बनने के बाद तो सलूजा काफ़ी फ़ैसले स्वयं ही कर लेता था और ज़ोर से मनवा भी लेता था। बच्चों को गाँव के स्कूल से हटवा कर शहर के अंग्रेज़ी स्कूल में भर्ती करवाने का फ़ैसला भी सलूजे का ही था। रणबीर ने पहले तो इनकार किया परन्तु बाद में जब बच्चों को जोगिन्दर फ़ौजी के बच्चों के साथ वैन में बैठकर

स्कूल जाते देखता तो उसका सेर खून बढ़ जाता परन्तु बचिंत कौर का कलह–क्लेश दो सेर ख़ून सुखा देता। हर नये फ़ैसले के समय वह ज़रूर विरोध करती।

''ये क्या ढंग हैं तेरे, यूँ तो धनियों के पुत्रों का कुछ नहीं बनता। रोज़ाना शहर से कोई नयी वस्तु उठा लाता है, इतने तो सिर पर वाल नहीं जितने तू कर्ज़ सिर धरे बैठा है। बता ऐसे कैसे गुज़ारा होगा अपना?'' बचिंत कौर खीझ–खाझकर सिर पकड़कर बैठ जाती, पर रणबीर सब कुछ सुनता मन्द–मन्द मुस्कराता रहता। उसकी मुस्कराहट उस समय और भी खिल जाती जब कहीं वह शाम को विस्की वाले गिलास में बर्फ़ के पीस डाल कर चुस्कियाँ भर रहा होता और बर्फ़ माँगने आयी हर कौर मिन्नत–सी करती कहती, ''अरे पुत्र तेरे हाथ कहाँ से आ गयी गीदड़ सींगी? घर की काया–कल्प ही कर दी तूने तो। हमारे मूर्खों को भी दे दे कोई सीख, अगर कहीं सीधे रास्ते पे आ जायें। सारा दिन खेतों में जिस्म की छाल उतरवाते अथक मेहनत करते रहते हैं और फिर भी दस एकड़ में से बच्चों का पालन–पोषण करना मुश्किल है।"

हर कौर के बेवक़्त के राग से बचने के लिए रणबीर चुपचाप अन्दर अपने 'वोटो' के पास जा बैठता। दीपां, जीतां और प्रीतू को वो वोटें ही कहता था। क्योंकि जब कोई नयी चीज़ घर में आने का बचिंत कौर विरोध कर रही होती तो बच्चे रणबीर के हक में ही वोट डालते। कूलर चलाये बैठे बच्चे ट्यूब की रोशनी में तेज़ी से होमवर्क समाप्त कर रहे थे, क्योंकि टी.वी. में सीरियल 'मुंगेरी लाल के हसीन सपने' शुरू होने वाला था। बच्चों ने उसकी हँसाने वाली बातें बताकर रणबीर को भी चेटक लगा दी थी। रणबीर कमीज़ उतार कर कूलर के बिल्कुल सामने बैठ गया। नशे का सुरूर और ठण्डी वायु के साथ उसके तन और मन मे एक स्वाद की तरंग–सी भरने लगी।

''पापा, तुमने तो सारी हवा रोक ली।'' बच्चे एक ही आवाज़ में चिल्लाये।

"...ओट न करो भई, हवा आने दो सीधी। हवा के साथ ही फैलेगी आग चारों तरफ़।" सज्जन चौकीदार चिता के समीप खड़े आदमियों को परे हटाते हुए एक अनगढ़ से डण्डे से आग फैलने के लिए स्थान बना रहा था। फूस की आग एक ही बार भड़क कर मद्धम पड़ गयी थी परन्तु अभी मोटी लकड़ियों पर आग पहुँच नहीं रही थी। आदमियों का पर्दा हटते ही हवा खाली जगह में ज़ोर से प्रवेश कर गयी और देखते–ही–देखते लाशों तक पहुँच गयी। सेंक की मार से बचने के लिए लोग और पीछे को खिसकते गये। बस अकेला सज्जन ही हाथ में अनगढ़–सा डण्डा घुमाते हुए ऐसे चिता के इर्द–गिर्द भागता रहा जैसे आग से खेल रहा हो।

...रणबीर को कर्ज़े का सेंक पहली बार उस दिन लगा जिस दिन मदन डाकिया उसके 'डिफाल्टर' होने की चिट्ठी पकड़ा कर गया। अगले दिन वो सलूजे के पास गया तो उसने चुटकी में मसला हल करते हुए कहा, "यार घबराता क्यों है, हम उल्टा–पल्टी करवा देते हैं।"

सलूजा ने सरदार जी की जगह यार कह कर रणबीर को और समीप कर लिया।

"वो कैसे ?" घबराहट के कारण बात रणबीर की समझ में कुछ न आया।

"सीधी–सी बात है भाई पहले लोन की किस्तें भरने के लिए दूसरा लोन लेकर खाता कलियर करवा देते हैं।" सलूजा ने नयी स्कीम बतायी।

"परन्तु हम तो पहले ही पाँच एक्कड़ ज़मीन के नम्बर दिये बैठे हैं।" रणबीर ने थैले में से जमाबन्दी निकाली जिसमें प्रत्येक एकड़ नम्बर पर लाल चक्कर बनाया हुआ था।

"मकान बनाने के लिए तो ले सकते हैं, तू घर की रजिस्ट्री ले आ बस।" कह कर सलूजे ने बात समाप्त कर दी, परन्तु सहसा कुछ याद आने की तरह वो उछल कर बोला, "अरे यार तुझे ख़ुशख़बरी देना तो भूल ही गया।"

"क्या?" रणबीर ने उत्सुकता में जल्दी से पूछा।

"वाटर सप्लाई वाले क्लर्क जी महाराज सस्पेंड, उड़ा दिये तोते।" सलूजे ने ख़ुशी में रणबीर का हाथ पकड़ कर ऐसे ऊपर उठाया जैसे रेफरी रेसलिंग के विजयी पहलवान का ऐलान करने लगा हो। परन्तु रणबीर ने ख़ास उत्साह न दिखाया और चुप करके गाँव वाली बस पकड़ने के लिए बस स्टैंड की ओर चल पड़ा।

अभी पन्द्रह दिन भी नहीं हुए थे कि बैंक की ओर से 'डिफाल्टर' होने का एक और रुक्का आ गया और फिर ऐसे रुक्कों का ताँता ही लग गया।

"चलो हम जगतार के पास चलकर निकालते हैं कोई रास्ता।" सलूजे ने अपने पास आये रणबीर को अपनी नयी ख़रीदी मारुति में साथ बिठा लिया।

"ये जगतार कौन है?" रणबीर ने आश्चर्य से पूछा।

"बस तेरी तरह ये भी मित्र है अपना। थेड़ी वाले सरदारों का लड़का है। हमने ही उसे फायनांस कम्पनी खोलकर दी है नयी-नयी। बस समझो अपने घर की ही बात है, अब जितना चाहो लोन ले लो। मैं तो खुद कोठी आरम्भ करने के लिये इसी से केस करवा रहा हूँ।" सलूजे ने खुल कर बताया।

"इसका क्या हिसाब-किताब होता है?" नयी स्कीम में रणबीर को भी अपने सिर पर आयी समस्या का हल दिखा।

"घर के बन्दों का कैसा हिसाब-किताब है? उसकी तसल्ली के लिए ज़मीन की रजिस्ट्री और प्रनोट भर कर जगतार के मेज की दराज में रख देंगे और अपनी गरज़ पूरी करेंगे, और क्या।" चुटकी ब़जाकर सलूजे ने जैसे अलजेबरे का सवाल रणबीर को अँगुलियों के छोरों पर निकाल कर समझा दिया।

पन्द्रह दिनों में सलूजे ने सारी काग़ज़ी कार्रवाई पूरी करवा दी और रणबीर फार्मों पर सलूजे के मारे सही के निशान के पास हस्ताक्षर करता रहा। उल्टा-पल्टी के धनी सलूजे ने खुद दौड़-धूप करके पहले बैंक से क्लीरेंस स्लिपें लेकर ज़मीन की रजिस्ट्रियाँ वापस लीं और वह जगतार की मेज़ के दराज में रखवा दी। काग़ज़ों के अनुसार अब ज़मीन जगतार की थी और रणबीर को ठेके पर दी हुई थी। परन्तु

धर्म भाई होने के कारण सलूजे ने यह पक्का करा दिया था कि यह रहस्य उन तीनों में ही रहेगा। गाँव को चलने लगे तब रणबीर के कन्धे पर हाथ रख कर कुछ भरे मन से कहा, "कुछ देर हमको सँभलकर चलना पड़ेगा। मेरी हालात भी टाइट चल रही है, कोठी का बड़ा काम शुरू करने के कारण जगतार भी कहता है कि भाई इसके बाद और गुंजाइश नहीं होगी, अब ठीक है?'' सलूजे ने चुटकी बजाने के बजाय वैसे ही अँगूठा और अँगुली आपस में रगड़े। रणबीर कुछ न बोला, बस स्टैंड की ओर चल पड़ा। घर पहुँचे रणबीर की हालत भाँप कर बचिन्त कौर समझ तो गयी कि कोई बात है परन्तु पूछने की जल्दी न की। रात को जब दीपा और अन्य सो गये तब बचिन्त कौर धीरे से उठकर रणबीर वाले कमरे में आ गयी। उसने स्विच दबाया कमरा ज़ीरो के बल्ब की मटमैली–सी रोशनी से भर गया। रणबीर एक टक छत की ओर देख रहा था।

''सोया नहीं अभी आधी रात होने को है?'' रणबीर के साथ आ लेटी बचिन्त कौर ने धैर्य भरा हाथ माथे पर फेरा। पंखा पूरा तेज़ चलने के बावजूद माथा पसीने से तर था।

''बस एक बार ऐसी नींद टूटी है फिर नहीं लगी आँख।" रणबीर ने अपनी ओर से कोई विशेष बात न होने का प्रभाव देना चाहा।

''कोई तो बात है?'' बचिन्त कौर का हाथ माथे के बाद छाती के बालों में फिरने लगा।

''नहीं, नहीं कुछ नहीं, वैसे ही शहर की खच्च–खच्च से बेआरामी सी हो गयी थी।'' रणबीर ने कोई भेद न दिया और बात ख़त्म करने के लिये बचिन्त कौर के होंठों पर होंठ रख दिये। बचिन्त कौर के अन्दर सेंक–सा भरने लगा। उसने रणबीर को खींचकर अपने ऊपर कर लिया। बिना कोई हरकत किये वह कितना ही समय वैसे ही पड़ा रहा।

''है–नहीं कण, करंट शरीर में, चल जाने दे।"' कहते हुए रणबीर वीरानी ज़मीन के तोंदे की तरह बचिन्त कौर के बराबर आगिरा।

सुबह रणबीर बच्चों के स्कूल जाने के बाद तक लेटा रहा। दरवाज़े में खड़े होकर बच्चों को वैन में चढ़ते हुए देख रही बचिन्त

कौर एक बुरी ख़बर सुन आयी। सूबेदार जोगिन्दर सिंह बम की लपेट में आ गया और दोपहर तक लाश पहुँचने वाली थी। यह सुनकर भी रणबीर ऐसे सहज पड़ा था जैसे कुछ घटा न हो। धीरे–धीरे वह उठा और चुप–चाप फ़ौजियों के घर की ओर चल दिया। बचिन्त कौर के पूछ से बचने के लिए जैसे प्रकृति ने कारण पैदा कर दिया था।

फ़ौजी ट्रक में से उतारे बकसे में कहते हैं सूबेदार की मृतक देह थी परन्तु जब खोला तो बीच में से तिरगे झण्डे में बँधी हुई लोथड़ों की ढेरी ही निकली। सिर्फ़ जली हुई वर्दी की जेब पर लटकते बैज ने ही बताया था कि यह शव सूबेदार जोगिन्दर सिंह का है। मुँह की जो चप्पा भर जगह बची हुई थी, उस पर झुलसी दाढ़ी और जले मास के बीच एक अधखुली आँख ऐसे पथराई थी जैसे गाँव को आख़िरी बार देखने की इच्छा से बन्द होने से इनकार कर रही हो। जंग के इस कुरूप चेहरे को देखकर रणबीर के अन्दर से स्वाभाविक ही यह ख़याल गुज़र गया, 'अगर मैं भी तब भर्ती हो जाता?' उसको बक्से में चीथड़े अपनी देह के लगे। मृत्यु के मुँह से बच जाने की भावना ने उसके अन्दर हुल्लास भर दिया।

परन्तु रणबीर का यह हुल्लास जोगिन्दर के दाह–संस्कार के वक़्त पछतावे में बदल गया। शमशान घाट में एम.एल.ए. ढिल्लों के अलावा डी.सी. और अन्य अफ़सरों का ताँता लग गया। कर्नल सन्धु ने चीफ़ आफ़ द आर्मी स्टाफ की ओर से सूबेदार जोगिन्दर सिंह को अन्तिम विदाई दी। जवानों ने उल्टी बन्दूक़ें करके शहीद को सलामी पेश की थी। आग की छुहन से चिता में रखी चन्दन की लकड़ी की महक चारों ओर फैल गयी थी। चिता की ऊपर उठती लपटों से गाँव की प्रतिष्ठा जैसे आकाश तक बुलन्द हो गयी थी। सूबेदार ने जैसे भर्ती के डर से 'खेतों में भागने वाले' रणबीर के बापू जैसे गाँव वालों की ग्लानि धो डाली थी।

एक दूसरे से बढ़कर शहीद परिवार के लिए ऐलान किये गये। शहीदी फंड देने की रस्म के बाद जब श्रद्धांजलि के शब्द बोलते फ़ौजी अफसर ने कहा था, "कारगिल के ऊँचे व बर्फ़ीले पहाड़। पहले ही घात लगा कर शिख़र पर मोंचे बनाये बैठे पाकिस्तानी सैनिक। फिर भी भारत की झोली में जीत डालने वाले ये हमारे शूरवीर। श्रद्धा से सिर

झुक जाता है। इनकी कुर्बानी के आगे यह फंड तो कुछ भी नहीं।" तो सुनकर रणबीर के माथे पर भर्ती से रह जाने की टीस एक बार फिर उठी थी। उसे लगा जैसे जोगिन्दर तो मर कर भी उससे अगली पंक्ति में खड़ा था और वो रुपये के पाँच सेर अधसड़े टमाटरों की ढेरी में...।

घर की ओर आते रणबीर की बेचैनी और भी बढ़ गयी। वह खारिश खाये कुत्ते की भाँति अन्दर अँधेरा करके लेट गया। बचिंत कौर के सामने आने से उस का दिल धक–धक करने लग पड़ता। आख़िर उस डरे हुए का डर आगे आ गया। बचिंत कौर ने रहस्य जान लिया था। पता चलते ही उसने रणबीर को आ घेरा, "शाबाश...शाबाश!!! मुझे चल गया पता तेरे भद्रकार्य का। मैं भी सोचूँ ये अच्छा–भला ऐसे पहेली–सी बना क्यों लेटा रहता है? मुझे क्या पता कि अपने कुकर्मों से छिपता–फिरता है। बस हम ही रह गयी माँ–बेटियाँ। हमें भी धर दे सलूजे के पास गिरवी, अगर तेरा पेट भर जाये कहीं। हे भगवान, जोगिन्दर की जगह इसे उठा लेता दोजख जाने को। इससे तो विधवा अच्छी थी। लोग तो मर कर भी बच्चों की तिजोरियाँ भर गये मगर इस निपूते को बच्चों के मुख से चोगा छीनते हुए भी लज्जा नहीं आयी।" बचिंत कौर गाली–गलोज पर उतर आयी। रणबीर नज़रें नीचे करके चुपचाप सुनता रहा और इतना ही कहा, ''रोजाना वारंट पर वारंट चले आते थे और पुलिस से खींचतान कराता परिवार की?''

''एक बार की जगह सौ बार ले जाती पुलिस। इस नीचता से तो हवालात अच्छी थी। खुद छुड़ाता तेरा सलूजा जिसका सारा दिन नाम जपता नहीं था थकता, कहता था, सलूजा कहता है ऐसे करो, सलूजा कहता है वैसे करो। ऐसा उल्टा घुमाया बहन के खसम 'बूढ़ी मुखे' ने बिल्कुल भिखारी बना दिया, भिखारी नहीं तो..." बचिंत कौर फिर भड़क गयी, "ले रणबीर बन्दे, तूने जो हमारे साथ किया है न, सुख तो तू भी नहीं पायेगा। आज से मैं, तेरी ओर से मर गयी तू मेरी ओर से।" बचिंत कौर ने बददुआ देते हुए नीचे से तिनका उठाकर बीच से तोड़ा और धरती पर फेंकती हुए परे चली गयी।

रणबीर सारी रात करवट बदलता रहा। 'हमें भी धर दे गिरवी सलूजे के पास...' बोल बार–बार दिमाग़ में से गुज़र जाते। जवान हुई

दीपां और जीतां के चेहरे उसको सामने दिखने लगते। उनकी जवाँ उम्र के साथ आँखों में झलकती मदहोशी उसको डराने लगती। बचिंत कौर की ओर से तोड़कर फेंका तिनका उसकी रुह में छेद करके गुज़र जाता। उसने ज़मीन के फ़ैसले के बारे में जगतार से एक बार फिर बात करने की सोची परन्तु साथ ही सलूजे के बोल सुने... 'और गुंजाइश नहीं होगी... ।'

सुबह वो पहले की तरह सवा दस बजे वाली बस के लिए तैयार हो गया। जगतार फायनांस कम्पनी के सामने जाने तक वो अपने फ़ैसले पर पक्का रहा परन्तु अन्दर जाने की हिम्मत न हुई। उसने शीशे में से देखा, जगतार और सलूजा ध्यान मग्न हुए किसी बात में मस्त थे। रणबीर आगे चल पड़ा। दूर तक मुड़–मुड़कर दुकान की ओर देखता रहा और ठोकर खाकर गिर पड़ा। उसकी आँख के नीचे से गाल छिल जाने से ख़ून रिसने लगा परन्तु वह रुका नहीं। दीपां के स्कूल के आगे से गुजरते हुए वह बाज़ार पार कर रेलवे फाटक तक पहुँच गया। चोट अभी टीस रही थी। उसने घड़ी देखी बारह वाली गाड़ी का समय था। वह फाटक के डण्डे के नीचे से लाँघ कर लाइन की तरफ़ जा खड़ा हुआ। काला इंजन फुँकारे मारता और गाढ़े धुएँ के ढेर निकालता हुआ जिन्न की भाँति फाटक की ओर बढ़ रहा था। धरती काँपी, कड़च्च–कड़च्च की कान चीरती आवाज़ सिर में घन की भाँति लगी। इंजन, मुसाफ़िर डिब्बे और अन्तिम गार्ड वाला डिब्बा भी गुज़र गया। दीपां और जीतां के चेहरे पुनः उसके आगे आ खड़े हुए थे। फाटक खुला तो हार्नों ने आसमान सिर पर उठा लिया। रणबीर भारी कदमों से सड़क के बीच में से हिला फिर बाज़ार की ओर मुड़ा। चौक के समीप ठेके से अद्धा पकड़ कर साथ वाले अहाते में चला गया। दो भरे हुए गिलास पीने से मन कुछ ठिकाने आया। उसने मन– ही–मन एक और स्कीम सोची। जब मन उस पर पूरी तरह दृढ़ हो गया तो वो पंसारी की दुकान की तरफ़ चल पड़ा।

वह घर पहुँचा तो सूरज हर कौर की कीकर में से चप्पा भर दिखता आख़िरी साँसों पर था। रणबीर ने देखा बच्चे टी.वी. के आगे बैठकर कोई फ़िल्म देख रहे थे। डिशूं–डिशूं की आवाज़ें दूर तक सुनाई थीं।

बचिंत कौर चूल्हे में झोंका आगे कर रही थी। रणबीर सीधे ख़ाली कमरे में जा बैठा। कोई पानी देने भी नहीं आया। शायद उसकी बेटियाँ भी बदल गयी थीं। वो ख़ुद उठा और चौके में पड़े घड़े में से पानी का लोटा भरने लगा। उसकी तरफ़ देखकर बचिंत कौर जानबूझ कर मुँह फेर कर आँगन की ओर चली गयी। मौक़ा देखकर रणबीर ने पंसारी की दुकान से लाई पुड़िया जेब से निकाली और दाल वाली हाँड़ी में झाड़ दी। मोटी लकड़ियों की आग से हाँड़ी में भूचाल–सा आ गया था। रणबीर ने अन्दर जाकर शहर से लायी हुई बोतल खोली। एक भरा पूरा पैग एक ही साँस में पी लिया। लगातार एक और अन्दर गिरा लिया। गिनटों गें ही नशा बावरोले की भाँति चढ़ गया। उसका मन था कि बच्चों को आवाज़ दे। भीतर से वैराग्य जागा और आँख में से बह गया। रोटी वाली थाली उठाये आ रही दीपां को देखकर उसने आँखें पोंछ ली। दीपां जल्दी से खटिया की पायँता के ऊपर थाली रखकर मुड़ गयी जैसे वह कोई बेग़ाना और डरावना आदमी हो।

बच्चे टी.वी. से उठकर चौके में रोटी खाने जा बैठे। बचिंत कौर ने पहला निवाला तोड़ते हुए जैसे जानबूझ कर रणबीर को सुनाते हुए'', अब यह रूखी–सूखी मत छीनना सच्चे पातशाह...''

हे सच्चे पातशाह जी...अपने सेवकों को चरणों में निवास देना, ज्ञानी जी ने अरदास के समाप्ति–शब्द पढ़े। वाहे गुरु–वाहे गुरु कहते सब समीप ही नलके से हाथ शुद्ध करने की रस्म में व्यस्त हो गये। रणबीर और अन्य की चिता की आग सब कुछ भस्म करने के बाद पूरे यौवन पर किसी दैत्य की जीभ की भाँति सिन्दूरी लपटें छोड़ती हुई जल रही थी। कपाल क्रिया के लिए दो आदमियों को छोड़कर शेष सब गाँव की ओर चल पड़े। सिर पर आया आषाढ़ का सूर्य आग बरसा रहा था। और उसी तरह का जलाने वाला भय सयाने आदमियों के माथों पर सुलग रहा था कि गाँव के ऊपर आयी क्रोपी का अगला हमला किस घर पर होगा। कही तो चाहे किसी ने भी नहीं, परन्तु यह बात सबके मन में थी कि जोगिन्दर की चिता की तरह ही आज रणबीर व अन्य की चिता का धुआँ भी गाँव की ओर ही आ रहा था।

चींटियों की मृत्यु

फ़ोन सुनकर चोंगा रखते हुए के.पी. के अन्दर क्रोध की ऐसी तरंग उठी कि उसने चाय का आधा शेष गिलास सामने वाली दीवार पर दे मारा। दीवार पर टँगी फ़ोटो का शीशा ट...अन की आवाज़ करता हुआ टुकड़े–टुकड़े होकर फर्श पर बिखर गया। चाय के दाग़ों से दीवार धब्बई हो गयी। फ़ोटो का फ्रेम बोदी कील के सहारे क्षणभर के लिए लटका रहा और फिर धड़ाम से नीचे आ गिरा। यह देखते हुए के.पी. को शान्ति का अनुभव हुआ। फ़ोटो के मध्य के कुलीन, कॉलेज के मैनेजमेंट के सचिव, प्रिंसिपल एवं स्टाफ, सभी के सभी फर्श पर गिरे पड़े थे। पलभर के लिए के.पी. यह भी भूल गया कि स्टाफ़ में वह स्वयं भी शामिल है। कॉलेज की रजत जयन्ती के अवसर पर मैगज़ीन के लिए गये उस फ़ोटो में प्रिंसिपल सबके मध्य टाँगें फैलाये बैठा, लापरवाही वाली मुस्कान बिखेर रहा था। के.पी. से यही मुस्कान सहन न हो सकी और वह फ़ोटो पर चढ़कर उसे चप्पलों के नीचे रौंदने लगा, पर वह ज्यों–का–त्यों रहा। के.पी. ने फ़ोटो के टुकड़े करते हुए पूरी तरह खीझकर कहा, ''साले, इनक्वायरियों के, करवा लिया चमचों से झूठ का पुलन्दा तैयार, गढ़ लिया नया बहाना मेरी मुअत्तली का, कुत्ती कौम कहीं की!'' कमरे की उमस से बातें करते हुए के.पी. का गुस्सा ख़तरे का निशान लाँघता किनारे तोड़ता हुआ बह चला।

लाला करोड़ीमल हिन्दू महासभा कॉलेज, लुधियाना के लेक्चरार के.पी. अर्थात् कँवर प्रताप सिंह मान नौकरी से निलम्बित होने के पश्चात् अक्सर यों ही तैश में आ जाया करता था। अपने साथ हुई

ज़्यादती के बारे में जब कोई नया समाचार सुनता, उसका ख़ून उबलने लगता। एकबारगी स्वयं ही बम की भाँति चल जाता और फिर अपने किये पर पश्चात्ताप करने लगता। आज सुबह–सुबह कुछ ऐसा ही घटित हुआ। वह किसी अच्छे समाचार के लिए बड़ी बेसब्री से अख़बार की प्रतीक्षा कर रहा था। हॉकर क़रीब पन्द्रह मिनट देरी से आया। बस इतनी–सी बात पर ही के.पी. उस पर टूट पड़ा। और फिर हॉकर के चले जाने के पश्चात, यह सोचकर पश्चात्ताप से भर गया कि उसमें हॉकर का भला क्या दोष, जब अख़बार पीछे से ही देरी से आये थे। उसने अख़बार पर उड़ती–सी नज़र मारी। किसी भी ख़बर पर उसका ध्यान न टिका। केवल मुलाज़िम मुहाज़ कालम में चारेक पंक्तियों की ख़बर देखी। उनके कॉलेज में चल रहे धरने की साधारण–सी जानकारी थी। अख़बार परे फेंक, नहाने के लिए उठा, पर मन नहीं माना। ब्रेकफास्ट के स्मरण मात्र से उसे अपनी पत्नी सुरजीत कौर पर गुस्सा आया जो बच्चों को साथ लेकर हफ़्ता भर के लिए मायके गयी हुई थी। वैसे ही क्रोधित हुआ वह रसोई में जाकर प्याज़ काटने लगा। आँखों में कड़वाहट भर आने से आँसू निकल आये। खीझ से भरकर उसने ब्रेड–ऑमलेट एवं चाय बनायी। डाइनिंग टेबल के स्थान पर वह बेड रूम में ही आ बैठा। दो ही निवाले लेने के बाद और खाने को उसका मन न माना। उसने प्लेट बेड के नीचे सरका दी। चाय की अभी दो–तीन चुस्कियाँ ही भरी थीं कि फ़ोन की घण्टी बज उठी। के.पी. के कॉलेज की टीचर्ज़ यूनियन का प्रधान अनिल धीमान बोल रहा था, "प्रो. साहिब, मैं चण्डीगढ़ से बोल रहा हूँ, कल से आये हुए हैं यहाँ। सुबह–सुबह बैड–न्यूज़ देने को मन तो नहीं करता, पर सॉरी, इन्फरमेशन तो शेयर करनी ही है, अभी–अभी पता चला है कि इनकवायरी कमेटी की रिपोर्ट अपने अगेंस्ट गयी है। सॉरी अगेन, हम लोग एकाध दिन में नेक्स्ट स्ट्रेटेजी तैयार करते हैं, अच्छा बाक़ी मिलकर बात करते हैं, ओ.के.।" प्रधान की सूचना के.पी. पर बिजली की भाँति गिरी। अब उसकी मुअत्तली यकीनी थी। वह क्रोध से जल उठा और चाय का गिलास...।

कितनी ही देर के पश्चात् मन कुछ शान्त होने लगा तो पश्चात्ताप ने फण उठा लिया। 'इससे उनका क्या बिगड़ा? अपना गिलास टूटा, दीवार धब्बाई, काँच बिखरा और ख़ून अलग से जला', इस सोच के साथ उसको अपने आप पर खीझ–सी आयी। क्यों वह आपे से बाहर हो जाता था? पढ़ा–लिखा होने के बावजूद क्यों कर बैठता था बचकाना हरकत? स्थिति को समझे बिना क्यों बौखला उठता था वह? उसका पश्चात्ताप पहले प्रश्नों में बदला फिर उनके उत्तरों की तलाश में इधर–उधर भटकने लगा। कुछ हल जैसा, पर न सूझा उसे। उसका माथा टीसने लगा। इसीलिए वह प्रश्नों से इतना भयभीत था और घर से बाहर नहीं निकलना चाहता था। लोग–बाग भले ही मुँह से कुछ न पूछते थे मगर उनकी नज़रें यह ज़रूर पूछतीं, "प्रो. साहिब, तुम तो सयाने–बयाने थे, फिर यह सब कुछ कैसे घटित हो गया?" इसके साथ ही के.पी. की घबराहट बढ़ जाती। उसका मन चाहता कि वह किसी वन में जाकर वृक्षों के घने झुरमुट के नीचे गहन अन्धकार में जा बैठे जिस जगह ये सालने वाली नज़रें न हों। इसी दुःख का मारा के.पी. अपनी पत्नी सुरजीत कौर के साथ उसके मायके चलने को नहीं माना था। चलते समय सुरजीत कौर ने फिर ज़ोर डाला था कि स्थान–परिवर्तन के साथ कुछ मन भी बदल जाएगा। के.पी. ने मौन धार लिया था।

"कोर्ट का फ़ैसला क्या पता कब तक न आये, उतनी देर तुम यों ही बिल में घुसकर बैठे रहोगे?" के.पी. की मातमी चुप पर सुरजीत कौर को पहले तो खीझ आये, फिर उसकी आँखें भर आयीं। अगले ही पल उसने ओढ़नी के पल्लू से आँखें पोंछीं और के.पी. का हौसला बढ़ाना चाहा, "जो संकट आन पड़ा है, उसे तो झेलना ही पड़ेगा, सयाने कहते हैं चाहे रो के काट लो, चाहे हँस के। कहते हैं कि भलेही दिन सदा एक समान नहीं रहते तो रहते सदा बुरे भी नहीं। सँभालो खुद को। ध्यान रखना अपना।" सुरजीत कौर ख़ुद को मुश्किल से सँभालती हुई, बच्चों के साथ गेट लाँघ गयी।

इन सारी बातों को के.पी. क्या नहीं समझता था? पर जब कुछ करने का अवसर आता तो डाँवाँडोल हो जाता। हमेशा की तरह उसने

भीतर–ही–भीतर अपना निश्चय दोहराया कि वह इस असीमित गुस्से से बचने का भरसक प्रयास करेगा। क़ानूनी लड़ाई में प्रधान के साथ कन्धे से कन्धा मिलाकर चलेगा। अपने अन्दर उठने वाले भय, चिन्ता और बेबसी के भावों को समेट कर बाहर फेंक देगा। यह सोचते हुए के.पी. के अन्दर जोश की लहर–सी उठी, पर एक पल से अधिक न रह पायी। उसने बेड के इर्द–गिर्द बिखरे हुए काँच को देखा, पर उठकर उसे साफ़ करने की हिम्मत वह न जुटा पाया। 'कदाचित् आज सरला ही आ जाये।' कामवाली के बारे में सोचते उसका आलस्य और बढ़ गया। 'पैसों के लिए तो नित्य हाथ पसार लेती है ...कुतिया... और... ।' के.पी. अभी–अभी लिया निर्णय फिर भूल गया और वह पिछले सप्ताह से छुट्टियाँ मार रही सरला पर गर्माने लगा। सरला ने सप्ताह भर पूर्व पति की बीमारी के बहाने से पेशगी के रूप में पैसे माँगे थे। सुरजीत कौर ने सामने से स्पष्ट और सच्ची बात कह दी थी, "अरी बहन तुझे तो पता ही है। प्रो. साहिब आजकल नौकरी से..., इन्हें आधी पगार मिलती है। हमें तो स्वयं मर–मर के महीने की पहली तारीख़ आती है। गुस्सा तो मत करना, पर तू कहीं से और प्रबन्ध कर ले।" सरला ने अगले ही रोज़ से नागा करना शुरू कर दिया। बिना पैसे कौन करता है चाकरी? सरला के ये नागे सुरजीत कौर के होते तो कभी याद–वाद भी नहीं आये थे, पर अब कमरे में बिखरे काँच तथा चींटियों का ताँता लगा देखकर सरला की अनुपस्थिति ज़रा ज़्यादा ही खटकने लगी।

इन सब कुछ से ध्यान हटाकर मन में टिकाव के लिए के.पी. ने आँखें भींच लीं और बेड के ढाँसने के सहारे अधलेटी मुद्रा में सुस्ताने लगा। बन्द आँखों से उसे अजीब–सा ख़ालीपन और डर महसूस हुआ कि जैसे वह पड़छत्ती के अँधेरे में फेंक दी गयी कोई वस्तु हो। घबरा कर उसने आँखें खोल लीं। इस तरह निठल्ले बैठे रहने के स्थान पर उसने बेड के ढाँसने से बने बक्से से खुशवन्त सिंह की आत्म–कथा 'मौज मेला' निकाल ली।

कुछ ही पंक्तियाँ पढ़ने के उपरान्त के.पी. को लगा जैसे केवल आँखें ही पढ़ रही थीं, मन तो कहीं और भटकता फिर रहा था। वह मुश्किल से मन को घेर–घार कर शब्दों की ओर लाता पर एक भी

शब्द का अर्थ दिमाग़ की दहलीज़ न लाँघता। ऐसी गर्म–पकौड़ों–सी पुस्तकें तो के.पी. एक ही बैठक में पढ़ दिया करता था, पर आज...। उसे हैरानी के साथ परेशानी भी हुई। ऊपर से दूसरे पहर की जुलाई की उमस उकताहट पैदा करने लगी। कूलर की हवा ठण्डक के स्थान पर चिपचिपाहट बढ़ाने वाली थी। गाढ़े तैलीय पसीने की वजह से शरीर पर कैंचुए रेंगते होने का एहसास घिन उपजाने वाला था। के.पी. ने फिर जोरा–जोरी, पुस्तक के पृष्ठों पर ध्यान जमाने का यत्न किया। उसने अभी लगभग पौना वाक्य 'उन समयों में हमारे जन्म और मौत के रिकार्ड नहीं रखे...' ही पढ़ा था कि गर्दन पर हुई खाज ने ध्यान उखाड़ दिया। खाज क्षण ही भर में ही तीखी जलन बन गयी और नर्म मांस पर कुछ शूल–सा चुभा। उसने चुभन को पोटों से मसल डाला। एक अधमुई चींटी बेड की चादर पर आ गिरी। बालों जैसी बारीक टाँगें चलाती वह पहले तो एक झटके से सीधी हुई और फिर जान बचाने के लिए पूरे ज़ोर से दौड़ पड़ी। उसने देखा कुछ अन्य चींटियाँ भी ब्रेड के चूर उठाये मज़े से चली जा रही थीं।

"रुको ज़रा, मैं करवाता हूँ तुम्हें मौज–मेला," कहते हुए के.पी. ने दो चींटियों को मसल डाला। शेष चींटियों में अफ़रा–तफ़री मच गयी। वे अपनी मृत सहेलियों को सूँघती और बेचैनी के साथ इधर–उधर भागने लगतीं, जैसे इस दुखदायी समाचार को तुरन्त इर्द–गिर्द फैला देना चाहती हों। वे मृत चींटियों को घसीट कर किसी सुरक्षित स्थान पर ले जाने का भी प्रयत्न करतीं। चींटियों की यह जद्दोजहद देखकर के.पी. के मुँह से स्वाभाविक ही प्रशंसा के बोल निकले, 'अपनों की ख़ातिर तो यूँ करना चाहिए संघर्ष !'

परन्तु के.पी. के लिए भी तो टीचर्ज़ यूनियन इसी तरह संघर्षरत थीं। उन्होंने भी तो कोई ढील नहीं दिखाई थी। पहले ही रोज़ जब के.पी. को ज़बरन अपनी बदली किये जाने का पत्र प्राप्त हुआ था, वह उसे लेकर सीधा प्रधान ही के पास तो गया था। जैसा कि के.पी. को आशा थी, उस पत्र को पढ़ते समय प्रधान की मुट्ठियाँ भिंच गयी थीं, होंठों में कसाव आ गया था। कुछ मिनटों की गहरी चुप्पी के पश्चात्

उसने पूरी दृढ़ता से संघर्ष का बिगुल बजाते कहा था, ''प्रो. साहिब, यह कैसे हो सकता है, भला? आज तक कभी नहीं हुआ। यह इनके बाप का राज है कि जो जी में आये, करते जायें? आपसी सहमति से बदली तो पहले भी होती रही है यहाँ, पर अगले की कन्सेंट के बिना बदली...!! नेवर...!!!'' प्रधान का जोश बढ़ने लगा, ''यह तो सरासर धक्का है। कैसे बर्दाश्त किया जा सकता है, यह? यूनियन मर गयी है क्या? यदि एक बार मैनेजमेंट के मुँह ख़ून लग गया तो वह हर एक कर्मचारी के सिर पर तबादले की तलवार लटकाये रखा करेगा। हो सकता है, इसे वह टेस्ट–केस बनाना चाहता हो। प्रो. साहिब, यूनियन किसी भी सूरत में यह बदली नहीं होने देगी। आप निश्चिन्त हो जायें। ज़रूरत नहीं कहीं और ज्वाइन करने की, डोंट वरी...।"

प्रधान का नेताओं जैसा तेज़–तर्रार भाषण सुनकर के.पी. कुछ मिनटों के लिए तो हौसले में रहा पर इसके परिणाम के बारे में सोचकर गहरी चिन्ता में डूब गया। के.पी. का मन तो प्रधान को साथ लेकर प्रिंसिपल के पास रिक्वेस्ट कर देखना था। इस प्रकार कदाचित् बात के फैलने से पूर्व ही मामला भीतर–ही–भीतर सुलझ जाता। पर प्रधान तो टकराव की राह चलने की बातें करने लगा था। ये लड़ाई को बढ़ाने वाले दाँव थे। इस प्रकार तो प्रिंसिपल के खीझ उठने का ख़तरा था। 'हो सकता है झुक ही जायें, ज़रा–सी बात पर यूनियन से टकराने में उसे क्या लाभ होना था?' दोनों ही बातों में कुछ भी हो सकता था। इस सोच के उभरने से के.पी. उलझन में फँस गया।

के.पी. को लगा जैसे प्रधान से मिलकर उसने ग़लती कर ली थी। फिर और किस को साथ लेकर जाता? प्रधान से अधिक सुहृदय उसे कॉलेज भर में कोई अन्य नज़र नहीं आया था। हो सकता है उसके प्रधान को मिल लेने की ख़बर ही प्रिंसिपल का इरादा बदल दे। प्रिंसिपल का कायरों–सा स्वभाव किसको भूला था। ग्रेडों की डिवीज़न के समय भी वह पहले ऐसे अड़ गया था, जैसे झुकने का प्रश्न ही पैदा न हो सकता हो, पर स्थिति बिगड़ती देखकर रातों–रात सब कुछ मान गया था। प्रिंसिपल से मिलने वाले आश्वासन को ठीक

से भाँपने के लिए के.पी. उसके साथ हुई गत दिवस वाली बातचीत की जुगाली करने लगा।

"प्रो साहिब आपका पुश्तैनी गाँव बुढ़लाड़े के निकट है न?" अपने ऑफ़िस में बुलाकर प्रिंसिपल ने के.पी. से विनम्र भाव से पूछा था।

"हाँ... जी, सर, मोफर है जी, शहर से कोई दस–पन्द्रह किलोमीटर परे।" प्रिंसिपल की इस अटपटी पूछताछ से घबराकर के.पी. के बोल काँप उठे थे।

"अच्छा, स्ट्रेट–वे बात इस प्रकार है, प्रो. साहिब कि अपने सचिव महोदय की इच्छा आपको बुढ़लाड़ा ज्वायन कराने की है। क्लीयरली बता दूँ कि आपके साथ म्यूचुअल ट्रांसफर करके वे प्रो. सुधा अरोड़ा को लुधियाना लाना चाहते हैं। कहते हैं, वे किसी पार्टी–वार्टी में सरसरी 'येस्स' कर बैठे और अब उसने ज़िद पकड़ ली है। अतः आप को ऑपरेट करें।" किसी हेर–फेर के स्थान पर प्रिंसिपल ने एकदम ही कह डाला।

"प...ऽर, सअ...र...यह कैसे सम्भव है? मेरी यहाँ सेटलमेंट... बच्चों का स्कूल जाना...मकान...अटैचमेंट..."के.पी. ने पूरा ज़ोर लगाकर अपनी विवशता के बारे में बताया।

"प्रो. साहिब, आदमी जहाँ रहने लग जाये, वहीं धीरे–धीरे वहीं का हो रहता है। अपने आप सेटलमेंट हो जाती है, डोंट वरी..." प्रिंसिपल ने सहज भाव से कह दिया, जैसे यह कोई मसला ही नहीं था।

"ब...अट..., सर..., यह कॉलेज..." के.पी. घबराहट में कोई अन्य दलील न जुटा पाया।

"कोई बात नहीं, यदि आप इस संस्था के साथ इमोशनली इतना जुड़े हुए हैं तो इट इज़ अ गुड थिंग, सालेक भर बाद फिर ट्राई कर देख लेंगे, आपको यहाँ लाने के लिए। अब मैडम की डिमांड पूरी कर देते हैं, वह भी तो अपने महासभा परिवार की ही सदस्या हैं।" प्रिंसिपल ने अपना निर्णय सुना दिया।

"नोऽ सर, इट इज़ डिफीकल्ट, सॉरी..." के.पी. ने अड़ना चाहा।

"देखिए, प्रो. साहिब, बी मेच्योर, मैं आपके फेवर की बात कर रहा हूँ।

यदि सच बताऊँ तो सचिव महोदय आपको फ़ाज़िलका भेजने लगे थे। मैंने आप का बायो–डाटा जाँचते समय आपका परमानेंट एड्रेस देखा तो उनये रिक्वेस्ट की। आप अपने गाँव के नज़दीक सेटल हो जायेगे।"

''सर, बीस वर्ष हो गये हैं, गाँव से टूटे हुए, अब वहाँ...?'' के. पी. रुआंसा हो गया। उसके मन में आया कि पूरी बात बता दे कि माता–पिता की मृत्यु के पश्चात् ज़मीन की तकसीम के समय भाइयों के साथ थाने–कचहरी तक जा चुका था। अपना हिस्सा बेचकर लुधियाना में घर ख़रीद लिया था। पर प्रिंसिपल ये सब कुछ सुनने के मूड में कहाँ था? इसलिए उसे यह सब कुछ भीतर ही दबाना पड़ा।

''हठ न करें, प्रो. साहिब। नौकरी मस्ट है, स्टेशन मैटर नहीं किया करता। मोर–ओवर, यह फ़ैसला सचिव महोदय आपके कनसेंट के बिना भी तो कर सकते थे, पर ऐसा ग्रेसफुल न लगता। आपने स्वयं अंडरटेकिंग दी हुई है, यह देखिए...''प्रिंसिपल ने मेज़ की दराज में से के.पी. की दो–पर्त्ती ज्वाइनिंग रिपोर्ट निकाल कर मेज़ पर फैला दी। अंडरटेकिंग वाले पृष्ठ पर रेखांकित पंक्तियों में स्पष्ट लिखा था कि मैनेजमेंट के कॉलेजों की किसी भी ब्रांच में इंटपलाई की बदली की जा सकती है। नीचे के.पी. के हस्ताक्षर थे। सभी की भाँति उसने भी सहमति दी थी।

यह पढ़कर उसमें बोलने की शक्ति ही न रही। 'ज्वाइनिंग के समय अगला क्या बोल सकता है, भले ही मौत के वारंटों पर साइन करा लेते।' यह सोचता हुआ वह मरियल क़दमों से दफ़्तर से बाहर आ गया। के.पी. के होंठ सूखते जा रहे थे। माथे पर पसीना आ गया था। आँखों के आगे अँधेरे के दायरे नाच रहे थे। कनपटियों में सुइयाँ–सी चुभ रही थीं।

''खा गयीं कलजोगनें जीवित को ही...ओह...।" के.पी. तड़प उठा, कनपटी के पास चींटी ने इतना टिका के काटा, जैसे सुई चुभो दी हो।

''चलो, पहले तुम्हारा ही काम तमाम करूँ, फिर ही...''उसने पुस्तक को परे रखकर चादर झाड़ने की बाबत सोचा। बेड से उतरते समय उसकी चप्पलों के नीचे काँच की किरचों की किरच–किरच हुई।

'यह भी, मन मेरे, तुझे ही बुहारना पड़ेगा, कितनी देर तक चलेगा आलस्य' सोचते हुए वह चादर झाड़ कर बुहारी ढूँढ़ने लगा। फिर सुरजीत कौर उसके स्मरण में से गुज़री। उसके होते हुए के.पी. को कभी अनुभव ही नहीं हुआ था कि यह साफ़–सफ़ाई वाला काम भी कोई काम होता है। उसके बिना तो कुछ ही दिनों में घर जैसे चींटीख़ाना ही बन गया था।

'धन्य हो सुरजीत कौर जो अकेले ही इस सेना का सफ़ाया करती हो।' के.पी. को सारा दिन झाड़ू–बुहारी में उलझी फिरती पत्नी का दृश्य याद हो आया। वह काम करते समय सदा सलवार के पायँचे टाँग लिया करती। एक हाथ में बुहारी होती और दूसरे में पौंछा। दरवाज़ों–खिड़कियों के पीछे से पूरी रीझ तथा लगन से सफ़ाई करती। सफ़ाई की तो उसे मानों दीवानगी हो। वह वश चलने तक कहीं चीनी या ब्रेड का तिनका भी गिरने न देती। फिर भी चींटियों को कोई कणमात्र मिल भी जाता तो सुरजीत कौर के राडार–आँखें तुरन्त तलाश लेतीं। चींटी के दिखने की देर होती कि वह उसका खुरा दाबती सुराख तक जा पहुँचती। बेगान छिड़कती, चींटियों के बसेरों के इर्द–गिर्द लक्ष्मण–रेखा–सा दायरा बना देती। इससे कम तो ये ठीक होने वाली कहाँ थीं? अब सुरजीत कौर की अनुपस्थिति में जैसे इनका जादू चढ़ निकला था।

के.पी. ने देखा, चींटियों की पंक्ति रोशनदान की ओर से दीवार पर उतरती हुई, बेड के नीचे से होकर लॉबी की ओर जा रही थी। वह, फ़ौजियों की भाँति कतार में चल रही चींटियों की पंक्ति का आदि–अन्त ढूँढ़ने लगा। एक ओर बाथरूम तक और दूसरी तरफ़ रोशनदान की ओर यह लकीर...उसे लकीर का कोई ओर–छोर न मिला। यह तो उसके पड़ोसी प्रोफ़ेसर तथा आर.एस.एस. के कट्टर समर्थक शास्त्री राम मूर्ति की दीवार से भी कहीं पार...।

''ढूँढ़ो, ढूँढ़ो प्रो. साहिब, आख़िर यह ढूँढ़नी ही पड़ेंगी, यदि ध्यान से देखोगे तो यह लकीर बहुत आगे तक नज़र आयेगी। कहीं मोटी, कहीं बारीक कि झूठ है?'' पंजाबी विभाग का मुखी डॉ. धर्म सिंह, के.पी.

से सुहानुभूति जताता, अपने अन्दाज़ में हिन्दू–सिक्खों के बीच की रेखा की बात छेड़कर बैठ गया था।" भला प्रत्यक्ष को प्रमाण की क्या ज़रूरत कि झूठ है? तुम अपना केस विचार लो। तुम ही क्यों? उन्होंने कृष्ण गोपाल का तबादला क्यों न कर दिया भला। वह तो है भी तुम से जूनियर कि झूठ है? यह मुलम्मा तो अन्ततः उतरना ही होता है भाई, जब यह उतरता है न, फिर पीटती है अगली सुनार के बच्चों को, कि झूठ है? बातें करते हैं सेक्यूलर बनने की, भीतर भरा है हिन्दुत्व का कोढ़ कि झूठ है? फिरकापरस्त कहीं के...'' डॉ. धर्म सिंह को यूँ मुँहफट होकर बोलता देख के.पी. के मन में आया कि भाग उठे। उसकी बातें तो थोड़ी–बहुत बची–खुची आशा पर भी पानी फेरने वाली थीं। यदि ये बातें किसी प्रकार प्रिंसिपल के कानों तक जा पहुँचीं तो डॉ. धर्म सिंह के नाम के साथ चिपके विशेषण 'खालिस्तानी' की चपेट में के.पी. को बिना मतलब ही आ जाना था। यह कलंक अब रिटायरमेंट के समीप पहुँचे डॉ. धर्म सिंह का तो भले कुछ न बिगाड़ पाता, पर इसने के.पी. का तिनका भी नहीं बचा पाना था। महाशयों के कॉलेज की नौकरी के तीस–पैंतीस वर्ष डॉ. धर्म सिंह ने के.पी. की ही भाँति विनम्र रहकर गुज़ारे थे। अब रिटायरमेंट के करीब आकर पता नहीं कैसे एकदम विस्फोट हो गया था। ज़रा–सी बात भी उसे हिन्दू–सिक्ख मसला नज़र आने लगती और बहाना मिलते ही वह बम की तरह चल जाता। के.पी. के तबादले का केस डॉ. धर्म सिंह को गनीमत की भाँति मिला था। इसमें उसे हिन्दू–सिक्खों के बीच की रेखा स्पष्ट नज़र आती थी।

''छोटे भाई, भागो मत, बात सुनकर जाना, ये बातें तुम्हारे ज़िंदगी भर काम आयेंगी।'' डॉ. धर्म सिंह ने के.पी. के उठ जाने की मंशा को भाँपते हुए बात फिर छेड़ ली, ''मैं इनकी रग–रग से वाकिफ़ हूँ, पूरे बत्तीस वर्ष हाड़ रगड़ाये हैं इस संस्था के लिए। सैंतालीस में हमारे अन्धे नेताओं ने पता नहीं क्या देखकर फ़ैसला किया था, कहने लगे, हम हिन्दू–सिक्ख भाई हैं, हम भारत के साथ रहेंगे, हमारा ख़ून का रिश्ता है। अब चख लो स्वाद, उन्होंने पचास वर्षों में कोई रिश्ता बनने ही नहीं दिया कि झूठ है? तेल और पानी का ही रिश्ता रहा न?

तेल और पानी वाला नहीं तो... । तभी तो मैं कहता हूँ, इनकी मीठी बातों में न आओ, व्यवहार देखो, यह तुम्हारे सामने अढ़ाई सौ के स्टाफ में सिक्ख कितने हैं? कुल आठ कि झूठ है? वह भी चार पंजाबी में, मैंने तो अब रिटायर हो जाना है और तुम्हें उन्होंने दूध में से मक्खी की तरह निकाल कर फेंक दिया है । बाक़ी रहे कितने? दो टोटरू कि झूठ है?''डॉ. धर्म सिंह पूरे वज़्द में आकर बोल रहा था । के.पी. के कान उसकी ओर थे और आँखें बाहर की भनक रख रही थीं । वह शुक्र मना रहा था कि कमरे के आगे से अभी तक कोई नहीं गुज़रा था । पर, डॉ. धर्म सिंह उसकी विवशता न समझता हुआ अपनी ही धुन में कहे जा रहा था, ''मैं बताऊँ, इतने भर सिक्ख भी इसलिए रखे गये कि उन दिनों पंजाबी पढ़ने वाले हिन्दू कम ही हुआ करते थे । अब उनकी सुधाएँ जैसी बनियाइनें भी पढ़ गयीं गुरुमुखी, फिर हम जैसों की क्या ज़रूरत रह गयी? कि झूठ है? अब अवसर मिलते ही ले लिया उन्होंने कुठार हाथ में परशुराम वाला और शुरू कर दी छाँग–छँगाई । दुर्भाग्यवश वार के नीचे आ गये तुम कि झूठ है?'' डॉ. धर्म सिंह को बड़ी मुश्किल से भड़ास निकालने का अवसर हाथ आया था । के.पी. विवश था । अपने ही विभाग के मुखी की बात सुनने से इनकार भी तो नहीं कर सकता था, पर ये बातें उसके हज़म भी नहीं हो रही थीं । वह कुर्सी से उठकर खड़ा हो गया, पर डॉ. धर्म सिंह ने फिर चलते हुए अपनी पूरी बात सुनाकर ही दम लिया ।

''छोटे भाई! रगड़े केवल तुम ही नहीं गये, हमने भी बहुतेरे डंक सहन किये हैं, बस कभी किसी को ये नीले–दाग़ दिखाये नहीं । मेरे से आधी सर्विस वाले सिर–मुण्डों को तो उन्होंने प्रिंसिपल बना छोड़ा है कि झूठ है? हम फिरते हैं, धूल फाँकते । फिर तुम ही बताओ, लकीर और होती क्या है?'' गुबार निकल जाने पर, डॉ. धर्म सिंह के तप रहे बोलों पर अचानक पानी का छिड़काव हो जाने से वह सहज हो गया । के.पी. को इस प्रकार लगा जैसे वह बताने से बढ़कर कुछ पूछ रहा हो । स्वीकृति सरीखे हमदर्दी के दो बोल सुनना चाह रहा हो । उसका यह रूप देखकर के.पी. पलभर के लिए पसीज गया । डॉ. धर्म सिंह की

दलीलें के.पी. के लिए अनजानी न रहीं, पर वह उनकी अँगुली थामकर साथ चलने में समर्थ भी न हो सका। वहाँ से निकल कर कॉमनरूम की ओर जाते हुए के.पी. के अन्दर एक युद्ध–सा छिड़ा रहा। एक पलड़े में वह रोज़गार था जो एम.ए., एम.फिल. करके भटकते–फिरते के.पी. को इस कॉलेज ने प्रदान किया था और दूसरे में डॉ. धर्म सिंह की दलीलें जिनके भीतर की कसक के.पी. को अभी तक महसूस हो रही थी। रोज़गार वाला पलड़ा झुक गया। यदि डॉ. धर्म सिंह सच्चा था तो फिर के.पी. पर चलने वाला कुठारघात उसके सीनियर अतिन्दर सिंह पर क्यों न हुआ? वह तो था भी अमृतधारी और पंजाब संकट के दिनों फेडरेशन का सदस्य भी रहा था। 'कदाचित् यहाँ भी जैक वाला फार्मूला फिट बैठता हो' के.पी. ने सोचा। के.पी. को खालसा कॉलेज में दिये अपने एक इंटरव्यू की याद आयी। उसमें अतिन्दर सिंह खालसा भी उम्मीदवार था। के.पी. के केश तो थे पर दाढ़ी कतरी होने के कारण उसे पतित सिक्ख कहकर रद्द कर दिया गया था। पर जब अतिन्दर सिंह को भी न रखा गया तब के.पी. को आश्चर्य हुआ था। बाद में पता चला कि जो क्लीन–शेवन लड़का रखा गया था, उसके पास शिरोमणि प्रबन्धक कमेटी के प्रधान का जैक था और अब वह उसी पतित के.पी. को डॉ. धर्म सिंह सिक्खों वाले पलड़े में रखे बैठा है।

'किस तरह का सिक्ख हूँ, मैं? यह ज़्यादती सिक्खी के साथ हुई है या मेरे साथ?' के.पी. के अन्दर मची खलबली और भी बढ़ गयी। 'क्या मैं और सिक्खी एक हैं या कि दो?...पानी और तेल...?' यह सब सोचते हुए के.पी. और भी उलझ गया।

कॉमनरूम में क्लीन–शेवन कुलीग्ज़ के साथ हाथ मिलाते समय के.पी. उनकी नज़रों तथा हथ–घुटाव में से अपनी शंकाओं के उत्तर ढूँढ़ता रहा। डॉ. धर्म सिंह वाली लकीर उसको कहीं भी नज़र नहीं आयी। सब कुछ आम दिनों की ही भाँति था। बल्कि इसके विपरीत प्रधान अनिल धीमान तथा सचिव रमेश छाबड़ा के व्यवहार ने के.पी. के अन्तस में छिड़े घमासान को मूलतः शान्त कर दिया। वे बड़ी गम्भीरता के साथ उसी के केस पर विचार कर रहे थे।

''आ जाओ, आ जाओ प्रो. साहिब, आप ही की प्रतीक्षा कर रहे थे, बैठो प्लीज़।" प्रधान ने अपने साथ वाली कुर्सी की ओर संकेत करके कहा और बड़े आदर से उसे बैठाया।

''हाँ जी, सर! कोई और प्रॉग्रेस?'' उनके स्निग्ध व्यवहार से के.पी. को आशा की किरण नज़र आयी।

''प्रो. साहिब, दो भरपूर मीटिंगें प्रिंसिपल के साथ हो चुकी हैं, हर एक पक्ष से उन्हें भलीभाँति अवगत करा दिया गया है, अब देखते हैं...।'' सचिव छाबड़ा ने बात तो शुरू की पर कुछ स्पष्ट कहने से रुक गया। के.पी. को उसका यह व्यवहार तनिक चुभा।

''प्रो. साहिब वास्तव में बात यह है कि प्रिंसिपल के एडामेंट व्यवहार के साथ बात उल्टी दिशा में चल पड़ी लगती है। वे कहते हैं कि मैनेजमेंट ने क्लीयरली कह दिया है। बट, यू डोंट वरी, यूनियन आपके साथ है। हमने यह निर्णय लिया है कि यदि उन्होंने कल को मैडम सुधा को ज्वाइन कराया तो उसी समय हम धरने पर बैठ जायेंगे। आख़िर जीत तो यूनियन की ही होनी है। मैनेजमेंट को अपना डिक्टेटरी रूप त्यागना ही पड़ेगा। हौसला रखें आप।" प्रधान ने सारी योजना के बारे में स्पष्ट करते हुए के.पी. की पीठ पर सान्त्वना भरी थपकी दी।

"ओ.के. सर, शायद बात...।" के.पी. आशा तथा निराशा के बीच पेंडुलम बन गया। वह वहाँ और न रुक सका। फिर भी प्रधान का थपकी वाला हाथ उसे घर पहुँचने तक अपनी पीठ पर फिरता महसूस होता रहा। यह हाथ कोई अकेला नहीं था, इसमें पूरे स्टाफ़ के हाथ शामिल थे। इतने हाथों की शक्ति के होते हुए मैनेजमेंट की क्या मजाल थी? अपना यह हुलास के.पी. ने घर पहुँच कर सुरजीत कौर के साथ साँझा किया तो वह विरोधी रुख अपनाते हुए बोली, ''ये यूनियनें– वूनियनें आजकल किसी का कुछ भी सँवारने योग्य नहीं। नेता लोग तो जलती आग पर अपनी रोटियाँ सेंकने वाले होते हैं। यों ही न आना उनके झाँसे में, ज्वाइन करने की सोचो, कल को। लास्ट डेट निकल गयी तो पछताओगे। वैसे भी उड़ते हुओं के पीछे भागने

का लाभ कोई नहीं।'' सुरजीत कौर की सांसारिक सूझ ने के.पी. का हौसला फिर लड़खड़ा दिया।

''मैं...मैं अब कैसे कर सकता हूँ ज्वाइन? यूनियन कल को धरने का निर्णय ले चुकी है, इस तरह तो... ।" के.पी. मँझधार में गोते खाने लगा।

''मैं तो कहती हूँ, कुछ नहीं निकलने वाला इन धरनों–वरनों से। कहते हैं, आग लगायी डब्बू दीवार पे, भला इन बनियों–ठनियों की कैसी यूनियनें और कैसे धरने? जिस तरफ का पलड़ा भारी हुआ, झुक जायेंगे। मैं बताती हूँ तुम्हें, यह कौम तो चींटियों की भाँति चीनी की यार होती है, नमक की नहीं। गुज़रा वक़्त फिर हाथ नहीं आया करता। सयाने कहते हैं कि सारा जाता देखकर, आधा लुटा दो। बुढ़लाड़ा क्या निपूते का कालापानी है कि वहाँ लोग नहीं बसते?'' सुरजीत कौर ने जैसे काफ़िले के साथ चलते के.पी. को बाह से पकड़ अलग कर दिया। काफ़िले के साथ वह कितना उत्साहित था और अकेला, जैसे कि किसी मरुस्थल में भटक गया हो।

भटक ही तो गया था के.पी.। ज्वाइन करने की तारीख़ गुज़र जाने के पश्चात् जब के.पी. को सस्पेंड किये जाने वाला नोटिस मिला और ड्यूटी से कोताही का केस इनक्वायरी कमेटी के हवाले हो गया, तो उसके पास भटकन ही तो बची रह गयी थी। सब कुछ बदल गया था। अब सुबह पढ़ाने जाने के स्थान पे धरने पर बैठनें के लिए जाना होता, क्लास में लेक्चर देने के स्थान पर लीडरों के भाषण सुनने होते और घर पहुँच कर योजनाएँ सोचनी पड़तीं कि आधी पगार में घर के ख़र्चे कैसे पूरे करने हैं। सभी कुछ भटकाने वाला ही तो था।

अपनी बात न मानने के कारण सुरजीत कौर कुछ दिन तो घुटी–घुटी फिरती रही, पर के.पी. को सस्पेंड करने वाला नोटिस देखते ही उसका व्यवहार एकदम बदल गया।

''लो, उन्होंने कर दिया जो कुठाराघात करना था, अब इकट्ठे होकर उस तपले जैसे सिर वाले प्रिंसिपल को ऐसा सबक सिखाओ कि उसे छठी का दूध याद आ जाये। अक्ल आ जाये ठिकाने। जान लें वे कि दूसरे भी नहले पे दहला मार सकते हैं। अब घर बैठे रहकर

रिरियाने से बात नहीं बनेगी।" ढीली, उत्साह–हीन–सी बातें कर रहे के.पी. को सुरजीत कौर ने सबल करके धरने पर जाने के लिए प्रेरित किया।

नये हालात से जूझने के लिए सुरजीत कौर ने अनेक योजनाओं में पड़ने के स्थान पर, तुरन्त अभ्यास ही शुरू कर दिया। बजट के लिए दूध की मात्रा आधी कर दी। दो समाचार–पत्रों में से एक बन्द करा दिया। कामवाली से आधे काम छुड़वा लिये। माली का कार्य भी ख़ुद सँभाल लिया। सब्ज़ी रेहड़ी वाले से लेने के स्थान पर 'अपनी मण्डी' से सस्ती ख़रीद कर लाने लगी। बच्चों को ऐर–ग़ैर चीज़ें लेकर खाने की सख़्त मनाही कर दी। जहाँ से भी दो पैसे की बचत होती दिखाई देती, वह करती। उसने सिर आ पड़ी आफ़त के विरुद्ध हर प्रकार की मुहिम चला दी। बच्चों को स्कूल भेजकर वह के.पी. की तैयारी करने में जुट जाती, जैसे उसे लाम पर भेजना हो। जूते नित्य पॉलिश करती, पेंट–शर्ट प्रेस करके ही पहनने देती और कभी भी पहले की बँधी–बँधाई ढीली–ढाली पगड़ी को सिर पे न रखने देती, बल्कि हर रोज़ ही बदल कर बाँधने के लिए बाध्य करती। साथ–ही–साथ यह मशविरा पाठ भी दोहराती रहती कि शत्रु के सामने कभी मुरझाया चेहरा लेकर न जाया जाये। तैयार–बर–तैयार मनुष्य आधी लड़ाई तो अपने ऊपरी–प्रभाव से ही जीत लेता है। के.पी. ने सुरजीत कौर का यह व्यावहारिक एवं जुझारू रूप पहली बार देखा था। घर से चलने को तैयार के.पी. के लिए वह कोई उत्साहवर्धक बोल ज़रूर बोलती :

''कहते हैं, लगी तो चींटी ही बहुत होती है, और ख़ैर हम तो ठहरे आदमी, बस तगड़े होकर लगे रहो अब।" वह अक्सर दोहराती।

''...चींटी ही बहुत होती है... ।" सुरजीत की यह सान्त्वना भरी बात के बोल के.पी. को सामने वाली दीवार पर प्रत्यक्ष होते नज़र आये। कई चींटियाँ चलते–चलते दीवार पर बिखरी चाय के सूखे छींटों को सूँघती हुई ज़रा–सा अटकतीं और फिर आगे चल पड़तीं। कइयों ने अपने भार से भी कहीं अधिक भार उठाया हुआ था। के.पी. को उनका

जोश देखकर बड़ी हैरानी हुई। वह उनकी मंज़िल देखने के लिए काफ़िले के साथ–साथ चल पड़ा। वे बेडरूम में से होती हुई, लॉबी की दीवार के साथ–साथ चलतीं, अन्त में बाथरूम की चौखट की दरार में से अन्दर घुस जाती थीं। इस बाथरूम का उपयोग नाममात्र ही होता था, अतः उन्होंने बड़ा सुरक्षित टिकाना ढूँढ़ा था। टॉयलेट की ऊँची थड़ी पर फ्लश–सीट के साथ वाली बची दरार को उन्होंने अपना बसेरा बना रखा था।

"लो, तुम तो देखो एक बार प्रलय का नमूना।" कहते हुए खीझे हुए के.पी. ने पानी का मग भर कर दरार पर डाल दिया। बेबस चींटियाँ फ्लश में बहती हुई मौत के मुँह में गिरने लगीं। एक बार तो ऐसा लगा जैसे चींटियों का सफाया हो गया हो, पर अगले ही पल वे दरार में से और अधिक निकलने लगीं। उनके मुँह में अब अण्डे भी थे। लगता था मानो ख़तरे को भाँपते हुए उन्होंने आवश्यक वस्तुओं की सँभाल शुरू कर दी थी। फिर उनके अपने अण्डों से अधिक मूल्यवान और कुछ हो भी क्या सकता था?

"लो, अब बच के दिखाओ तो जानें।" उसने एक और मग उड़ेल दिया। चींटियाँ फिर बह गयीं, पर एक–दो बच–बचा कर दीवार पर भी जा चढ़ीं। के.पी. को लगा जैसे वे कह रही हों, "लो, देख लो फिर।" चींटियों के इस मज़ाक़ पर के.पी. को गुस्से के स्थान पर हँसी आ गयी। अब उसने काफ़ी देर तक पानी न डाला और चींटियों की भाग–दौड़ का तमाशा देखने लगा।

"लो, साला नन्हा–सा जीव ही काफ़ी है, अगर अपनी आई पे आ जाये तो, रत्तीभर शरीर में प्रकृति ने कितनी शक्ति भर छोड़ी है।" के.पी. ने उन दस–बारह चींटियों पर आश्चर्यचकित होकर सोचा, जो एक अधमरे काकरोच को बाथरूम की ओर घसीटती ला रही थीं।

"सचमुच ही चींटी ने मार लिया होगा हाथी को।" के.पी. की स्मृति में से वह लोक–कथा गुज़री जिसमें चींटी तथा हाथी के मुक़ाबले के दौरान चींटी हाथी की सूँड़ में प्रवेश कर गयी थी और हाथी वृक्ष से अपना सिर पटकता मर गया था।

"...सत्ता के मदमस्त हाथी पर सवार ये लोग दूसरों को चींटे–चमोटे ही तो समझे बैठे हैं।" धरने में बोलते डॉ. धर्म सिंह ने प्रिंसिपल के दफ़्तर की ओर अँगुली साध कर पूरी गर्जती आवाज़ में कहा, "ये हमें पाँवों तले रौंदने के मनसूबे बनाते फिर रहे हैं, भ्रम में हैं ये, कि झूठ है? इन्हें नहीं मालूम कि जब किसी की आस्था बचित्तर सिंह की नागिन का रूप धारण कर ले तो मस्त हाथियों में भी भगदड़ मच जाया करती है। मैनेजमेंट भ्रमित है, प्रिंसिपल तथा उसके चमचों को अपनी ढाल समझे बैठी है, हमारे संघर्ष को फेल करने की चालें चली जा रही हैं। इन ढालों व चालों से कुछ भी सँवरने वाला नहीं, कि झूठ है? कहते हैं दशम पातशाह के लाड़ले सिक्ख ने जब तेग़ चलाई तो मुग़लों के मस्त हाथी के मस्तक पर बँधी ढाल एवं उसका सिर दोनों ही रेज़ा–रेज़ा हो गये। अब ये हमारे सब्र की परीक्षा लेने लगे हैं। आज के.पी., कल को कोई अन्य और परसों को यह किसी तीसरे की बलि माँगेंगे, कि झूठ है? आओ, इकट्ठे होकर इक्कीस की इकतीस डालें... हमारी यूनियन मदमस्त हाथियों का गुरुर ज़िन्दाबाद, ज़िन्दाबाद... मुर्दाबाद, मुर्दाबाद।" डॉ. धर्म सिंह के भाषण और नारों का मिलाजुला प्रभाव पड़ा। कई मन्द–मन्द मुस्काये, कइयों ने कानाफूसी करते बड़ा 'खालिस्तानी' कहकर छुपते–छुपाते नाक–भौंह सिकोड़े। पर प्रधान पूरी तरह से खिल उठा। डॉ. धर्म सिंह के करारे शब्दों ने मुर्दा–चाल चल रहे धरने में जोश फूँक दिया, नहीं तो प्रधान धरने के उस फ़ीके पड़ रहे उत्साह पर चिन्तित होने लगा था। टेम्परेरी तथा एडहॉक लेक्चररों की विवशता समझते हुए यूनियन ने उन्हें पहले ही धरने से छूट दे रखी थी। सीनियर टीचर्ज़ आते और 'बूढ़े शरीर के साथ बैठने की दिक्कत' की दुहाई देते हाज़री लगाकर उठ जाते। प्रिंसिपल का हितैषी धड़ा सिर्फ़ ख़बर–सार लेने के लिए ही आता था धरने पर चक्कर लगाने। यह धड़ा तो गुप्त रहते हुए विद्यार्थियों को भड़का कर समानान्तर धरना लगवाने का भी प्रयत्न कर रहा था। यूनियन की इच्छा थी कि छुट्टियों से पहले–पहले बात किसी किनारे लग जाये पर इस मैनेजमेंट के कठोर व्यवहार के कारण यह इच्छा पूर्ण होती नहीं दीख रही थी।

जब सभी वक्ता बोल चुके तो प्रधान बात समेटने के लिए उठा। उसने बड़े सुलझे हुए शब्दों में बोलना आरम्भ किया, ''अध्यापक साथियो! बहुत सारी बातें हो चुकी हैं, मैं उन्हें दोहराऊँगा नहीं। सचिव महोदय ने ठीक कहा था कि हम कहने को भले ही के.पी. के लिए लड़ रहे हैं, परन्तु वास्तव में हम न्याय के लिए संघर्षरत हैं। मैं इसी लड़ी में मजीद कहना चाहता हूँ कि हमारी यह लड़ाई किसी पर्टिकुलर व्यक्ति के विरूद्ध भी नहीं है, हम तो सत्ता के ज़ुल्म के विरोध में हैं, जिसे डॉ. धर्म सिंह ने 'मस्त हाथी' का नाम दिया है। सत्ता चाहे हाथी हो, चाहे चींटी की फोरम में नज़र आये, उसका लक्ष्य सिर्फ़ और सिर्फ़ पॉवर हथियाना ही होता है। हमें उसकी ठीक से पहचान करनी है। यदि हम सत्ता के प्रत्येक रूप, प्रत्येक चाल को समझ लेंगे तब ही हमारी विजय होगी। आओ, अपनी एकता का सबूत दें...अध्यापक यूनियन, ज़िन्दाबाद..., ज़िन्दाबाद।'' प्रधान ने बात अभी समाप्त ही की थी कि नारे लगाते विद्यार्थियों की एक टोली, धरने वाले स्थान की ओर बढ़ती नज़र आयी। ''पढ़ाई नहीं, तो फीसें भी नहीं...अब ये धरने, और नहीं जरने, टीचर्ज़—पॉलिटिक्स... बन्द करो... कामचोरों का मुर्दाबाद।" विद्यार्थियों ने बराबर ही धरना लगा दिया। प्रधान ने टीचर्ज़ को धैर्य बनाये रखने की अपील की। इससे स्थिति सँभल गयी, पर दूसरे रोज़ समाचार—पत्रों को अच्छा मसाला मिल गया।

अध्यापकों और विद्यार्थियों—अभिभावकों के मध्य खींचतान बढ़ती देखकर यूनियन को अपना पैंतरा बदलना पड़ा। धरने का समय क्लासों के पश्चात् रख लिया गया। इसके साथ विद्यार्थियों का विरोध तो थम गया, पर धरने का जोश ठण्डा पड़ गया। कक्षाएँ रोज़मर्रा की भाँति लगने लगीं तो मैनेजमेंट पर भी कोई दबाव जैसी कोई बात न रही। धरना लटक गया। छुट्टियों में तो गिनती नाम—मात्र ही रहने लगी। बहुत बार तो यूनियन ओहदेदार तथा डॉ. धर्म सिंह जैसे गिने—चुने व्यक्ति ही बैठे होते। लेडी—टीचर्ज़ तो उनमें कोई भी न होती। धरने से कन्नी कतराने के लिए अध्यापक ऐसे—ऐसे नगण्य बहाने गढ़ते कि उन पर गुस्से के स्थान पर हँसी अधिक आती।

के.पी. का पड़ोसी, संस्कृत वाला शास्त्री राममूर्ति तो इस पक्ष में प्रथम था। वह आहिस्ता से प्रधान की बाँह पकड़कर धरने से परे ले जाता और कहता, ''प्रो. धीमान, बात यह है कि अचानक एक मुश्किल आन पड़ी है। बात यह हुई कि 'पीरियड' के दिनों में श्रीमती जी की तबीयत ठीक नहीं रहती, तो घर का काम... बच्चे इत्यादि... माफ़ करना... अब मैं दो–तीन दिन.... ही–ही–ही।" शास्त्री जी हाथ जोड़ते और खिसियानी–सी हँसी हँसते चले जाते। पर अपने पीछे चोंच–चर्चार्थ अजीब–सा विषय छोड़ जाते।

''साथियो! लगता है अगला धरना मर्दों को मेनसिज़–लीव दिलवाने के लिए लगाना पड़ेगा, तैयार रहिएगा।" प्रधान ने शास्त्री वाली बात साँझी की तो सभी हँस पड़े। बस केवल के.पी. न हँस सका। धरने के दिन–ब–दिन ढीले पड़ते जाने की वजह से उसकी कनपटियों का कसाव और बढ़ गया। दिन तो धरने पर बैठकर बीत जाता, पर रात तो मुश्किल से करवटें बदलते बीतती।

''यदि तब तेरी मान कर ज्वायन कर लेता तो अच्छा रहता, बस यों ही उल्टा पंगा ले लिया।" के.पी. ने सुरजीत कौर का मन टटोला। उसके भीतर पश्चात्ताप पसरने लगा था।

''यह निपूती 'यदि' किसी के द्वारा पकड़ी गयी है, क्या? कहते हैं गुज़रे वक़्त को तो घोड़े भी पकड़ नहीं सकते। चलो, अब तो धैर्य कर लेने से ही छुटकारा मिलेगा।" सुरजीत कौर ने उसे ढाँढस बँधाया। वह देर रात तक के.पी. के साथ बातों में व्यस्त रहती, पर के.पी. का मन किसी बात पर न टिकता। कभी–कभार उसके मन में विचार उठता कि यूनियन से चोरी–चोरी प्रिंसिपल से जाकर मिले, बुढ़लाडा ही ज्वायन करवाने के लिए मिन्नत आदि करके देखे। कदाचित् उसका मन पसीज जाये। पर प्रधान और सचिव के सुहृदय प्रयत्न उसकी राह रोक लेते। वैसे भी उसे लगता कि यदि प्रिंसिपल न माना तो वह न घर का रहेगा और न ही घाट का। इस प्रकार से यूनियन की सुहानुभूति खो जाने का भी खटका था। मार्ग तो बस एक ही बचा था, और वह था सिर पर आ पड़े युद्ध को मर्दों की भाँति एक किनारे तक ले

जाना। पर गिनती के धरनाकारियों के सहारे इस लड़ाई को सिरे तक कैसे ला जाया सकता था। यदि किसी दिन ऊब कर प्रधान व सचिव भी हार मान गये तो फिर क्या बनेगा? यह सोचते के.पी. को एक–एक करके सभी राह बन्द होते नज़र आते। ऐसे अवसर पर उसका मन करता कि डॉ. धर्म सिंह के पास जा कर मन का गुबार निकाल ले। पर यह गुबार तो और भी बढ़ गया जिस दिन पता लगा कि सस्पेंशन का प्रभाव उसके बच्चों पर भी पड़ना शुरू हो गया था।

के.पी. सांयकाल को धरने से लौटा था। सुरजीत कौर उसके लिए चाय बनाने लगी। वह आँखें बन्द करके पीठ सीधी करने के लिए लेटा हुआ था। बाहर बरामदे में बच्चे बातों में लगे हुए थे।

''दीदी, हम ग़रीब हैं कि अमीर?'' प्रथम कक्षा में पढ़ते मनी ने अपनी आयु से कहीं बड़ा प्रश्न कर दिया था।

''अमीर हैं, और क्या, अपने टी.वी., फ्रिज़, हीरो–हॉण्डा सभी कुछ तो है।" नीतू ने अपनी ओर से पूरी तसल्ली करवाने की कोशिश की।

''पागल, ये तो सभी के होते हैं, अमीर तो वे होते हैं जो रोटी नहीं खाते।" मनी के बचकाना तर्क से नीतू खिलखिलाकर हँस पड़ी।

''फिर और क्या खाते हैं वे?'' नीतू ने पूछा।

''मेरी कक्षा का एक बच्चा बहुत अमीर है, कभी–कभी मेरे साथ बैठता है।" मनी ने कहानी–सी सुनाते उत्तर स्वरूप कहना शुरू किया, ''वह कभी नूडल्ज़, कभी केक, कभी ब्रेड, कभी चिप्स लाता है। आज न, उसका टिफ़न गिर गया, सारी की सारी उसकी नूडल्ज़ बिखर गयी फ़र्श पर। मैंने कहा मेरे से रोटी और आचार ले ले, उसने नहीं ली। कहने लगा रोटी तो ग़रीब लोग खाते हैं। फिर, एक अन्य बच्चे ने ब्रेड दे दी, उसने खा ली। मैंने भी उसके साथ कुट्टी कर दी।" मनी रुआँसा हो गया।

''तो तू भी ले जाया कर नूडल्ज़।" नीतू ने उसका मन रखने को कह दिया, ''फिर तू भी अमीर बन जायेगा।''

''मम्मी लेकर दे कुछ, तब न! कुछ भी नहीं लेने देती, कहती है यह अमीरों के चोचले होते हैं, नित्य रोटी भिजवा देती है।" मनी ने पूरी

खीझ से कहा, तो सुनकर के.पी. का भी मन भर आया। उसने विचार किया कि चाय ले कर आयी सुरजीत कौर से कहेगा, ''मनी को स्कूल में नित्य रोटी न भिजवाया कर, इस प्रकार बच्चे में हीन–भावना...'' पर कप पकड़ते समय वह केवल इतना ही कह सका, ''आज यूनियन के धरने के साथ–साथ कोर्ट जाने का भी डिसीज़न लिया गया है, केस का सारा ख़र्च यूनियन ही करेगी, अपने ऊपर नहीं बोझ पड़ने देते किसी प्रकार का।" के.पी. को चाय फीकी महसूस हुई, जैसे सुरजीत कौर चीनी डालना भूल गयी हो, या फिर यह भी बचत के लिए ही...।

''चलो, शाबाश उनके, यदि हमें जलती आग में झोंक कर स्वयं किनारा कर लेते, फिर हमने क्या बिगाड़ लेना था उनका। हमें तो अब साथ खड़े होने वालों का ही सहारा है।" सुरजीत कौर के बोलों में बेबसी झलकने लगी थी। के.पी. ने कोई और बात न की। सुरजीत कौर अपनी बेरोज़गारी का क़िस्सा छेड़ बैठी।

''ऐसे अवसर पर यदि मेरे पास कोई छोटी–मोटी नौकरी होती तो घर का गुज़ारा आसानी से चलता रहता।" सुरजीत कौर ने आह भरने की तरह कहा। के.पी. उसकी बात अनसुनी करके दूसरी ओर मुँह करके लेट गया, जैसे नींद न आ रही हो। उसका शरीर बिल्कुल ही शिथिल हुआ पड़ा था। उसे अपना मन भी गिरता–सा अनुभव हुआ। उसे लगा जैसे अब और नहीं लड़ सकेगा। वह अन्दर–बाहर से पूरी तरह हार गया महसूस करने लगा।

''लो, तुम जीतीं और मैं हारा।" के.पी. चींटियों वाली दरार में पानी डाल कर ग़लती कर बैठा था। पानी ज़रा सूखता तो चींटियों का एक नया दल बाहर निकल आता। के.पी. पानी उड़ेलता थक गया था। अन्त में थक–हार कर उसने बेडरूम में आ लेटने का निर्णय लिया। ज़रा–सी आँख लगी थी कि उसे नाक में जलन महसूस हुई। ''शायद चींटियों...।" उसने चौंकते हुए उठकर नथुने में अँगुली फिराई। वैसे ही रेशा–सा उतर आया था। चींटियों का तो कहीं नामोनिशान भी नहीं था। शायद ख़तरा टल गया जानकर वे भी टिक गयी थीं। बाहर धूप में तीखापन था, उसका सेंक रोशनदान के शीशों में से छन कर

आ रहा था। उमस और भी बढ़ गया था ''चल रे मन! हम भी टिक लें घड़ी–पल।" कहकर वह अभी लेटा ही था कि 'ट...अल' की भयंकर ध्वनि से डर–सा गया।" तीखी दोपहरी में यह कौन बे–आराम जात आ टपकी?" खीझ से भरा, सोचता हुआ वह दरवाज़े की ओर लपका।

''प्रो. साहिब हम तो न टिकें न आराम से बैठने दें, यूनियन की यह मूड़ी कहाँ टिकने देती है भला?'' कहते हुए पसीने से तर–बतर हुआ प्रधान अनिल धीमान अन्दर आ गया। उसके बोलों की भीतरी खीझ, बेबसी तथा रहस्यमयता से वह भौचक रह गया।

''ख़ैर तो है, प्रधान जी?'' प्रधान के इस आगमन पर के.पी. को कोई नयी मुसीबत के आने का आभास हुआ। उसके मन में बेचैनी भर गयी।

''ख़ैर है तो नहीं, पर अब किसी न किसी तरह पैदा करके ही साँस लेंगे।" प्रधान के शब्दों में चिन्ता के साथ–साथ गुस्सा भी उतरने लगा था।

''हुआ क्या है?'' के.पी. की व्याकुलता और बढ़ गयी।

''आप जानते ही हैं, मैं और सचिव महोदय कल से चण्डीगढ़ गये हुए थे, अपने वकील ग्रेवाल जी के पास। उन्होंने सीधा तो ख़ैर कुछ नहीं कहा, पर हमारी जजमेंट यह है कि होपलेस लगता है। अपनी अंडरटेकिंग देने वाली बात मैनेजमेंट के हक़ में जाती दिखाई देती है।" कहकर प्रधान अँगुलियाँ मटकाने लगा।

''फिर अब?'' के.पी. की साँस अटक गयी, जैसे तेज़ तरंग के साथ किसी गहरे गर्त में बह गया हो।

''यही मशविरा करने आया हूँ। चण्डीगढ़ से लौटकर, घर में शान्ति नहीं मिली, बस पानी पीकर इधर ही चला आया। लगता है अब कोई बोल्ड स्टेप उठाना पड़ेगा। अकेले धरने से अब बात नहीं बनेगी। धरने में अपनी कम्यूनिटी का हाल तो आपने देख ही लिया है। अधिकांश तो सेल्फ इंट्रस्ट के बिलों में घुसे बैठे हैं। कॉमन–कॉज के लिए तो बरबस खींच–खाँचकर बाहर निकालने पड़ते हैं। वह ग्रेडों की रिवीज़न वाले केस में देखो धरने को क्या ग़ज़ब की स्वीकृति मिली थी, और इस बार...? अब, क्या कहा जाये, यू नो वेल, दिस इज़

हार्ड फैक्ट...स्टाफ की स्ट्रेंथ के बिना भला अकेली यूनियन क्या प्रेशर बिल्ड कर सकती है?'' प्रधान को निराशा की दलदल में कानों तक धँसा देखकर के.पी. के औसान ख़ता हो गये।

''फिर, अब तो मरण–व्रत का राह ही बचा है शायद।'' के.पी. के भीतर लावे जैसा कुछ पिघलने लगा।

''ओ, नो...!!! अभी इस एक्स्ट्रीम तक नहीं जा सकते, निरोल डेमोक्रेटिक टेक्टिक्स भले ही सफल नहीं हो रहे, पर अभी एक डिप्लोमेटिक युक्ति की गुंजाइश बाक़ी है।'' प्रधान ने अपनी नेताई–सूझ के साथ कहा। फिर मस्तक के मध्य में अँगुली व अँगूठे से चिकोटी–सी भर कर इस प्रकार ध्यानमग्न होने का प्रयास किया, जैसे मस्तिष्क के सागर–मन्थन से कोई रत्न तलाश कर रहा हो। जब वह मिल गया तो बड़े सहज–भाव से बोला, ''एक पत्ता और है, यदि ठीक लगे तो उसका उपयोग किया जा सकता है, वकील साहिब ने भी इसका हिंट दिया था, पर...।''

''प्लीज़, जल्दी बताओ सर, जो भी है, जिस तरह भी...।'' के. पी. के धैर्य का बाँध टूट गया। वह तो अब आर या पार जैसा निर्णय चाहता था। पर प्रधान कोई अकस्मात्–विस्फोट करने के स्थान पर भूमिका बाँधने लगा।

''देखिए, प्रो. साहिब! यूनियन हर पक्ष से आपके साथ है,यदि केस हाईकोर्ट में से लूज़ कर गये तो सुप्रीम कोर्ट में भी पिटीशनकरेंगे। पर एक काम आप ही के करने का है, आप...।'' प्रधान फिर रुककर मुँह से निकाली जाने वाली बात को अन्दर ही अन्दर तौलने लगा। उसने के.पी. के चेहरे को भी भाँपा कि बात का उसके ऊपर क्याप्रभाव पड़ सकता है। उसे लगा, भूमिका को और भी मज़बूत करना पड़ेगा।

''...मेरी भावना को ठीक अर्थों में लेने की कोशिश करना, प्लीज़। यूनियन के प्रधान होने के नाते मैं यह कहना नहीं चाहता था। यह बात मेरे स्वभाव के अनुकूल भी नहीं, पर मेरी भावना... मैं हर प्रकार से केस में जीत ही का मुँह देखना चाहता हूँ। वैसे भी प्रेम तथा युद्ध में 'एव्रीथिंग फेयर' ही कहा जाता है। किसी गुप्त भय के कारण मैं यह

बात अभी तक प्रो. छाबड़ा के साथ भी साँझी नहीं कर सका। बात...।" प्रधान ने गले में अटके थूक को निगला और साथ ही बात भी जैसे गले के नीचे जा गिरी।

के.पी. को जैसे प्रधान की बात सुनाई देनी बन्द हो गयी। इतनी लम्बी उबाऊ भूमिका के पहाड़ के नीचे से कुछ भी न निकलता देखकर उसका रक्त खौलने लगा। उसने बेड के ढाँसने की किनारी को इस प्रकार कस कर पकड़ लिया, जैसे अभी उसे उखाड़कर प्रधान के सिर पर दे मारेगा, तथा उसके टुकड़े–टुकड़े कर डालेगा। उसने पूरा ज़ोर लगाकर अपने–आप को बात के अन्त तक निन्यत्रित रखना चाहा।

"प्रो. साहिब! बात यह है कि आप माइनॉरिटीज़ कमीशन के पास भी अपील करें।" प्रधान को लगा कि वह अभी तक भी बात पूरी तरह कह नहीं पाया।

"इससे क्या उनका...?" के.पी बड़ी मुश्किल से मुँह तक आ गयी गाली को रोक सका।

"प्रो. साहिब इसके साथ तो भारी विस्फोट हो सकता है। एक प्रेस–कॉन्फ्रेंस करके अपनी विक्टमाईज़ेशन के केस को सिक्ख इश्यू बना डालो, फिर देखना लोग कैसे चींटियों की मानिन्द इकट्ठे होते हैं।" प्रधान ने सिक्ख के स्थान पर 'लोग' शब्द का प्रयोग किया था, पर उसे इस प्रकार आभास हुआ जैसे किसी ने अपनी ही कनपटी पर रक्खे हुए रिवॉल्वर का स्वयं ही घोड़ा दबा दिया हो।

"ओ, माई गॉड !!!" इस द्रौपदी–गुहार से अधिक के.पी. अन्य कुछ भी बोल न सका। उसका शरीर सुन्न होकर झनझनाने लगा, जिस प्रकार किसी ने चींटियों की अंजुली भरकर उसके गिरेबान में डाल दी हो। हज़ारों दंशों की चुभन से उसका समस्त शरीर जल उठा। ओह ...!"

"जा...ल...मों...औ...र...कित्ता...सा...तड़पाओगी?" चींटियों के दंशों से आहत के.पी. बड़बड़ाता करवटें बदल रहा था। लाखों चींटियाँ उसे घसीटकर बेड से नीचे गिराने का प्रयत्न कर रही थीं। आख़िर उन्होंने घसीट ही लिया। अब सरकाती हुई वे उसे अपनी

खोड़ की ओर घसीटने के लिए ज़ोर लगाने लगीं। फ्लश की दरार से खींच कर, अपनी खोड़ में ले जाने लगीं। के.पी. दर्द का सताया चीख़ता–चिल्लाता, पर चीखें उसके गले में ही अटककर रह जातीं। के.पी. को यह देखकर आश्चर्य हुआ कि पाताल–लोक में चींटियों का राज्य था। खाद्य–खुराक के भण्डार भरे पड़े थे, फिर भी चींटियाँ मातृ–लोक से दाने, ब्रेड के चूर–भूर, कॉक्रोच, भिड़े और कितना ही अन्य कुछ खींचती चली आ रही थीं। चबूतरे पर एक तोंदल–सी चींटी मख़मली गलीचों पर दरबार लगाये बैठी थी। के.पी. को उस रानी जैसी लगती चींटी के समक्ष पेश किया गया।

''रानी साहिबा! यह वही मनुष्य है... ।'' चींटियाँ एक ही स्वर में बोलीं। उसे देखकर रानी चींटी व्यंग्य से इस प्रकार मुस्कुरायी जैसे कि के.पी. कोई अद्‌भुत जीव हो। के.पी. लापरवाह–सी मुस्कान सहन न कर सका, पर उसका कोई वश न चला। चबूतरा ऊँचा था और वह था चींटियों की पकड़ में।

''इसका दोष क्या है?'' रानी चींटी ने पूछा।

''इसने तो चींटियों को फ्लश में बहाकर प्रलय दिखाई थी।'' चींटियाँ क्रोध में चीख़ीं।

''मातृ–लोक वालों से और आशा ही क्या की जा सकती है, प्रलय के सिवाय? ये तो अपनी ही नस्ल का घात कर देते हैं, और बेचारी चींटियाँ तो... ।'' व्यंग्य–बाण छोड़ती रानी चींटी का व्यवहार देखकर वह दहल उठा। कड़ी से कड़ी सज़ा के लिए तैयार होते हुए वह पसीने में नहा उठा। उसके होंठ सूखने लगे। आँखों के आगे अँधेरे के गोल घेरे नाचने लगे और कनपटियों में सूइयों की चुभन महसूस होने लगी।

''रानी साहिबा! इसकी सज़ा?'' चींटियाँ राज़ा की आज्ञा की प्रतीक्षा करने लगीं। रानी चींटी ने एक पल सोचा और फिर सहज भाव से बोली, ''चलो माफ़ किया। हमने आदमज़ात जैसा व्यवहार नहीं करना, इसे बा–इज़्ज़त वहीं मातृ–लोक में छोड़ आओ।'' रानी चींटी ने आदेश दिया।

चींटियों का हुजूम एक जुलूस की शक्ल में के.पी. को वापिस ले चला। उसे मार्ग जाना–पहचाना लगा। सचमुच यह तो उसके गाँव ही का रास्ता था। उसने ध्यान से पीछे की ओर देखा, जुलूस में लोग भी उसी गाँव के थे, पर चींटियों के धड़ों पे नर–सिरों वाले। के.पी. हारों से लदा खुली जीप में सवार था। साथ ही उसके भाई खड़े थे। उसकी पीठ के पीछे प्रधान अनिल धीमान गुलाबी रंग की तुर्रे वाली पगड़ी बाँधे खड़ा था। जुलूस बुढ़लाडे की सड़कों पर से गुज़र रहा था। अन्त में वह लुधियाना कॉलेज में पहुँच गया। प्रिंसिपल के कार्यालय के आगे पहुँचते ही जयघोष के रूप में 'जै–कारे' छोड़े जाने लगे, ''बोले सो निहाल...सासरी काल।" पूरा कॉलेज रंग–बिरंगी पगड़ियों का लहलहाता सागर नज़र आने लगा। जै–कारों के साथ ही लोगों के इस सागर में कभी–कभी संगीत की एक लहर–सी भी उठती, ''उच्चा दर बाबे नानक दा, मैं... ।"

''शोभा सुन के आया, उच्चा दर... ।" प्रभात–फेरी वाली संगत के शब्द और 'जै–कारों।' को सुनकर के.पी. की आँख खुली। वह कहाँ था? उसने इस प्रकार आसपास टटोला जैसे कि वह कहीं खो गया हो। अपने ही घर, अपने ही बिस्तर पर होने के एहसास से उसे तसल्ली मिली। वह अभी तक भी स्वप्न के प्रभाव से पूरी तरह मुक्त नहीं हो सका था। चिमटे, ढोलक, छैनों के साथ शब्द गाया जा रहा था, ''उच्चा दर...'' अभी भी मद्धम स्वर में सुनाई दे रहा था। 'सिक्ख इश्यु... ।'' प्रधान का मशविरा उसके मस्तिष्क में से फिर गुज़रा, पर इससे वह अब रत्ती भर भी बेचैन नहीं हुआ। सपना उसे सत्य होता महसूस हुआ। गुरु–घर की 'धपकी' वाला हाथ उसे अपनी पीठ पर फिरता प्रतीत हुआ। लेटे–लेटे उसके मन में एक रीझ ने जन्म लिया कि आज गुरुद्वारा होकर आयेगा। उसे हैरानी हुई, वह तो मुश्किल से ही कभी सुरजीत कौर के कहने पर साल में एकाध बार ही कभी गुरुद्वारा जाया करता था। इन दिनों किस गुरु का गुरुपर्व था, के.पी. को यह भी याद न आया।

''किस तरह का सिक्ख हूँ मैं?'' के.पी. ने अपने आप को फटकारा।

उसने अँगड़ाई लेकर दरिद्र उतार फेंका और सामने वाली दीवार की ओर देखते हुए कहा, ''उठ रे दरिद्री, तेरे से तो ये चींटियाँ ही बाज़ी ले गयीं।'' चींटियाँ पूरे जोश के साथ, कल ही की भाँति श्रम में जुटी हुई थीं। के.पी. को अपने अन्दर किसी शक्ति का अनुभव हुआ।

उसने चाय बनाकर पी। इर्द–गिर्द देखा, चींटियों का पूरे घर पर ही क़ब्ज़ा था। के.पी. के मन में पता नहीं क्या आया कि वह पायजामा टाँग कर घर की सफ़ाई में जुट गया। शरीर पसीने से तर–ब–तर हो गया। घर की, पर शक्ल ही बदल गयी। एक बार तो चींटी किसी तरफ़ देखने पर भी न मिली। उसके भीतर विजयोल्लास पैदा हो गया। जी भर के नहाया वह। तन और मन दोनों ही पुष्प सरीखे हल्के हो गये। वह पूरे इत्मिनान के साथ तैयार हुआ। 'सिक्ख–इश्यू' वाली बात को मन में एक बार फिर दृढ़ किया और आगामी प्रोग्राम बनाने के लिए प्रधान के घर की ओर चल पड़ा।

''वाह रे, शेर के बच्चे, रख दिखाई कौम की लाज।'' के.पी. बेड के ढाँसने से इस प्रकार उछला, जैसे 'अनार' चलता देखकर कोई बच्चा ख़ुशी में उछला हो। के.पी. 'मौज–मेला' का वह पृष्ठ पढ़ रहा था, जहाँ पर ऑप्रेशन ब्लू–स्टार के पश्चात् रोष प्रकट करने हेतु खुशवन्त सिंह अपनी 'पद्मभूषण' की उपाधि लौटाता है।

''सात ख़ून माफ़, तेरे जैसे सरदार को।'' के.पी. से प्रसन्नता सँभाले नहीं सँभल रही थी। ख़ुद–ब–ख़ुद अजीब–सी बोल–वाणी उच्चरित कर रहे के.पी. की आवाज़ सुनकर सुरजीत कौर तीव्रता से क़दम रखती हुई बेड–रूम में आ गयी।

''क्या हो गया? किसका ख़ून...?'' कानों में 'ख़ून' शब्द पड़ते ही सुरजीत कौर को भय ने आ घेरा था।

''सिक्खों का ख़ून, और किसका? इन कंजड़ों ने पानी से भी सस्ता समझ रखा है, कि जब जी में आये बहा लो, अकृतघ्न कहीं के।'' दाँत पीसता के.पी. मानो सुरजीत कौर के स्थान पर दीवारों से बतिया रहा था। इस 'मौज–मेला' में ताज़ा पढ़ा हुआ ऑप्रेशन ब्लू–स्टार का ज़िक्र अभी तक उसके मस्तिष्क पर छाया हुआ था। वह बोलता रहा,

''हमारे गुरु इनके लिए ख़ून बहाते रहे और ये...?'' के.पी. ने बात को अधूरी छोड़ते हुए हाथ के इशारे से जैसे कमरे की भीतरी हवा को उलाहना दिया। उसकी बिगड़ी हालत देखकर सुरजीत कौर का मन भर आया। वह के.पी. को कुछ कहने के स्थान पर, परे खड़ी, ओढ़नी के पल्ले से आँखें पोंछती उसकी ओर अपलक निहारती रही। उसकी ओर से बे–ध्यान के.पी. ने बेड के ढाँसने से रजिस्टर उठाया और पेन कनपटी से सटाकर इस प्रकार बैठ गया, जैसे किसी अति महत्त्वपूर्ण मसले पर चिन्तन–मनन कर रहा हो। पर दो–एक शब्द ही लिखने के पश्चात् उसे कुछ भी न सूझा और उसने झुँझलाकर रजिस्टर का पन्ना फाड़ कर फ़र्श पर फेंक दिया, जो सुरजीत कौर के पैरों में जा गिरा। उसकी पगलाहट से भयभीत हुई सुरजीत कौर उल्टे पाँव बेडरूम से बाहर आ गयी। उसकी सिसकियाँ ऊँची हो गयीं। सुरजीत कौर के मन में गुनाह–भावना फैलने लगी, जैसे के.पी. की वर्तमान स्थिति के लिए वह स्वयं दोषी हो। उसे लगा, यदि उन दिनों वह मायके न गयी होती तो के.पी. को कभी भी प्रेस कॉन्फ्रेंस करने का पंगा न लेने देती। सारी कहानी वहीं से बिगड़ी थी। 'सिक्ख इश्यू' वाले मुद्दे से कोई ऐसा विस्फोट नहीं हुआ था, जैसा कि के.पी. तथा प्रधान ने सोच रखा था। बस स्थानीय समाचार–पत्रों में सरसरी–सी ख़बर छप गयी थी और बात आयी–गयी हो गयी थी। उसकी हिमायत के लिए लोगों का हुजूम तो क्या आना था, किसी छोटी–मोटी सिक्ख जत्थेबन्दी ने 'हाय का नारा' भी नहीं मारा। पर इस घटना से यूनियन में विस्फोट ज़रूर हो गया था। प्रधान के साथ केवल धर्म सिंह ही रह गया था और धरना बस नाम का ही रह गया था। के.पी. बिल्कुल ही अलग–थलग सा होकर घर में बैठने योग्य ही रह गया था। कभी–कभार प्रधान और डॉ. धर्म सिंह ख़बर लेने के लिए घर आ जाते तो वह बौखलाहट से भरकर उन पर खीझ उठता। असली मुद्दे से भटककर वह ऊल–जलूल बकने लगता। बैठे–बैठे वह अपने आप जैसे हवा को ही गालियाँ देना शुरू कर देता। अपने ऊपर बोझ समझते हुए वह सुरजीत कौर और बच्चों को कोसने लगता। मन तनिक शान्त होता तो अन्दर जाकर लेट जाता

या कोई पुस्तक पढ़ने लग जाता, या फिर वैसे ही कुछ लिखने लग जाता। इस प्रकार उसने अपनी एक अलग ही दुनिया बसा ली थी।

क़बीलदारी के साथ–साथ अब के.पी. को सँभालने का दायित्व भी सुरजीत कौर के ऊपर आ गया था। कुछ दिन रोने–धोने के पश्चात् उसने धैर्य धर लिया था। वह के.पी. को वास्तविक संसार में लाने के लिए कोई न कोई प्रयत्न करती रहती। कोई अच्छी ख़बर सुनती तो बड़े उल्लास के साथ के.पी. को सुनाती। राष्ट्रीय स्तर के समाचार पत्र 'हिन्दू–रेनेसां के पत्रकार वी.के. त्रिपाठी की ओर से पूरे केस की 'इनवेस्टीगेटिव स्टोरी' तैयार किये जाने की ख़बर भी सुरजीत कौर ने ही सुनाई थी, पर के.पी. ऐसी बातों को एक कान से सुनता और दूसरे से निकाल देता। अगले ही दिनों वही स्टोरी जब चित्रों सहित अख़बार में छपी तो सुरजीत कौर ही कहीं से वह अख़बार भी तलाश करके ले आयी थी। के.पी. ने बिना देखे ही अख़बार इस तरह परे फेंक दिया जैसे उस ख़बर के साथ उसका कोई लेना–देना ही न हो।

पर इस ख़बर से सुरजीत कौर का ढारस खूब बँध गया था। समाचार के अनुसार त्रिपाठी की खोज ने मैनेजमेंट की नींव हिला के रख दी थी। उसने दिल्ली के एक होटल के रिकॉर्ड अनुसार मैनेजमेंट के सचिव तथा लेक्चरर सुधा चोपड़ा के एक–साथ रात बिताने का खुलासा कर दिया था। यहीं पर ही के.पी. के तबादले की खिचड़ी पकी मानी गयी थी। के.पी. की उखड़ी मानसिक दशा और घर की मन्दहाली को विस्तार सहित, ख़बर को हृदयवेधक बनाया गया था। के.पी. को 'बलि का बकरा' सिद्ध किया गया था। यहाँ से ही इस बात को टी.वी. चैनलों ने उठा लिया था और सिक्ख जत्थेबन्दियों में भी अब मदद करने के लिए एक–दूसरे से आगे आने की होड़ लग गयी थी। अकाली दल के प्रधान तक ने संघर्ष की धमकी दे डाली थी। पर के.पी. ने इस सब कुछ को एक ही शब्द 'बकवास' के साथ अलगा दिया था।

एक दिन सुरजीत कौर ने बड़े उत्साह के साथ एक लाख रुपये का ड्राफ़्ट के.पी. के आगे ला रखा। यह किसी अमरीकन धनी सिक्ख

ने सहायता के रूप में भेजा था। के.पी. ने ड्राफ़्ट पर सरसरी नज़र मारी और फिर इस प्रकार परे फेंक दिया, जैसे वह कोई मामूली काग़ज़ का टुकड़ा मात्र हो। ड्राफ़्ट उठाती हुई सुरजीत कौर की चीख ही निकल गयी। पर के.पी. उसकी ओर से बेख़बर अपना रजिस्टर उठाकर कुछ लिखने लग गया। अभी उसने शीर्षक के रूप में शब्द 'महान मसला' ही लिखे थे कि सुरजीत कौर किसी को साथ लेकर पुनः बेडरूम में आ गयी। ये किसी टी.वी. चैनल के रिपोर्टर थे।

"के.पी. साहिब...।"' रस्मी दुआ–सलाम के पश्चात् रिपोर्टर ने माइक उसके मुँह के आगे कर के अभी नाम ही बोला था कि के.पी. ने उसकी बात काट कर बोलना शुरू कर दिया :

"कौन के.पी. साहिब? यहाँ कोई के.पी. शे.पी. नहीं रहता, यहाँ..." के.पी. की अवस्था समझकर रिपोर्ट ने ग़लती मानने की तरह उसको बीच में ही काट कर कहा, "सॉरी सर, मेरा अभिप्राय था कि आप..." के.पी. ने पुनः रिपोर्टर की बात पूरी नहीं होने दी और बताने लगा :

"हाँ, लिख, सरदार कँवर प्रताप सिंह मान, गाँव मोफ़र, जहाँ से विशाल जुलूस का आरम्भ हुआ, फिर बुढ़लाडा पहुँचा और उसके पश्चात् कॉलेज में। तभी तो हरामज़ादे कुत्ते प्रिंसिपल के चेहरे पे हवाइयाँ उड़ने लगीं, पन्थ के आगे कोई ठहर नहीं सका था, तभी तो. .." बात का रुख़ बदलते देखकर रिपोर्टर ने उसे ठीक दिशा की ओर चलाने का यत्न किया, "सर, आपकी सस्पेंशन का मसला..."

"मसला क्या है? सिक्ख जन्म लेते हैं, मरते हैं, पर पन्थ सदैव चढ़ती कला में रहता है। पन्थ की हस्ती मिटाने की ढेरों कोशिशें की गयी हैं, बहुत ख़ून बह चुका है, क्या वह ख़ून व्यर्थ जाता रहेगा? यही महान मसला है, मीडिया वालों को सोचना दरकार है, जैसे सरदार खुशवन्त सिंह लिखते हैं..." कैमरा तथा माइक बन्द होने तथा रिपोर्टर द्वारा 'थैंक यू' कहकर चलने की तेज़ी के कारण के.पी. की बात अधूरी रह गयी। रिपोर्टर ने चले जाने में ही भलाई समझी थी।

के.पी. ने बेड पर बैठते ही फिर रजिस्टर उठा लिया। 'महान मसला' शीर्षक के नीचे कुछ लिखने के लिए दिमाग़ पर ज़ोर

डालने लगा। दिमाग़ में कितने ही शब्द मोफर... जुलूस... यूनियन... चींटियाँ... उमस...पन्थ...मीडिया कुरबल–कुरबल करते फिर रहे थे। वह शब्दों से जूझ रहा था कि सुरजीत कौर कॉर्डलेस फ़ोन उठाये अन्दर आ गयी। उसने डरते हुए फ़ोन के.पी. की ओर बढ़ाते हुए कहा, ''प्रो. धीमान हैं, कोई बहुत ज़रूरी बात है शायद।'' के.पी. ने सुरजीत कौर की ओर इस प्रकार क्रोध से देखा, जैसे कह रहा हो, 'हरामज़ादी! तू ये छोटे–मोटे मसले भी हल नहीं कर सकती?' और चुपचाप चोंगा कान से लगा लिया।

''प्रो. साहिब, विस्फोट हो गया है, कांग्रेचुलेशंज़, गुड न्यूज़ है।" प्रधान की ख़ुशी जैसे बिखरती जा रही हो, ''आपकी नौकरी बहाल हो गयी है, अपना पत्ता रंग ही का निकला है, भगदड़ मच गयी है मैनेजमेंट में।" जोश में प्रधान ने के.पी. की स्वीकृति के बग़ैर ही अगले प्रोग्राम के बारे में बताया, ''आप तुरन्त कॉलेज में पहुँचें, विक्टरी–मार्च का प्लान है, यूनियन की री–बर्थ वाली बात है, ऑल क्रेडिट गोज़ टू यू। थैंकयू। पहुँचिए...प्लीज़...ओ.के.।" प्रसन्नता में डूबा प्रधान अपना–आप सँभालने में मुश्किल महसूस कर रहा था। के.पी. ने सहजता से फ़ोन बेड पर रख दिया। विस्फोट तो क्या, उसके भीतर जैसे कुछ भी घटित नहीं हुआ था। उसने किसी अच्छी ख़बर को सुनने के लिए उत्सुकता से भरी सुरजीत कौर, उसके पीछे आ खड़े सहमे–से मनी और नीतू को सरसरी–सी निगाह से निहारा और फिर अपने खुले पड़े रजिस्टर को अपनी जंघाओं पर रखकर, टूटे ख़यालों की श्रृंखला जोड़ने में जुट गया।

''सबसे महान मसला...री–बर्थ!'' आगे उसको फिर कुछ न सूझा कि किसका 'पुनर्जन्म? के.पी., पन्थ, यूनियन जैसे शब्द विद्रोही बने 'शुतर–ए–बेमुहार' की भाँति उसके मस्तिष्क में चक्कर काटते रहे, पर किसी वाक्य में बँध न सके। झुंझलाहट में उसने रजिस्टर परे पटक दिया। और फूट–फूट कर रोने लगा। के.पी. का यह रुदन कदाचित् वाक्य की मृत्यु पर था।

आतंकवादी

संध्या के झुटपुटे में अचानक मुझे देखकर सारा परिवार कुछ इस प्रकार डर गया जैसे नाँद में साँप को देखकर गो–पशु डर जाता है। रोटी खा रहे बापू का निवाले वाला हाथ मुँह के पास जाकर इस तरह रुक गया जैसे वह किसी बुत का हाथ हो। घबराहट में, मैं सबके मुँह की ओर बारी–बारी देखता अवाक्–सा खड़ा रहा। जब मेरी दृष्टि छोटे गभरू भाई जीतू पर गयी तो मैं भी डर गया। वह मेरी ओर डरे हुए पशु की तरह देख रहा था जैसे अभी उठकर मुझे बाँहों में जकड़कर नीचे गिरा लेगा और मेरे गले में अँगूठा देकर पूछेगा, ''फिर आ गया, इस बार नहीं जा सकेगा बचकर मेरे भाई।'' उसकी निगाहें भाँप कर मेरे हाथ में पकड़ा आमों वाला लिफाफा गिरते–गिरते मुश्किल से बचा। मैंने वह लिफ़ाफ़ा बापू की चारपाई पर रख दिया और ख़ुद उसके पायताने बैठ गया। नाटक के अन्तिम दृश्य में फ्रीज़ हुए खड़े कलाकारों की तरह वहीं के वहीं जमँ खड़े परिवार में से बेबे ने आगे बढ़कर मेरा कन्धा थपथपाते हुए, वहाँ पसर चुकी भारी चुप को तोड़ा, ''अरे बेटा, कुशल तो है, तू इतनी जल्दी फिर...।''

''कुशल को क्या, गोली चल गयी कहीं?'' बेदिली से मिलते परिवार को देखकर मैंने खीझ कर कहा।

''भाई, गोली चलने का क्या झूठ है, पर क्यों चले, सुख से। मैं तो डर के मारे सफ़ेद पड़ गयी, अरे रे, अभी चार दिन नहीं हुए तुझे गये को, प्रदेशों के सफ़र में से इतनी जल्दी क्यों लौट आया रे।'' बेबे के बोलने पर सभी के चेहरों का तनाव कुछ ढीला पड़ गया।

''जगमीत वग़ैरह तो तगड़े हैं सब ?'' बेबे ने मेरी पत्नी व बच्चों

की राज़ी–ख़ुशी इस प्रकार पूछी जैसे वास्तव में कह रही हो। "अरे सब कुछ ठीक–ठाक है, तो तू क्यों पीठ पर पूँछ रखे भागा आया है यहाँ।"

मैंने उसका प्रश्न तो भाँप लिया था, पर जवाब क्या देता। वैसे तो कोई कारण ही नहीं था जैसा वे अनुमान लगा रहे होंगे। पर यह यक़ीन भी मैं कैसे दिलवाता कि मैं यूँ ही आ गया था, बिना किसी मतलब के। मैं दुःखी और हैरान इस बात से था कि अपने घर आने का भी 'मतलब' पूछा जा रहा था। पर अपनी जगह वे भी सच्चे थे। अभी चार ही दिन पूर्व जब हम सारा परिवार मिलने के लिए आये थे तो काफ़ी तू–तू मैं–मैं हो गयी थी। चण्डीगढ़ को वापस जाते वक़्त मेरी पत्नी जगमीत ने गुस्से में जीवन–मरण की गाँठें दे देने की बात भी कह दी थी। मैंने जगमीत को रोकने के लिए चुप–चुप सा ज़ोर भी लगाया था, पर वह मानी नहीं थी और हार कर मुझे भी साथ चलना पड़ गया था। मैं उसके पीछे–पीछे चल तो पड़ा था, पर मुझे चण्डीगढ़ पहुँचकर भी चैन नहीं पड़ रहा था। बार–बार मुझे बेबे का वह ताना याद आ जाता जिसने जगमीत की ओर से दी गयी जीवन–मरण की गाँठों को और भींच दिया था, नागवल की गाँठ की तरह। मुझे पत्नी, बच्चे और घर सब कुछ मिथ्या भासने लगा था। इस अवस्था में दो पल भी और रुकना भारी पड़ गया और मैं जगमीत की नाराज़गी के बावजूद गाँव आने वाली बस में आ चढ़ा। मैंने मन–ही–मन ठान ली थी कि अपने हिस्से की दो किल्ले ज़मीन सदा–सदा के लिए अपने दोनों भाइयों के लिए छोड़ आऊँगा। एक ही कोख से जन्म लेने वालों के साथ जीवन–मरण की गाँठें डालने से तो मुझे यह कुर्बानी करनी कहीं भली महसूस हुई थी। मैंने सोचा था कि कहूँगा, ''लो भई भाइयो, मैं यदि कभी दुअन्नी दे नहीं सका। अब कभी आना माँगूँगा भी नहीं।'' पर अब घर पहुँचने पर लगने लगा जैसे जगमीत मुझे रोककर ठीक ही कर रही थी। वैसे जगमीत भले कितना ही ठीक कर रही थी, पर उसकी बात आख़िर मैं मानता कैसे? क्लेश का बीज तो उस दिन उसने ही बोया था जो देखते ही देखते काँटेदार वृक्ष बन गया था।

उस दिन मैं उसे गाँव आने से रोक रहा था पर उसने मेरी एक भी नहीं मानी थी। उसके सिर पर अपना मकान लेने का भूत सवार था। इतवार को हम बैठे अख़बार पढ़ रहे थे कि सरकारी स्कीम का विज्ञापन देखकर वह चौंक उठी थी। पन्द्रह हज़ार के साथ फ़्लैट की बुकिंग की जा सकती थी और बाद में फ़्लैट में रहते हुए आसान किश्तों में रकम लौटानी थी। मैंने उसकी बात अनसुनी कर दी थी और अख़बार में छपी कहानी पढ़नी शुरू कर दी। उसने ठोड़ी से पकड़कर मेरा मुँह बरबस ऊपर उठाकर बड़े प्यार से कहा था, "यूँ कब तक लापरवाह बने रहेंगे? किराये के मकानों में कोई जून है... मकान मालिक हमें खानाबदोश ही समझते हैं, याद है तुम्हें जब पिछले महीने हम अपने मकान मालिक की लड़की को शगुन देने आये थे, दूसरे दिन अपना शगुन वाला लिफ़ाफ़ा वह बिना खोले ही उसी तरह लौटा गयी, कहती, तुम्हारे से शगुन लेते अच्छे नहीं लगते।"

जगमीत की बातों का मेरे ऊपर भी कुछ असर हो गया था। पर मैंने यह कहकर जवाब दे दिया था, "लो, पल्ले नहीं धेला करती मेला–मेला।"

"चलो दस हज़ार मैं मायके से ले आऊँगी, भले किसी प्रकार ठगूँ। अब तू पाँच हज़ार भी नहीं कर सकता? आख़िर मर्द है, कुछ तो कर।" उसके उकसाने पर, मैं तैयार हो गया पर जब गाँव के बस–अड्डे पर उतरे तो मेरा मन फिर बदल गया था। मैंने उसे भी घर पर पैसों की बात करने से रोक दिया था, क्योंकि पाँचेक वर्ष पहले, मैं अपनी दो किल्ले ज़मीन का ठेका माँगकर अपनी दुर्गति करवा चुका था। इसी कारण मुझे एम.ए. बीच में ही छोड़कर किसी निजी कम्पनी में क्लर्की करनी पड़ी थी। मैं ही नहीं , बड़ा भाई परीतू भी हिस्सा बँटवाने का स्वाद चख चुका था। बापू ने बेबे का, हमारा और अविवाहित बहनों का हिस्सा रखकर उसे सवा किल्ला दे कर अलग कर दिया था। जब परिवार का पालन न हुआ तो परीतू हार मान कर साल भर बाद फिर साथ आ मिला था, मिन्नत करके और अब तक खुदी भुलाकर काले बैल की तरह कमाता था। एक बार परीतू से छोटे मीते ने भी, कुँवारे

ने ही अलग होने के लिए बखेड़ा खड़ा कर दिया, पर बापू ने इस बात की हामी नहीं भरी थी और मीता लड़–झगड़ कर घर से निकल गया था। साल भर तक उसकी खोज–ख़बर नहीं मिली थी और फिर वह ख़बर मिली थी, जिसका कि डर था। मीता अमृतसर बाबाओं के चरणों में जा लगा था।

''तुम दोनों जने सरकार की पीठ कूटते हो, चाहे कोठी बनवा लो, कोठा छोड़कर।'' बेबे के स्थान पर बापू ने जवाब दिया। जगमीत ने आगे से कुछ न कहा, पर बापू ने ख़ुद ही कहना शुरू कर दिया, ''जो भी उठता, डाले माँगने के लिए गाँव की ओर ही काफ़िला हाँक लेता है जैसे यहाँ मोहरें गाड़ रखी हों, तुम्हें चण्डीगढ़ में बैठों को क्या पता हम किस तरह दाँतों में घास दबाकर दिन गुज़ारते जा रहे हैं।'' बापू के नर्म लहजे में कहे शब्दों में दग–दग जलती चिंगारियों का सेंक महसूस हुआ और मैंने बात को ठण्डक प्रदान करने के लिए कहा, ''कौन माँगता है मोहरें बापू? जगमीत ने तो सरसरी बात कीहै।''

''मियाँ–बीवी का एक ही राग न सरसरी बात उसने तेरी रज़ा के बिना ही कर डाली, की है सरसरी बात। हम भूले हैं क्या तुम्हारी सरसरी बातों को? हमारे से नहीं छिपी हैं तुम्हारी साज़िशें। चार–चार पढ़कर हमें घोंघें न बनाओ। जहाँ तुम पढ़े हो न वहाँ हमने ईंटें चिनी हैं।'' बापू हमेशा की तरह मोर्चा लगाकर बैठ गया। लगे हाथ शत्रु पर हावी हो जाना उसका आज़माया हुआ हथियार था। बात बिखरते देखकर बेबे ने सिरा पकड़ना चाहा, ''बेटा, जो घर की चीज़–वस्तु है, ख़ुशी से ले जाओ, तुम्हें रोकते नहीं। माँ–बाप को तो सारी सन्तान एक–सी होती है। तुम्हें भी पता है कि कड़वी बेल की तरह बढ़ी हुई क़बीलदारी में नक़द–रोकड़े कब जुड़ते हैं।'' बेबे की बात के साथ माहोल तो सुखद हो गया, पर मुझे अपना अपमान अनुभव होने लगा। मैं अन्दर ही अन्दर जगमीत पर विष घोल रहा था। जगमीत ने मेरी ओर से बोल कर मुझे इस दल–दल से उबारना चाहा था। कहने लगी, ''बीजी तुम तो इस प्रकार झाड़ कर बैठा देते हो जैसे हमारा

इस घर में कुछ होता ही नहीं, ज़रूरत के समय बन्दा घर ही तो आता है, और कहाँ जाये।''

''बहना! हमें तो किसी कंजड़ ने कभी आकर पूछा नहीं कि तुम्हारी भी कुछ ज़रूरतें होंगी , तेरहवें महीने चार रुपल्ले ले लो, इन चीथड़ों में ही कर जायेंगे जून पूरी। हमारी तो निपूता कौआ भी नहीं ले जायेगा हड्डी चण्डीगढ़, सुना..., जो खुरती है, वह बोलती नहीं और ये पकी ईंट जैसी है वैसे ही रोए जा रही है।'' जगमीत की बात सुनकर परीतू की घरवाली भी तमक उठी थी।

''भाई, जो हम खाते हैं चूरी कूट–कूट कर, वह बँटवा लो। कहे, मैं हाथी पर चढ़ी दुःखी हूँ, और...।'' बापू की नंगी गाली सुनकर जगमीत गुस्से से भड़क उठी। वह बापू पर कोई ज़ोर चलता न देखकर मेरे ऊपर गुस्सा उतारने लगी, ''जब अपनों में ही न हो चिनग, तो शरीकों ने तो दाबना ही हुआ गला, तुझसे बात नहीं होती अपने हिस्से की, चार रिश्तेदार इकट्ठे करके ?''

''रिश्तेदार क्या करेंगे हमारा? जैसे हमने चूड़ियाँ पहन रखी हैं, सारे घर में बुहारी देकर अपनी पढ़ाई पर लगा लिया.... अब हमें कासा पकड़ा देना है।'' दसवीं में फेल होकर खेती के धन्धे में लगा हुआ जीतू फूँस की आग की तरह भड़क कर बोला।

''तू मुँह सँभाल रे बड़े मोहतबर, अभी दूध के दाँत नहीं टूटे और बातें करता है, बड़ी–बड़ी। तेरा कोई हक़ नहीं है माँ–बरोबर भौजाई के साथ ऊँचा–नीचा बोलने का।'' बेबे ने जीतू को तो झिड़की देकर चुप करवा दिया और बात निबटानी चाही।

''भाई, सभी जने धीरज रखो, कहते हैं एक चुप सौ को हरा दिया करती है। तुम सभी जी–जन तो हम पर रोष दिखाने लग जाते हो, हम किसके पास जाकर रोएँ, जिनके कर्मों में रत्ती भर सुख नहीं लिखा निपूते रब ने। मौत के जबड़े में आने को हैं, फिर भी बरोबर हाड़ तोड़ते हैं। बताओ तो भला, बुढ़ऊ क्या सब कुछ अपनी छाती पर रख ले जायेगा, इसे अपना हगा समेट लेने दो, फिर अपनी सँभाल लेना।'' बेबे ने बात का निचोड़ निकालकर अपनी ओर से सबको

सुहाती बात कही। फिर विशेषतः मुझे समझाने लग पड़ी, ''पुत्र, तू और तेरी अंश हमें कब प्यारे नहीं, पर ले ये हाथ जोड़े तेरे आगे, इसी तरह तेहरवें महीने आकर गला न रेता करो, मिन्नत है मेरी। तुझे मैं बताऊँ, इस तरह तो हमें उस चंदरे ने भी जिच्च नहीं किया था, जिससे बेहद डर था हमें, साथ ही घर से जाते समय सौ–सौ डरावे देकर गया था," बेबे ने मीते की बात छेड़कर माहौल को नया रंग दे दिया। "जब तीन बरसों के बाद अचानक दीवार फाँदकर अन्दर आ गया तो साथ रफ़लों वाले देखकर हमारे तो होश ही मारे गये, चित्त में आया अरे–रे लड़–झगड़ कर गया था, लो अब गुस्साया सभी को भून डालेगा...रोज़ सुनते हैं ऐसी–ही बीसियों वारदातें, फिर मन कैसे धीर धरे... ।'' बेबे ने दसियों दफा पहले सुनाई बात फिर दोहरानी शुरू कर दी, ''हमारी साँस तो तब आयी साँस में, जब तेरे बापू के पायताने बैठकर मोमी लिफ़ाफ़ा पकड़ाता बोला, यह जीतो के विवाह के लिए मेरा हिस्सा, अपना शायद यह अन्तिम मेल ही हो। मेरी बेदख़ली का इश्तहार निकाल देना अख़बार में, तुम्हारी बचत रहेगी पुलिस से। मेरा घर–बार तो अब पन्थ ही है।''

फिर बड़े वैराग से मिला और दूध पी कर खड़–खड़ा ही जैसे कहीं काफूर हो गया और... । बेबे का गला रुँध गया, हाथों की तलियों से आँखें मसलते वह भी चुप हो गयी। उसकी बात सुनने के बाद किसी में भी बोलने की सामर्थ्य नहीं रही। छोटी बहन जीतो सिसकियाँ भर–भर रोने लगी। शोक पूर्ण से वातावरण में सभी जन अपने–अपने बिस्तरों पर जा लेटे और करवटें बदलने लगे।

तड़के बड़ी जल्दी ही ऊठकर जगमीत तैयार होने लग पड़ी। उसे अभी तक रात को हुई अपनी बेइज़्ज़ती की आर चुभ रही थी। मैं भी स्थिति को भाँपते हुए चुपचाप तैयारी में जुट गया। परीतू और जीतू चुपचाप बैलगाड़ी लेकर खेत को चल पड़े। परीतू के बच्चों ने स्कूल जाने के लिए धमाचौकड़ी मचा दी। बापू चाय पीकर पड़ोसियों की चौकड़ी पर जा बैठा। परीतू की घरवाली चुपचाप गोहा–कूड़ा समेटने लग गयी। बेबे ने सरसरी तौर पर हमें रोटी खाकर जाने के

लिए मिन्नत–सी की पर जगमीत की चुप्पी को भाँप कर चुप हो गयी। बेबे हमें गली वाले दरवाज़े तक छोड़ने आयी। रोते हुए जब वह मेरा सिर पलोसने लगी तो मेरा मन भर आया पर मैंने ज़ब्त रखते हुए कहा, ''बेबे, अगर आप सबको हमारा यहाँ आना नहीं भाता, तो हम आगे से फिर नहीं आएँगे।''

''तुम तो भाई, इस तरह घोड़े पर सवार हुए आते हो, देख लो कल से सारा परिवार कैसे सहमा पड़ा है। अगर अपने बहन–भाई की तरह नहीं आना तो लानत है ऐसे मिलन पर...जब भी आते हो, जैसे सारे परिवार में एक प्रकार की दहशत सी फैला जाते हो।'' बेबे की, भर–भर बहने के बाद सूख चुकी गहरी आँखों में से ममता, सहम तथा गुस्से का एक मिला–जुला सा भाव उभरा था।

वही अज़ीब–सा भाव मुझसे चण्डीगढ़ पहुँचने पर भी भुलाया ना जा सका और मैं दो–तीन दिन तक बिन पानी की मछली की भाँति तड़पता रहा था। अन्त में जगमीत के गुस्से की परवाह किये बिना, गाँव की ओर चल पड़ा था पर यहाँ पहुँचकर अब मुझे फिर अफ़सोस हो रहा था। जगमीत को समझाने के लिए कही बातें बार–बार मन में उठ रही थीं। अपनी ओर से सोचकर तो बात कहने आया था वह जैसे मेरे गले में ही अटकी रह गयी थी। मैं मूक–पत्थर बना बैठा था। बच्चों के लिए लाये गये आमों का लिफ़ाफ़ा बापू की चारपाई पर ही टेढ़ा हुआ पड़ा था। उसमें से एक आम निकलकर बापू की रोटी वाली थाली की ओर लुढ़का पड़ा था। पर न तो बेबे और न ही किसी बच्चे ने आमों वाले लिफ़ाफ़े को उठाया तथा न ही बापू ने थाली के पास पड़े आम को उठाया, जैसे यह आम नहीं अपितु हैंड ग्रेनेड हो। मेरे मन में उठी कि आमों वाला लिफ़ाफ़ा उठाकर लौट जाऊँ। यह डर भी मेरे मन से निकल गया कि गड़बड़ी वाला माहौल है और दस किलोमीटर पैदल चलकर शहर के स्टेशन तक पहुँचना पड़ेगा।

''मार ले मुझे, जिस साले ने मारना है।'' यह सोचकर मैंने आमों वाले लिफ़ाफ़े को उठाने के लिए हाथ डाला ही था कि...।

''ले रोटी खा रे, तू तो वैसे ही हुआ बैठा है जैसे 'कुड़ी दबाकर

आया हो" बेबे ने मेरी जंघाओं पर रोटी वाली थाली रखते हुए, मेरे हाथों से आमों वाला लिफ़ाफ़ा पकड़ लिया। "इस प्रकार दिल नहीं छोड़ते, इस बार जीते का विवाह कर लें, महाराज ने फ़सल अच्छी लगा दी तो तेरा घर भी बना देंगे।"

बेबे की बात सुनकर मेरी फड़क–फड़क कर रही कनपटियों की नसों में जैसे टिकाव आ गया। मैंने चुग्गा माँगते चिड़िया–शावक की तरह मुँह ऊपर उठाकर बेबे के भावहीन–से चेहरे की ओर देखा तो यह बात मेरे गले में ही अटक गयी कि मैं इस घर से अब कानी कौड़ी भी नहीं ले जाऊँगा। वैराग्य में मेरे से बोला ही न गया। पर मनों भारे बोझ से मुक्त हुई मेरी सोच ने मुझे इस प्रकार हल्का–फूल कर दिया जैसे दहशतगर्दी के झूठे मुक़दमे में सज़ा भुगतने के पश्चात् कोई फिर से अपने घर की ओर लौटा जा रहा हो।

हनीमून

"ऐसी कौन–सी बात हो सकती थी जो जस्सी सुबह नहीं बता सकती थी?" एडवोकेट हरिन्दर सारा दिन कोर्ट में भी यही सोचता रहा था जो वह अब सोच रहा था। बहुत ही उतावलेपन से उसने कार का हॉर्न दोबारा बजाया ताकि जस्सी जल्दी से गेट खोल दे। उसे कोर्ट में भी इसी तरह की बेचैनी हो रही थी। उसे किसी ज़रूरी केस की फ़ाइल तैयार करनी थी मगर उसका मन काम में लग ही नहीं रहा था। इसलिए वह चार बजे ही घर की ओर चल पड़ा था। आज सुबह जब वह कोर्ट जाने लगा था तब उसकी पत्नी जस्सी ने उससे पूछा था, "क्या आज आप छुट्टी नहीं कर सकते ?"

"नहीं, आज तो कोई ज़रूरी केस लगना है, तुम बताओ क्या काम है ?"

"अच्छा तो फिर जाओ पर शाम को जल्दी आ जाना, आपको एक बात बतानी है।" जस्सी ने पलकों की ओट से ज़रा–सा झाँकते और मुस्कराते हुए इस बात को पहेली का–सा रूप दे दिया।

"तू अभी बता दे ना...।" हरिन्दर ने कुछ डाँटकर और कुछ–कुछ मिन्नतें करते हुए कहा पर जस्सी नहीं मानी। उल्टा, उसने तो ज़िद करके बात को रहस्य ही बना दिया था। हरिन्दर सारा दिन कोर्ट में बैठा इसी के बारे में अनुमान लगाता रहा पर उसे कुछ पता न चला।

'बीजी बताकर गयी होंगी कुछ।' हरिन्दर ने सोचा, क्योंकि उसकी सास आज ही उसके बच्चों को छुट्टियाँ होने के कारण ननिहाल ले गयी थीं।

'पर मैं तो सुबह रेलवे स्टेशन पर उनसे आधे घण्टे तक बातें करता रहा था, अगर कोई बात होती तो वह मुझे भी तो बता देतीं।' हरिन्दर ने वकीलों की तरह अपने अन्दर बहस छेड़ दी।

'या कहीं मिन्दरी वग़ैरह के बारे में ही कोई बात न हो।' हरिन्दर ने अपनी अक्ल का घोड़ा एक अन्य दिशा की ओर दौड़ाया। हरिन्दर की साली मिन्दरी की शादी को मुश्किल से पन्द्रह दिन ही हुए होंगे और वह मंसूरी हनीमून मनाने गयी हुई थी। आज उसे पटियाले से होकर गुज़रते हुए अपने ससुराल नाभा जाना था। वापस आते वक़्त उनके पटियाले रुकने की उम्मीद थी।

'हो सकता है उन्होंने चिट्ठी में अपने हनीमून के बारे में कोई ख़ास बात लिखी हो।' हरिन्दर के वकील–मन ने इस नये नुक्ते में से कुछ ढूँढ़ने का यत्न किया। हरिन्दर को अफ़सोस हो रहा था कि मिन्दरी की कल पहुँची चिट्ठी उसने ख़ुद क्यों नहीं पढ़ी। बीजी के पास बैठे होने के कारण जस्सी ने चिट्ठी की चार ख़ास–ख़ास बातें बता दी थीं और फिर वह चिट्ठी लेकर साथ वाली रसोई में चली गयी थी।

हरिन्दर अभी भी इसी उधेड़–बुन में डूबा हुआ था और जस्सी ने आकर गेट खोल दिया। हरिन्दर ने देखा कि उसके चेहरे पर अभी भी सुबह वाली शरारती मुस्कराहट जैसी की तैसी थी। उसने बड़ी अदा से चोरी–चोरी हरिन्दर की ओर देखा और फिर मुँह नीचे करके खड़ी हो गयी। उसके मेहँदी–रंगे बालों में से झाँकते हुए थोड़े–बहुत सफ़ेद बाल ताँबे की तारों की तरह चमक रहे थे। हरिन्दर के चेहरे पर हैरानी और उतावलेपन के भाव पढ़ते हुए जस्सी को अन्दर ही अन्दर कुछ ख़ुशी–सी महसूस हुई। वह शरारती अदा से कमर मटकाती हुई बड़ी तेज़ी से बेडरूम में आ गयी।

''एक घण्टा लगा दिया गेट खोलने में, क्या कर रही थी तू ?'' हरिन्दर ने उतावलेपन से पूछा।

''नहा रही थी और वैसे भी मुझे क्या पता था कि आप इतनी जल्दी आ जाओगे, पहले तो कभी भी नौ बजे से पहले नहीं आये।''

''चालाक कहीं की, तूने ख़ुद ही तो कहा था जल्दी आने को, मैं तो बल्कि अपना ज़रूरी काम छोड़कर आया हूँ।''

''अगर दो–चार बार इसी तरह अपना वायदा निभाते रहे तभी यक़ीन आयेगा ना, पहले तो कभी मेरी बात को इतनी अहमियत नहीं दी।''

''पति भले ही पत्नी को सतरंगी पींग का झूला भी झुलाये न, तब भी वह ख़ुश न हो, भला पहले तेरी कौन–सी बात नहीं मानी, ये कोठी–कारें क्या तुझे अहमियत दिये बिना ही बना दीं।''

''लो तुम तो बात का बतंगड़ बना देते हो, मैं तो ऐसे ही मज़ाक़ में कह रही थी।''

बातचीत का रुख़ गलत दिशा में जाते हुए देख जस्सी पानी का गिलास लेने चली गयी। पानी का गिलास अपनी हथेली पर रखकर उसने ऐसे पेश किया जैसे कोई वेटर पेग पेश करता है। वह पानी पी रहे हरिन्दर के साथ सटकर और उसके कन्धे पर हाथ रखकर ऐसे खड़ी हो गयी जैसे हनीमून पर गया कोई जोड़ा फ़ोटो खिंचवाने के लिए पोज बनाता है।

''हाँ तो अब बताओ वह बात जिसके कारण मेरा सारा दिन ख़राब हो गया।'' हरिन्दर के भीतर का उतावलापन बोल उठा। यह उतावलापन यूँ भी उसके स्वभाव का अंग था। अपने निशाने की दिशा में वह इतने उतावलेपन से चलता था कि आसपास की अन्य बातों की ओर उसका ध्यान ही नहीं जाता था। उसकी तरक़्क़ी का भी यही राज था, पर इस तरक़्क़ी के निशाने पर वह इतना केन्द्रित हो गया था कि अपने आसपास, पत्नी, बच्चों और रिश्तेदारों की ओर बहुत कम ही ध्यान दे सका था। उसका आज के दिन का निशाना जस्सी की बात के बारे में जानना ही बन गया था तथा अन्य किसी चीज़ में उसका मन नहीं लग रहा था।

''बता दूँगी आराम से, पहले नहा–धो तो लो।'' जस्सी के बात को और भी लटका देने के कारण हरिन्दर को गुस्सा चढ़ गया।

''चल हट, मुझे नहीं सुननी तेरी बात, कोई ऐसी ही फ़ालतू की बात होगी।'' हरिन्दर लापरवाही दिखाते हुए बॉथरूम में घुस गया पर उसके अन्दर बात जानने की उत्सुकता अभी भी ख़त्म नहीं हुई।

जस्सी ने बाहर निकलकर देखा, लॉन में पूरी तरह से छाया नहीं हुई थी पर सूरज ढलने के कारण दीवार की परछायी उसमें काफ़ी थी। जस्सी ने आज सुबह ही लॉन में पानी दिया था। इसलिए घास की डंडियों में नयी जान आ गयी थी। थोड़ी–थोड़ी हवा भी चल रही थी इसलिए लॉन में बैठा जा सकता था। बाँस की कुर्सियों और छोटे मेज़ को बाहर निकालकर जस्सी बैठकर बड़ी बेसब्री से हरिन्दर का इन्तज़ार करने लगी। उसका ध्यान उन मुरझाये हुए पौधों की ओर गया जिनके ठूँठ के पास झड़े हुए पत्तों और फूल–पत्तों का कूड़ा इकट्ठा हुआ पड़ा था। पर कोई–कोई बेमौसम का–सा फूल अभी भी किसी पौधे के शिखर पर ऐसे चमक रहा था जैसे कोई तुर्रे वाली पगड़ी पहनकर सीधा खड़ा हुआ हो। जस्सी को लॉन की ख़राब हालत देखकर अपने पर गुस्सा आया। हरिन्दर तो यहाँ भी फ़र्श ही डलवाने लगा था। उसे फूल–पौधों का कोई ख़ास शौक़ नहीं। जस्सी ने ही कहकर लॉन के लिए जगह छुड़वायी थी पर अब उसकी देखभाल न करने के कारण, उसकी मन्दी हालत देखकर उसने सोचा कि वह आगे से हर रविवार को लॉन की देखभाल करने में समय लगाएगी और इसे फूलों से भर देगी। बाक़ी के छह दिन तो उसे पता भी नहीं चलता था कि कैसे बीत जाते थे। सुबह उठते ही वह बच्चों को तैयार करके स्कूल भेजती, फिर हरिन्दर के कपड़े आदि तैयार करके, उसे ब्रेक–फाँस्ट करवाकर ख़ुद स्कूल जाती। दोपहर को वापस लौटती तो बच्चों को खाना खिलाने और होम–वर्क करवाने में ही उसे शाम हो जाती। बड़ी मुश्किल से हरिन्दर के आने से कुछ समय पहले बिखराव सँभालने के लिए वक़्त निकालती और फिर रात के दस बजे तक रसोई में ही जुटी रहती।

लॉन में बैठे–बैठे उसे कुछ गर्मी–सी महसूस हुई तो उसने कूलर का मुँह लॉन की ओर घुमा लिया। उसका मन हुआ कि उठकर बॉथरूम का दरवाज़ा खटखटाये और हरिन्दर को जल्दी बाहर निकलने के लिए कहे पर उसके गुस्से से डरती हुई वह बैठी रही।

सूरज के ढलने के कारण लॉन में छाया दूर तक फैल गयी थी पर सामने वाली रंगी हुई दीवार पर अभी भी धूप की एक कतरन शीशे

की तरह चमक रही थी, उस कतरन की सफ़ेदी में सिन्दूरी आभा मिली हुई थी। वह सिन्दूरी आभा जैसे जस्सी को भीतर तक हिला गयी हो। जस्सी दोनों टाँगें मेज़ पर रखकर अधलेटी–सी हालत में बैठ गयी। सलवार ऊपर खिंच जाने के कारण उसकी पिंडलियाँ कुछ नंगी हो गयी थीं। उसे अपनी गोरी और सुडौल पिंडलियाँ देख अन्दर ही अन्दर झनझनाहट–सी महसूस हुई। उसे लगा कि उसके कुछ सफ़ेद बालों के अलावा बुढ़ापे का कोई भी उभरता चिह्न अभी नहीं था। सफ़ेद बालों का भी तभी पता चलता था जब वह व्यस्त होने के कारण कई–कई दिन तक मेहँदी लगाने से चूक जाती थी। उसे एक लोकगीत का भाव याद आया जिसमें बुढ़ापे का सम्बन्ध शरीर से ज़्यादा मन से माना गया था, पर उसे गीत की वह लाइनें याद नहीं आ रहीं थीं। उसने सोचा यह बात तो सच ही है, हरिन्दर का तो अभी एक भी बाल सफ़ेद नहीं हुआ पर उसके भीतर बुढ़ापा पाँव पसारने लग पड़ा है। उसने सोचा बुढ़ापे से सफ़ेद वालों का कोई सम्बन्ध नहीं। उसके बाल तो तभी से सफ़ेद होने शुरु हो गये थे जब वह कॉलेज में पढ़ती थी। यूनिवर्सिटी तक आते–आते तो उसने मेहँदी लगाना शुरू कर दिया था। हरिन्दर को तो कई मुलाक़ातों के बाद भी पता नहीं चल सका था कि वह मेहँदी लगाती है। जब उसने ख़ुद ही उसे यह बात बतायी थी तो हरिन्दर ने मज़ाक़ में कहा था, ''मेहँदी लगाकर देहाती बन्दे को ठग लिया तुझ बुढ्ढ़ी माई ने, तभी तो कहते हैं कि शहर की लड़कियाँ बहुत चालाक होती हैं।''

''इन्सान का दिल जवान होना चाहिए, और हम साहित्य पढ़ने वालों के दिल तो हमेशा जवान ही रहते हैं, तुम लॉ वालों ने तो सारी उम्र दिमाग़ से ही सिर खपायी करनी है, दिल की बात तो कभी सुननी ही नहीं तो बुढ़ापा आयेगा ही छलाँगें मारता हुआ।'' जस्सी ने हँसकर जवाब दिया था।

जस्सी का मन हुआ कि ये बात बाथरूम के पास जाकर हरिन्दर को तुरन्त बताये पर ऐसी छोटी–छोटी बातें हमेशा उसके मन में ही रह जाती थीं। हरिन्दर की इनमें कोई रुचि नहीं थी। वह तो ऐसी कोई भी बात सुनकर खीज कर कहता था, "क्यों फ़ालतू में गड़े

मुर्दे उखाड़ती रहती हो।" जस्सी सोच रही थी, हरिन्दर को केवल भविष्य ही क्यों अच्छा लगता है, वर्तमान की ओर उसका ध्यान क्यों नहीं जाता? अतीत से वह क्यों कतराता है? उसने जवाब में ख़ुद ही तर्क ढूँढ़ लिया। ऐसा शायद इसलिए है क्योंकि उसका अतीत बहुत अन्धकारमय है। उनकी छोटी–मोटी खेती–बाड़ी थी। वहाँ से उठ कर उसने लॉ की और फिर पूरे दस साल तक प्रेक्टिस करते हुए उसे क्या–क्या दुख नहीं भोगने पड़े, इस अतीत के बारे में सोचना उसे दुखी करता है।

पर जस्सी ने भी तो ये सब कुछ हरिन्दर के साथ ही भोगा था और अपनी हर ख़्वाहिश मार कर वह प्रण भी पूरा किया था जो लव–मैरिज करते समय उसने हरिन्दर से किया था कि जब तक तुम अच्छी तरह से सैट नहीं हो जाओगे तब तक मैं तुमसे कोई माँग नहीं करूँगी, जैसे रखोगे, वैसे ही रहूँगी, पर इसके बावजूद उसे हरिन्दर की तरह अपने अतीत से नफ़रत नहीं थी। बल्कि वह तो अब कभी–कभी उन बातों पर हँस भी लेती थी जो उस समय उसे ज़िन्दगी और मौत का सवाल प्रतीत होती थी। ऐसी ही एक बात जस्सी को याद भी आ रही थी और उसे सोच कर उसके चेहरे पर मुस्कराहट फैल गयी थी।

जिन दिनों जस्सी शादी के बाद ससुराल आयी थी उन दिनों जुलाई के उमस से हाल–बेहाल था। गाड़े पसीने से शरीर चिप–चिप कर रहे थे और ऊपर से बिजली चली गयी थी। हरिन्दर–जस्सी की सुहागरात थी और चारपाइयाँ रसोई की कँधोली की ओट में बिछाई हुई थीं। परिवार के बाकी सदस्य कँधोली के दूसरी ओर बरामदे में सोये हुए थे। जस्सी के मायके में सब लोग अपने–अपने कमरे में सोते थे इसलिए खुले आकाश तले सुहागरात मनाने वाली बात उसे कुछ अजीब–सी लग रही थी। जैसे ही हरिन्दर कोई बात कहने लगता वैसे ही उसकी ऊँची आवाज़ को बरामदे में सुनने से डरती जस्सी उसके मुँह पर हाथ रख देती। उतावले होकर हरिन्दर ने जस्सी की बाँह पकड़कर उसको अपनी चारपाई पर खींचने का यत्न किया तो चारपाई की बाजू की चूँ–चूँ की आवाज़ बरामदे तक फैल गयी।

"क्या कर रहे हो सब कुछ बरामदे तक सुनाई दे रहा होगा।" जस्सी ने खुसर–फुसर करते हुए अपनी बाँह छुड़ाने का यत्न किया।

"सुनाई दे रहा है तो देता रहे, हम क्या किसी से डरते हैं, हमारे ताये–चाचों के सभी बच्चे तो इस कँधोली की ओट में ही जन्मे हैं।" हरिन्दर ने लापरवाही और शरारत भरे अन्दाज़ में कहा।

"मुझे नहीं पता मैं नहीं यहाँ ... ।" जस्सी ज़िद पर अड़ गयी।

"चल यहाँ नहीं तो मसूरी चलते हैं हनीमून मनाने।" हरिन्दर को नयी स्कीम सूझी।

"कल ?"

"नहीं अभी।"

"अभी कैसे।" जस्सी को हरिन्दर का यह देहाती मुहावरा समझ नहीं आया।

"चल चारपाई पकड़ पायँता से।"

हरिन्दर चारपाई उठवाकर चौके के साथ की दालान में ले गया। भले ही दालान को शादी वाला घर होने के कारण साफ़ किया हुआ था पर वैसे यहाँ भूसा इकट्ठा करके रखा जाता था। बिजली न होने के कारण दालान में घना अँधेरा और बहुत ज़्यादा भड़ास थी। गर्मी के कारण जस्सी का हाल बेहाल हो रहा था। जब वे बाहर निकले तो पसीने से तर जस्सी ने मज़ाक़ में कहा, "वाह, आज पहली बार देख रही हूँ जाटों की मसूरी।" और वे दोनों हँस पड़े थे।

"क्या पागलों की तरह अकेली ही हँसी जा रही हो?" अपने गीले बालों को झाड़ते हुए लॉन में आकर खड़े हरिन्दर ने कहा और जस्सी पहले से भी ज़्यादा ऊँचे स्वर में खिलखिलाकर हँस पड़ी।

"जाटों वाली मसूरी याद आ गयी थी।" जस्सी अभी भी हँसते–हँसते लोट–पोट हो रही थी।

"क्या तू भी न फ़ालतू में क्या–क्या सोचती रहती है।" हरिन्दर की खीज अभी उतरी नहीं थी। उसने जस्सी का ध्यान बँटाने और अपनी उत्सुकता को शान्त करने के लिए फिर पूछा।

"अच्छा, पहले वह सुबह वाली बात तो बताओ और अब अगर तूने फिर पहेली बुझायी न तो देखना, तुझे मैं कैसे मज़ा चखाता हूँ।"

''पहले प्रॉमिस करो कि गुस्सा नहीं करोगे।'' जस्सी ने अपना हाथ आगे बढ़ाते हुए कहा।

"अच्छा बाबा प्रॉमिस करता हूँ।" हरिन्दर ने बेबस–सा होकर उसके हाथ पर हाथ रखकर कहा।

"मैंने रात को यह विचार बनाया था कि जितने दिन तक बच्चे अपनी ननिहाल गये हुए हैं उतने दिन तक हम भी मसूरी चलते हैं।" जस्सी ने कुर्सी से उठकर हरिन्दर के कन्धे से बच्चों की तरह सिर सटाते हुए मिन्नत और चाव के घुले–मिले भाव से कहा। अपनी बात का जवाब ढूँढ़ने के लिए उसने हरिन्दर की आँखों में ऐसे झाँक कर देखा जैसे आषाढ़ के महीने में आकाश में छायी छोटी–सी बदली देखकर कोई बारिश की माँग करता है।

"बस यही बात थी?" हरिन्दर ने लापरवाही से कहा, "खोदा पहाड़ निकला चूहा।"

"आपको यह बात मामूली लगती है, मैंने पूरे पन्द्रह साल सोचने के बाद कही है ये बात और अब भी इसलिए कही है क्योंकि अब हम अच्छी तरह से सैट हो गये हैं, आज तक मैंने और कोई माँग नहीं की।"

ऐसा लग रहा था जैसे जस्सी अभी रो पड़ेगी।

"अच्छा ठीक है सोचूँगा...तुम पहले चाय तो बनाकर लाओ।" हरिन्दर ने उसे टालने के लिए कहा।

"पहले हाँ कहो।" जस्सी ने बाज़ार में रबड़ की गुड़िया ख़रीदने के लिए ज़िद करती हुई किसी छोटी बच्ची की तरह धरती पर पैर पटकते हुए और अपने कन्धे उचकाते हुए माँग की।

"ऐसे कैसे हाँ कह दूँ, तू तो बच्चों की तरह ज़िद कर रही है, पहले अपने काम–धन्धे का हिसाब भी तो देखना होता है, बड़ी मुश्किल से तो काम चलना शुरू हुआ है। और क्या अपनी छोटी–सी लापरवाही के कारण उसे डाउन करना है, मसूरी कहाँ भागी जा रही है और वैसे भी यह कोर्ट का काम है कोई बनिये की दुकान नहीं कि जब जी चाहा ताला लगाकर चलते बने, एक बार क्लाइंट टूट गया तो वह फिर..., बात अभी हरिन्दर के मुँह में ही थी कि बेल बजी।

"मिन्दरी वग़ैरह आ गये।" यह कहती हुई जस्सी हरिन्दर की बात

बीच में ही छोड़कर दरवाज़े की ओर दौड़ी। हरिन्दर की 'न' सुनकर उतरे उसके चेहरे पर फिर चमक–सी आ गयी।

"दीदी हम बस पाँच मिनट ही रुकेंगे, पहले ही बहुत लेट हो गये हैं, ये तो कह रहे थे कि अभी सीधे ही चले जाते हैं, कल आ जायेंगे, पर मैंने कहा पानी–वानी पी कर चलते हैं।" मिन्दरी ने आते ही जाने का ऐलान कर दिया। यह कहकर उसने तिरछी नज़रों से अपने पति की ओर ऐसे देखा जैसे कह रही हो, 'अब तो ख़ुश हो।' आँखों–आँखों में उसे पति से शाबाशी भी मिल गयी। ऐसा लग रहा था जैसे वह कह रहा हो, ''एक रात ख़राब होने से बचाने के लिए तुम्हें इनाम भी तुरन्त ही मिलेगा, आज रात को ही।''

उनकी आँखों–आँखों में हो रही गुफ्तगू को देख जस्सी को बड़ी होने के कारण शर्म–सी महसूस हुई और वह पानी लेने चली गयी। मिन्दरी भी एक पल के लिए कुर्सी पर बैठी और फिर उतावलापन–सा महसूस करती हुई जस्सी के पीछे चली गयी।

जस्सी ने रसोई में आ खड़ी हुई मिन्दरी को बाँहों से पकड़ कर सामने खड़ा करके सिर से पैर तक इस तरह देखा जैसे कोई बुत बनाने वाला अपने बनाये बुत को निहार रहा हो। उसको लगा जैसे वह शादी से पहले वाली मिन्दरी तो है ही नहीं, जो शर्मीली, छरहरी–सी और सहमी–सहमी सी रहने वाली थी। यह नयी मिन्दरी तो गुलाब के फूल की तरह महकती हुई, बेझिझक और भरे–भरे अंगों वाली थी। उसकी पहाड़ों की थकान से सूजी हुई आँखें नशे से धुत्त थीं। उसके सफ़र के कारण सिलवटें पड़े कपड़ों, खुली–खुली सी चोटी और सोये–सोये निढाल–से अंगों के कारण मिन्दरी उसे और भी ज़्यादा सुन्दर लग रही थी। जस्सी ने उसे कस कर अपने सीने से लगा लिया। मिन्दरी से महक का एक भभूका–सा उठकर जस्सी के अन्दर फैल गया।

"मिन्दरी आज हमारे पास ठहर जाओ, इतनी भी क्या जल्दी है?" जस्सी ने अपनी पकड़ ढीली छोड़ते हुए उसे चाव से कहा।

"नहीं दीदी वो नाराज़ हो जायेंगे, वैसे ही बच्चों की तरह छोटी–छोटी बात पर नाराज़ हो जाते हैं।"

"वो नाराज़ हो जायेंगे या क्या तुम्हारा नहीं मन लगता अब।"

जस्सी ने नाराज़गी प्रकट की, "हम अलग कमरा दे देंगे बाबा, डरते क्यों हो।"

"दी...अ...दी, आप भी न...।" मिन्दरी शरमा गयी और जस्सी को ज़रा–सा धकेलते हुए दूर जा खड़ी हुई।

"मिन्दरी मसूरी कैसा हिल स्टेशन है।" मिन्दरी शरमा गयी है यह भाँपते हुए जस्सी ने उसका ध्यान बँटाने के लिए कहा।

"दीदी, इतना सुन्दर कि मैं बता नहीं सकती, आपको चिट्ठी में लिखने लगी तो शब्द ही नहीं सूझ रहे थे। दूर–दूर तक फैले पहाड़ और वादियाँ देखकर अपने अन्दर भी न जाने कैसी ब्रॉडनैस–सी भर जाती है। घर में रह कर तो फिजूल–सी बातें हमें घेरे रहती हैं वह तो न जाने वहाँ जाकर कहाँ ग़ायब हो जाती हैं, पास से छूकर गुज़रते हुए बादल मन में तरंग–सी छोड़ जाते हैं। दीदी हम कैम्पटी फॉल पर गये तो यह मुझे ज़बरदस्ती खींच कर फॉल के नीचे ले गये, पहले तो मुझे बहुत अजीब–सा लगा पर फिर सबको वहाँ नहाता देख अजीब लगना बन्द हो गया। ऊपर से गिरती फुहार से एक बार तो साँस रुक–सी गयी पर नहाकर बड़ा मज़ा आया, दीदी एक बार तो मैं फिसलकर गिरने ही वाली थी कि इन्होंने मुझे सँभाल लिया। रात को माल–रोड़ पर खड़े होकर नीचे देखने पर देहरादून की लाइटें ऐसे लग रही थीं जैसे तारों भरे आकाश को पहाड़ के साथ टेढ़ा खड़ा कर दिया हो, मन करता था कि...।'' मिन्दरी अभी बता ही रही थी कि जस्सी ने यह कहकर टोक दिया, "बस बाबा बस, तू तो लगता है वहाँ से कवयित्री ही बनकर आ गयी है, चल शिकंजी लेकर, अभी टाइम बहुत ज़्यादा हो गया है, फिर कभी सुनूँगी आराम से बैठ कर।" जस्सी का एक मन तो हो रहा था कि मिन्दरी यूँ ही घण्टों तक अपनी बातें सुनाती रहे पर यह सुनते हुए उसके अन्दर से बेचैनी की लपटें–सी निकलती रहीं।

"इतनी देर लगा दी तुम लोगों ने रसोई में, मैंने तो सोचा शायद गंगा से पानी लेने गयी हो।" जस्सी–मिन्दरी को देर से आता देख हरिन्दर ने व्यंग्य करते हुए कहा।

"गंगा से नहीं, कैम्पटी फॉल से लेकर आये हैं।" मिन्दरी ने जवाब तो हरिन्दर को दिया पर शरारती नज़रों से झाँकने अपने पति की ओर लगी।

हरिन्दर उसकी बात का मतलब नहीं समझ सका इसलिए चुप हो गया और नकली हँसी हँसने लगा।

"पानी पीते ही मिन्दरी और उसका पति जाने के लिए उठ खड़े हुए। उनके खड़े–खड़े ही हरिन्दर अन्दर से ह्विस्की की बोतल उठा लाया और उसने ज़बरदस्ती अपने साढ़ू को एक बड़ा–सा पेग बना दिया। पर पेग पीने के बाद वे रुके नहीं।

मिन्दरी और उसका पति चले गये और हरिन्दर–जस्सी दोबारा कुर्सियों पर आ बैठे। पहले वाले बड़े पेग का नशा हरिन्दर की आँखों में उतरना शुरू हो गया।

"मिन्दरी तो दस–पन्द्रह दिनों में ही बहुत बदल गयी, अब तो पहचानी भी नहीं जाती।" हरिन्दर ने गुमसुम बैठी जस्सी का ध्यान अपनी ओर खींचने के लिए हिलाकर कहा और मज़ाक़ में हल्की–सी चुटकी भर दी। जस्सी ने चुटकी की पीड़ा से होंठ मरोड़कर रोष दिखाया, पर बोली कुछ नहीं। हरिन्दर ने दूसरा पेग भी पूरा भर कर ही डाला और एक ही घूँट में पीने के बाद मुँह में नमकीन डालते हुए बोला, "छोटा भाई मुझसे पूछ रहा था कि आप कहाँ गये थे हनीमून मनाने? मैंने कह दिया, जाटों वाली मसूरी। उस बेचारे को मेरी बात समझ नहीं आयी तो वह चुप हो गया, मेरी हँसी छूट रही थी।" हरिन्दर ने हँसते हुए जस्सी को भी हँसाना चाहा पर वह न हँसी।

"मिन्दरी तो ऐसे लग रही थी जैसे उसे सोयी–सोयी को ही सुबह बिस्तर से उठाकर कार में बिठा दिया गया हो, वैसे सोकर उठी स्त्री तैयार हुई स्त्री से भी ज़्यादा सुन्दर लगती है।" हरिन्दर ने मिन्दरी के बारे में फिर बातचीत शुरू कर दी। उसके दिमाग में अभी भी मिन्दरी के अलसाये–अलसाये अंगों का दृश्य घूम रहा था।

जस्सी ने उसकी बातों में कोई रुचि न दिखायी और कुर्सी से उठते हुए पूछा, "भूख लगी हो तो रोटी बनाऊँ ?"

"भूख तो बहुत ज़ोर से लगी है, खा लेंग रोटी भी।" हरिन्दर ने 'रोटी' के दोहरे अर्थों से जस्सी को छेड़कर हँसाना चाहा पर जब वह नहीं हँसी तो वह बोला, "बैठ जाओ थोड़ी देर खा लेंगे रोटी भी, रोटी कौन–सा भागी जा रही है, दस मिनट रुको जरा मूड बना लूँ दो घूँट पीकर।"

जस्सी बैठी नहीं और बाँह पकड़कर बैठाते हुए हरिन्दर से अपना हाथ छुड़वाकर रसोई की ओर जाने लगी। उसने कल की पड़ी बासी सब्ज़ी गर्म की और चार रोटियाँ बनाकर हरिन्दर के लिए खाना परोस दिया। पर उसका खुद का मन नहीं हुआ। मिन्दरी के आने से पहले उसे भूख के कारण घबराहट—सी महसूस हो रही थी। वह कुछ खाने के बारे में सोच ही रही थी कि मिन्दरी आ गयी थी। मिन्दरी वग़ैरह के लिए लाकर रखा सारा समान वैसे का वैसा पड़ा था। उन्होंने तो कुछ भी नहीं खाया था जैसे पहले ही से खाकर आये हों। जस्सी की आँखों ने तो पेस्ट्री की ओर ललचाकर देखा पर मन ने उसे खाने के लिए हामी नहीं भरी। उसने हरिन्दर को तो खाना खिला दिया पर ख़ुद नहीं खाया।

खाना खाकर हरिन्दर तो लेट गया पर जस्सी को उमस—सी महसूस हुई। उसने बाहर आकर देखा तो शाम को जो हवा चल रही थी वह अब बिल्कुल बन्द हो गयी थी और हवा में बढ़ी हुई नमी के कारण बदन चिप—चिप कर रहा था। वह बाहर बरामदे में ही खड़ी रही। बोगनवेलिया की बेल के पत्ते ऐसे मुरझा गये थे जैसे किसी दैत्य ने उनकी साँस रोक दी हो। शाम तक आसमान साफ़ था पर अब तीतर के पंखों की तरह बादल छाये हुए थे। यौवनहीन हुआ चन्द्रमा कभी बादल के एक टुकड़े—से के नीचे से निकलता तो दूसरा टुकड़ा उसे दबोच लेता, उसके नीचे से निकलने के लिए उछल—कूद करता तो तीसरा बादल का टुकड़ा उसके पास आ खड़ा होता। यूँ दबोचे जाने से जान—सी बचाते हुए चन्द्रमा की दौड़ देखकर जस्सी का मन घबराने—सा लगा और उसने आसमान की ओर से अपना ध्यान हटा लिया।

"आ भी जाओ अब बाहर क्या गिरदावरी कर रही हो।" हरिन्दर की आवाज़ में खीज का भाव मिला हुआ था।

जस्सी चुपचाप अन्दर आ गयी और उसने पहनने के लिए बॉथरूम के दरवाजे पर टँगी गुलाबी रंग की मैक्सी उतारी। फिर किसी दुविधा—सी में घिरे हुए उसने मैक्सी वापस वहीं टाँग दी और सलवार—क़मीज़ में ही बेड के किनारे टेढ़ी हो गयी।

"ये कहाँ से निकाल ली आज।" हरिन्दर अभी भी टँगी हुई मैक्सी की ओर ही देख रहा था। पंखे की हवा से गुबारे की तरह फूली हुई मैक्सी उसे ऐसी प्रतीत हुई जैसे उसमें कोई स्त्री छिपी बैठी हो।

"आज बड़े ट्रंक को टटोल रही थी तो बीच में से यह भी निकल आयी, सोचा पड़ी–पड़ी ख़राब हो जायेगी, पहन ही लूँ जो दो–चार दिन पहनी जाती है तो, शादी के समय के दो–तीन सूट भी बाहर निकाले हैं, वह भी पड़े–पड़े तंग हो गये हैं, सोच रही थी कि वह भी उधेड़–सिल कर पहनने लायक बना लूँ।"

"उसे निकालने का क्या फ़ायदा हुआ, सो तो तू फिर भी सलवार–कमीज़ में ही रही है?"

"बस ऐसे ही आलस आ गया बदलने का।" जस्सी ने थके मन से कहा।

"ऐसे नाराज़–सी होकर क्यों बोल रही है, शाम को तो अनार की तरह खिली हुई घूम रही थी।" हरिन्दर ने उसे अपनी ओर खींचकर समीप कर लिया और अपनी टाँगों की गिरफ़्त में ले लिया।

पसीने और शराब की घुली–मिली बदबू जस्सी के नाक में एक झटके से घुस गयी।

"प्लीज़ तंग मत करो, उमस के मारे तो पहले ही जान निकली जा रही है, छोड़ो भी..." जस्सी ने पूरा ज़ोर लगाकर हरिन्दर की गिरफ़्त से निकलने का प्रयास किया।

"जाटों वाली मसूरी से तो ज़्यादा गर्मी नहीं...क्या...?" हरिन्दर ने ऊँची आवाज़ में कहा पर जस्सी अभी भी पहले की ही तरह अपने आप को उससे छुड़वाने में लगी थी।

"जस्सी मैंने मन बनाया है कि हम भी दो–चार दिनों में मसूरी चलेंगे, मैं बस थोड़ा–बहुत काम समेट लूँ एक–दो दिनों में, नहीं तो हमारा साडू क्या सोचेगा कि इन्होंने अभी तक मसूरी ही नहीं देखी।" हरिन्दर का शरीर बुख़ार चढ़े व्यक्ति की तरह तप रहा था। उसने गिरफ़्त को और भी ज़्यादा कस लिया था।

जस्सी ने उससे अपने आपको छुड़वाने का प्रयास छोड़ दिया और गहरी साँस ली, पता नहीं यह एक आह थी या चैन की साँस।

कैसे कहूँ छोड़

जो मैंने सोचा था, बिल्कुल उसके विपरीत हुआ था। मेरे स्थान पर यदि कोई और होता तो वह भी सौ प्रतिशत ऐसा ही सोचता। मेरे दोस्त जरनैल ने भी ऐसे ही सोचा था। हम किराये पर लेने के लिए कमरा देखने गये थे। नौकरानी प्रतीत हो रही आंटी कमरे की तारीफ़ करते हुए पाँच मिनटों में ही हमारे साथ ऐसे घुल–मिल गयी थी जैसे हमें वर्षों से जानती हो। मकान मालकिन आँगन में खड़ी अपनी अल्हड़–सी लड़की के साथ लाड़–प्यार कर रही थी जो कि कन्धे पर लटकने वालों की तरह उस पर झुकी पड़ी थी। आस–पास देखकर जरनैल ने मेरी पसलियों में धप्पा मारा और अजीब–सा झाँका जैसे कह रहा हो, "ले मित्र रब ने दी हैं गाजरें तू बीच में अपना रंबा रख, तू तो बन गया गोपियों में कृष्ण।" मैंने उसे घूरा। मैं डर गया कहीं वह बनता हुआ काम न बिगाड़ दे। पूरा एक महीना हो गया था हमें कमरा ढूँढ़ने के लिए दौड़–धूप करते हुए परन्तु जिसके पास जाते थे वही 'छड़ा' शब्द सुनकर दबे पाँव अन्दर लौट जाता था।

"मैरिड हो आप?" मकान मालकिन का प्रश्न मेरे माथे पर ईंट की तरह लगा। उत्तर देने के लिए मैंने जरनैल का सहारा लेते हुए पीछे देखा परन्तु वह तो अभी कमरे में आंटी के साथ बातें कर रहा था। बस उसमें यही बहुत बड़ा अवगुण था, औरत देखते ही उसकी लार टपकने लग जाती थी।

"मैं...मैं...बेसी...कली तो...।" मुझसे अभी जरनैल का वकीलों की तरह रटाया हुआ विवाहित होने का झूठ बोला भी नहीं गया था कि मकान मालकिन बोल पड़ी, "दरसल जी हमने फैमिली को मकान नहीं देना है।"

यह सुनकर मुझे सुख की साँस आयी जैसे किसी ने मेरी दुख रही जड़ निकाल फेंकी हो।

"मेरी तो अभी मँगनी भी नहीं हुई शादी तो... ।"

"दैन ऑल राइट", उसने मेरा वाक्य बीच में ही काटते हुए फ़ैसला दिया जैसे वह अधिक बात करना ही नहीं चाहती हो। हम पेशगी के पैसे देकर बाहर आ गये। गली में आते ही जरनैल ने मेरी पसलियों पर चिकोटी काटते हुए कहा, "ले भई यदि बाँट कर खायेगा तो शक्कर खायेगा और अकेला खायेगा तो हाड़ खायेगा। मित्र मेरे, यदि अकेले ने हरी अंगूरी खाने की बात सोची भी तो बिस्तर गोल करा दूँगा।"

"पहले रख लेने दे बिस्तर, भूखा कहीं का। वह तो सीधे मुँह बात भी नहीं करती और यह चौधरी लार टपकाता फिर रहा है।" मैंने उसे मीठी–सी डाँट खिलाई परन्तु मेरे अन्दर भी लड्डू फूटने लग गये थे।

"ओए पागल, और छड़ा किरायेदार किसलिए रखना है भला?" प्रश्न पूछते हुए आँखें मटकाकर जरनैल ने गाँठ खोली, "मैंने सब पता कर लिया है आंटी से, वह नौकरानी है, मकान मालकिन के घरवाले को आठ साल हो गये जर्मनी गए हुए वह अभी तक नहीं लौटा। लड़का प्लस टू में पढ़ता है और लड़की प्लस वन में। अब बता तीन औरतें और हट्टा–कट्टा छड़ा किरायेदार, आयी कुछ समझ में।" जरनैल ने फूँस में चिंगारी फेंक दी।

दूसरे दिन सामान रखते हुए मुझे अर्जुन की भाँति मछली की आँख ही दिखती रही, मकान मालकिन...अल्हड़ लड़की...आंटी...मेरे दिमाग़ का खलल बढ़ गया।

कमरे में सामान टिकाते हुए मैं खीझ रहा था। घर के किसी भी सदस्य ने मुझे महत्त्व ही नहीं दिया था। मैंने गुस्से में जरनैल को कोसा, "साला शेखचिल्ली, इन्होंने तो हमें आलुओं के भाव भी नहीं पूछा।"

"ले बेअन्त चाय पी ले।" आंटी छोटी–सी ट्रे में चाय का कप रखे पता नहीं कब आ खड़ी हुई थी। मेरे चाय पीते समय आंटी छोटी–छोटी बातें करती रही।

"बेअन्त बीबी जी कह रहे थे यदि कोई सामान चाहिए तो ले लेना, आ दूँ स्टोर में से निकालकर।" आंटी ने मेरी सामान की कमी को देखते हुए कहा। मैं चुपचाप आज्ञाकारी बनकर पीछे चल पड़ा। एक पुराना दीवान, दो पुरानी आरामकुर्सियाँ और एक छोटे क़द का मेज़ उठवाकर आंटी ने किसी शहंशाह की तरह पूछा, ''कोई चीज़ और...?''

''और...हाँ...नहीं कुछ नहीं।" मैंने हड़बड़ाकर कहा! मेरी चोरी पकड़ी गयी थी। मैं शीशे वाली खिड़कियों में से कोठी के अन्दर झाँकने का प्रयत्न कर रहा था परन्तु पर्दे ऐसे खींचे हुए थे जैसे अन्दर देवताओं की सभा चल रही हो जिस पर मात–लोक के जीवों की नज़र पड़नी कोई गुनाह हो।

मेरे पुराना फ़र्नीचर ले लेने के बाद जैसे आंटी सब कुछ समझ गयी थी। अब उन्हें मुझसे कुछ पूछने की ज़रूरत भी नहीं थी। बिना कहे ही उन्होंने रसोई की शेल्फ पर पुराने अख़बार बिछा दिये, सामान डालने के लिए ख़ाली शीशियाँ रख दीं और फिर एक धूल भरा स्टोव लाकर साफ़ करने लग पड़ी। वह अपनी धुन में मस्त इस तरह लगी हुई थी जैसे अपना ही घर बसा रही हो। वह उकड़ूँ बैठी हुई कभी स्टोव में तेल डालती, कभी पंप मारती और कभी बर्नर के सूराख़ में पिन मारती। उसकी कसी हुई कुर्ती के एक ओर खिंच जाने के कारण कमर के ऊपर का थोड़ा–सा हिस्सा नंगा हो गया था। ढीले जूड़े के नीचे गर्दन पर उभरी मांस–पेशियाँ देखकर मेरे अन्दर हलचल हुई। अन्दर से जरनैल बोल रहा था, ''भोंदू, जनानी रोंदू आदमी पर तरस तो करती है, लट्टू नहीं होती, ऐसे ही रोउँ–रोउँ मत करते रहना, औरत की ओर तो ऐसे देखो कि...।" परन्तु मैं जरनैल कहाँ था।

नौकरी के चक्करों में शादी से पिछड़े को मुझे अब आंटी की जगह कोई प्रीतो, जस्सी या शानो दिख रही थी। मेरा घर बसा रही..., सब्ज़ी बनाती हुई, फुल्के सेंक कर घी से भीगी अँगुलियों से चुपड़ती हुई। मेरी भूख चमक उठी थी। आंटी के स्वर ने मुझे ख़यालों से निकाला।

"ले माथापच्ची करवाकर अब चल भी पड़ा, वस्तु तो उपयोग में लाते रहने से ही ठीक रहती है नहीं तो अच्छी भली वस्तु को भी जंग लग जाती है।" स्टोव के बर्नर से निकली तेल की तेज़ धार को देखकर आंटी ने उत्साहित होते हुए कहा। उसने तीली लगाई तो आग एकदम भड़की। रोशनी में आंटी के लाल गालों पर चढ़ी ख़ुशी की परत साफ दिखाई दे रही थी। वह अपने आप से ही बातें करने लगी थी, "भाई, इस घर का तो बाबा आदम ही निराला है, अच्छीभली वस्तुएँ भी स्टोर में फेंक रखी हैं, ले यह स्टोव तुझे बढ़िया काम देगा, तुझसे पहले यहाँ एक लड़का रहता था सुमित, उसने भी बहुत उपयोग किया इसका।" स्टोव चलाकर वह विजयी होने की तरह उठी और मुझसे पूछा, बेअन्त कढ़ी–चावल खा लेता है?" मेरे उत्तर की प्रतीक्षा किये बग़ैर ही वह बोली, "आज दोपहर को ही बनाये थे, लाती हूँ मैं, कहाँ ढाबों की सड़ी–गली खाने जायेगा। दो–चार दिनों में ख़ुद ही सीख ले बनानी, होटलों की भी क्या कोई रोटी होती है बीमारी का घर।"

आंटी की बातें मुझे माँ की भाँति लगीं। गाँव से बस चढ़ते समय वह अक्सर कहती, पुत्तर शाम को रोटी खाने के बाद पाव भर दूध ज़रूर पिया कर, इससे रोटी ख़ून में नहीं भीगती, तेरा तो मुँह चिड़िया के बच्चे जैसा निकला पड़ा है, होटलों की भी क्या कोई रोटी होती है परन्तु मजबूरी में सब कुछ करना पड़ता है।"

आंटी कढ़ी–चावल की प्लेट भर लायी थी। वह पास बैठी मुझे खाते हुए देखती रही।

"बेअन्त किसी चीज़ को बनाने का स्वाद तभी आता है जब खाने वाला पेट भर कर खाये, यह हमारे बच्चे तो हर चीज़ मुँह सिकोड़ कर खाते हैं। ईशर भी तेरी तरह प्लेट साफ़ करके रख देता था।" आंटी अपने पति ईश्वर दास की बात छेड़ कर बैठ गयी जो उसकी शादी के एक साल बाद ही चल बसा था। आंटी का गाँव मकान मालकिन वाला गाँव माईसरखाना ही था। उसका नाम पूनम और ब्राह्मणों की लड़की थी। ईश्वर दास की मौत के बाद वह दस साल तो मायके में बैठी विधवा जीवन व्यतीत करती रही परन्तु बाप की मौत के बाद भाभी से बनती न

देख अपनी बचपन की सहेली के साथ यहाँ आ टिकी थी। उसका भाई कई बार लेने आया था परन्तु वह जाने को राज़ी नहीं हुई थी।

वैसे तो शाम होने वाली थी परन्तु गर्मी के कारण मकान मालकिन, उसका बेटा अमन और बेटी निशी कूलर चलाकर अन्दर ही बैठे थे। आंटी बाहर आँगन में मेरे पास आकर बैठ गयी।

''बेअन्त सूरज सामने होने के कारण तेरा कमरा अधिक तप जाता है, यदि रात को हुमस लगे तो चाहे चारपाई बाहर लगा लेना, मैं तुझे फोल्डिंग बैड निकालकर देती हूँ स्टोर में से। मैं तो खुद बाहर सोकर ही खुश हूँ, सुमित भी अधिक गर्मी में कभी–कभी बाहर ही सो जाता था।" आंटी एक के बाद दूसरी रियायत दे रही थी।

आंटी के पास बाहर सोने की बात मेरे अन्दर झुनझुनी छेड़ गयी। तो जरनैल सच कहता था, ''जनानी कभी मुँह से नहीं कहती, बस इशारा ही करती है, चतुर के लिए इतना ही काफ़ी होता है, और नासमझ सोचते रह जाते हैं।" मैं भी तो अब सोच ही रहा था, 'बड़ी मुश्किल से कमरा ढूँढ़ा है कहीं बिस्तरा ही न गोल करवा लूँ, और बदनामी अलग से।' सोचकर मैंने मन को समझाया परन्तु जरनैल को कैसे समझाता जो मेरे मन को बे–लगाम कर रहा था। वह कहता, ''ओए डरपोक यदि तुझसे कुछ नहीं होता तो मैं करूँ ट्राई।"

'ट्राई करना चाहता है, तुझे तो मैं इस घर में पैर भी नहीं रखने दूँगा, लोफर कहीं का।' मैंने जरनैल के बारे में तल्खी से सोचा। परन्तु मेरा मन किया कि यदि जरनैल अभी कहीं मिल जाये तो मैं उससे 'सकेंत' की भाषा समझूँ।

दूसरे दिन से काम पर जाने लगा तो जैसे सब कुछ भूल गया। सुबह नौ बजे निकल जाता और रात को नौ बजे भारत पब्लिशिंग हाउस बन्द होता। प्रूफ़ पढ़ते–पढ़ते आँखें दर्द करने लग जातीं। आकर मुश्किल से बिस्तर मिलता। आंटी के साथ भी वीकली वाले बुद्ध वार को ही मुलाक़ात होती। मकान मालकिन कॉलेज में पढ़ाने गयी होती तथा अमन और निशी स्कूल। ग्रीष्म ऋतु के इन सुनसान दिनों में मेरा मन फिर मचल उठता। ''शायद कभी आंटी ही पहल कर ले,''

यह सोचता हुआ मैं नहाकर आँगन की नुकड़ पर लाल–लाल फूलों से भरे गुलमोहर के नीचे कुर्सी लगाकर बैठ जाता। कई बार आंटी घण्टों बैठी मेरे साथ बातें करती रहती परन्तु वे सब 'मेरे काम' की न होतीं। मैं बात का रुख़ बदलने के लिए कहता, ''आप अपनी उम्र से बहुत छोटी लगती हैं।" मैंने जानबूझ कर आंटी नहीं कहा।

''कहते हैं अन्धा जुलाहा करे माँ से मसखरियाँ, तेरी तो वह बात है बेअन्त, तुझे सच बताऊँ मैं तो ख़ाली गहीरे की भाँति ऊपर से ही साबुत लगती हूँ, अन्दर कुछ नहीं छोड़ा ईश्वर की मौत ने। विधवा के लिए तो माइका नर्क–कुण्ड होता है, जैसे भाभियों के साथ रह लिया वैसा गन्ने का रस निकालने वाली मशीन से गुज़र गया। यदि बापू को जीवित रहते कोई भला मानस सलाह देता कि लड़की की रोटी का ठिकाना कर दो तो बापू उसके गले पड़ जाता, 'ब्राह्मणों की कोई मर्यादा होती है, हमारे जाट ज़मींदारों वाली बात नहीं है, शास्त्र एक संयोग की हामी भरते हैं।' बापू की पंडिताई के आगे वह चुप कर जाता। मैं तो अभी भी भगवान का शुक्र मनाती हूँ जिसने इस बीबी के मन में मेहर जगा दी और मुझे बच्चों की भाँति अँगुली पकड़कर ले आयी, चाहे छोटी है मुझसे परन्तु माँ जैसी लगती है मुझे तो, इसने मेरा दुख बाँटा। बेअन्त सच पूछे तो दुखी ही दुखी का दुख जानता है, इस बेचारी ने कौन–सा पति के पीछे कम आँखें खराब की हैं, अभी पता नहीं वहाँ कब पक्का होगा और कब यहाँ–वहाँ जा सकेगी। सब कुछ होते–सोते विधवा की जून, ऊपर से जवान बेटी की पहरेदारी, आदमी के बिना लोग औरत को खाने का निवाला भर समझते हैं, भई गले से उतरी और हज़्म।" बात दूसरी तरफ़ चली जाने के कारण मैं सूखे हुए बाल लपेटता हुआ कमरे की ओर चल पड़ता। 'एक और वीकली गयी कुएँ में।' मैंने सोंचा।

यह आंटी से दुख–दुख की बातें करने के कारण बने नम्बरों के कारण था या कोई और बात अब मकान मालकिन मुझे देखते ही कमरों के पर्दे खींचने से हट गयी थी। उसका संसार अब खिड़कियों के नंगे शीशों में से कई बार दिखाई देता। मैंने देखा बाहर गुमसुम

सी रहने वाली मकान मालकिन अपने अन्दर के संसार में कोई और ही औरत थी—चुलबुली और शोख।

एक दिन मैं काम से वापिस लौट रहा था कि खिड़की से दिखाई दे रहे दृश्य को देखकर मेरे क़दम गुलमोहर के पास आकर अटक गये। अमन ने अपनी माँ को बाँहों में उठाया हुआ था। वह किसी खलनायक द्वारा उठाई हीरोइन की भाँति हाथ—पैर मार कर छूटने का प्रयत्न कर रही थी। पास खड़ी यह तमाशा देख रहीं आंटी और निशी ने तालियाँ बजा—बजा कर कमरा सिर पर उठा रखा था। उनका बौनी नस्ल का रूई के फाहे जैसा कुत्ता रौकी उछल—उछल कर अमन को प्यार से काटने लगा, जैसे वह मकान मालकिन को भी छुड़ाना चाहता हो और अमन को भी नाराज़ न करना चाहता हो। थक कर अमन ने अपनी माँ को साथ पड़े दीवान पर लिटा दिया और स्वयं अपने थक गये शरीर को सहारा देने के लिए निशी पर भार देकर खड़ा हो गया। मकान मालकिन ने उठते ही अपने हिमायती रौकी को गोद में उठा लिया। शाबाशी मिलने पर रौकी ने अपना मुँह उसकी छाती में छुपा लिया। उसकी पूँछ तेज़ी से हिलती रही। मेरे पीछे की तरफ़ गेट खटखटाने की आवाज़ ने मेरा ध्यान भंग किया। कोई आवारा कुत्ता पंजों से गेट खोलने का यत्न करते हुए अन्दर आने की ताक में था। मेरी बाँहें अभी भी इस तरह ऊपर उठी हुई थीं जैसे अमन की जगह मैं मकान मालकिन को घुमा कर हटा होऊँ, मैंने ज़ोर से धरती पर पैर पटककर कुत्ते को भगाया और स्वयं जल्दी से कमरे में आ गया।

उस देर रात तक मैं करवटें बदलता रहा। उमस के कारण जान निकली जा रहीं थी। चाँद की चाँदनी के कारण कमरे की खिड़की से मुझे दूसरी ओर करवट लेते हुए आंटी दिखाई दे रही थी। बाँह का सिरहाना लगाए सो रही थी आंटी। उसकी बग़ल घाटी की भाँति नीची थी और कूल्हा किसी पहाड़ की भाँति उभरा हुआ।

मुश्किल से कहीं आँख लगी तो मुझे बहुत अजीब—सा सपना आया। मेरे कमरे में मानो फूलों की एक कॉटेज बनी हुई थी। लाल जोड़े में लिपटी निशी उसमें छुई—मुई सी बैठी थी। मैंने अन्दर आते

ही उसका घूँघट उठाया। उसकी गोरी गर्दन और डीप गले से दिखाई दे रही छाती काँसी की थाली की भाँति चमकी और कान लाल हो गये। मैंने उसे बाँहों में उठा लिया। वह पता नहीं कहाँ ग़ायब हो गयी। मैंने बाँहों में भारी वज़न वाली मकान मालकिन उठाई हुई थी। रौकी उछल–उछलकर मुझे काटने लगा। परन्तु यह काटना प्यार वाला नहीं था, उसने तो काट–काट कर मुझे लहूलुहान कर दिया था। आंटी ने आकर उसे मुझसे हटा कर दूर किया परन्तु वह रह–रह कर वापिस आ रहा था। भौंक–भौंक कर उसका गला बैठ गया था, फिर भी उसने कमरा आसमान पर उठा रखा था। उसकी कान फाड़ देने वाली आवाज़ से मेरी जाग खुल गयी। मैं घबराया हुआ दीवान पर बैठा था। रौकी आंटी की चारपाई के पास भौंक–भौंक कर बेहाल हो रहा था।

अगले दिन यह सपना जब मैंने जरनैल को सुनाया तो उसने 'पुच–पुच' करते हुए रुआँसा मुँह बनाकर कहा, "भाई मेरे, अँधी के कर्मों में वर कहाँ, चलो शीश महल के सपनों से ही दिल ख़ुश कर लिया कर, पिटाई से भी बचा रहेगा, परन्तु भइया कहीं पागल मत हो जाना। यदि हिम्मत है तो सपने सच करके दिखा, ज़्यादा से ज़्यादा वे तेरा क्या कर लेंगी, कमरा ही छुड़ा लेंगी न? वो तो वैसे भी ख़ाली करवा लेंगी, रखकर क्या उन्होंने तेरा अचार डालना है, निकम्मे आदमी का।" उसकी ऐसे भिगो–भिगो कर मारी जुतियों से मेरा कलेजा जल कर राख हो गया। वह तो बातों में मुझे नामर्द तक कह गया था।

'जरनैल कोई भगवान तो नहीं जो उसकी हर बात सच हो।' मैंने गुस्से से सोचा। 'मैं क्यों उसके साथ मन की हर बात कर बैठता हूँ। आगे से उससे कोई सलाह नहीं लूँगा, उसकी कौनऋसी बात अब तक सच निकली?' कमरा छुड़वाने की जगह बल्कि सारे परिवार के साथ ही मेरी साँझ बढ़ गयी थी। जैसे मैं उसके घर का ही सदस्य होऊँ।

सुबह–सुबह अमन वेट करता तो मदद के लिए ज़बरदस्ती मुझे भी उठाकर ले जाता। "भाजी कोई डंबल–डूंबल फेरा करो, ऐसे ही सुस्त बने रहते हो।" कहते हुए वह बेंच पर सीधा लेट कर मुझे वेट

उठाने के लिए कहता। पहले यही काम उसकी मम्मी को करना पड़ता था। अब वह दूर शबनम गिरी घास वाले लॉन पर नंगे पैर चक्कर काटती रहती। वेट लगाता हुए अमन की जाँघों और डौलों की मांसपेशियाँ देखकर मेरा मन भी ऐसा शरीर बनाने को मचलता। 'ऐसा शरीर हो तो औरतें यूँ ही मरें हम पर' यह सोचते हुए मेरा ध्यान अमन की नसीहतों से उखड़ गया। मकान मालकिन के स्लीव लैस नाइट गाउन से दिख रही उसकी गोल—मटोल गोरी बाजुएँ मेरा ध्यान कहीं और खींचकर ले गयी थीं।

''...हाए तुझमें तो सांड़ जितना ज़ोर है, बाँहें कसकर मेरी तो रीढ़ की हड्डियाँ कड़का देता है तू, बेअन्त अब छोड़ दे, नहीं तो मेरी चीख़ निकल जायेगी।" जैसे—जैसे वह शोर मचाती गयी, मेरी ग्रिप और बढ़ती गई...।

''भा जी रॉड पर ग्रिप ऐसे होनी चाहिए जैसे इसे मसल देना हो, आप तो ऐसे ही ढीले से हाथों से पकड़ते हो, तभी तो रॉड फिसल जाती मुट्ठी से।" अमन मुझे वेट पकड़ाकर नीचे रखने के लिए कह रहा था। अमन द्वारा लगाये जा रहे वेट के चक्कर बहुत शोर कर रहे थे परन्तु मुझे सिर्फ़ साँय—साँय की आवाज़ ही सुनाई दे रही थी। मेरी साँसें उससे भी तेज़ चल रही थीं।

''मेरे बस का रोग नहीं है यह अमन।" मैंने हार मान ली। परन्तु मेरी इस बात पर अमन की मम्मी की हँसी छूटी तो मैं कुछ शर्मिन्दा हो गया।

''तुम तो ऐसे ही हिम्मत हार गये, आदमी हठ रखे तो चाहे दुनिया जीत ले, हिम्मत करो।" मकान मालकिन ने मेरे गिर रहे धैर्य के नीचे स्तम्भ खड़ा करने का यत्न करते हुए कहा।

उसके इतना कहने में न जाने कैसी शक्ति थी कि मैं हिम्मत करने लग पड़ा था। वीकली वाले दिन शाम को भी मैं उनके साथ बैडमिंटन की एक दो गेम लगा लेता था। एक ओर निशी और उसकी मम्मी होती तथा दूसरी ओर मैं और अमन। आंटी अकेली दर्शक होती और साथ में पानी वग़ैरह ला देती। ऊँची जा रही शटल को मकान

मालकिन जब तन कर मोड़ने लगती तो उसकी छातियाँ और तन जातीं। निशी उछलकर शॉट लगाती तो उछली स्कर्ट से उसकी जाँघें ऊपर तक दिखाई देतीं। शटल से मेरी नज़र चूक जाती और मैं प्वाइंट गँवा बैठता। अमन की मीठी डाँट खाकर मैं पहले से चुस्त होकर खेलने का यत्न करता। अमन की बात सबको माननी ही पड़ती, नहीं तो वह मज़ाक़ में सामने वाले को बाँहों में ले लेता और गुदगुदी करके मना लेता। उसकी इस 'सज़ा' से सबसे अधिक निशी डरती थी क्योंकि उसे गुदगुदी इतनी होती थी कि फ़र्श पर लोटने वाली हालत हो जाती थी। हारी हुई टीम जो कि आम तौर पर निशी की होती, को बाद में वह बहुत छेड़ता। 'पुच–पुच' करता हुआ वह अपनी मम्मी की आँखें इस तरह पोंछने लगता जैसे वह हारकर रो रही हो। वह खिलखिलाकर हँस पड़ती तो वह कलाई से बाजू पकड़कर इस तरह ऊपर उठाता जैसे जीते हुए पहलवान का ऐलान करना हो। वह और हँसती। पता तब लगता जब वह कन्धे पर काट कर चीख निकलवा देता। वह कन्धा मसलती हुई कोई चीज़ उठाकर अमन को मारने के लिए उसके पीछे भागती तो वह निशी को पकड़कर आगे कर देता। स्वयं उसके कन्धे पकड़–पकड़कर उसके पीछे छिपता रहता। उसे छोड़ता, आंटी के पीछे जा छिपता। वे माँ–बेटी दोनों और कभी–कभी आंटी सहित उसको पकड़कर क़ाबू करने का प्रयत्न करतीं परन्तु वह पगलाये साँड़ की तरह किसी का ज़ोर नहीं चलने देता। यह शुगल, गेम से भी रोचक होता और मैं दूर कुर्सी पर बैठा ये सब देखता रहता।

एक दिन गेम के बाद भाग–दौड़ कर थकने के बाद सभी आँगन में बिछी चारपाई और कुर्सियों पर बैठ गये। अमन ने चारपाई पर लेटते हुए पैर सामने कुर्सी पर बैठी अपनी मम्मी की जाँघों पर रख लिए और बाँहें पीछे करके निशी की कमर से लपेट लीं।

"दूर कर अपने इन बदबू मार रहे पैरों को।" उसने पूरा ज़ोर लगाकर पैर हटाने का प्रयत्न किया परन्तु अमन ने और ज़ोर से दबा लिए। वह छटपटाती रही। माँ की हिमायत में निशी भी अमन की बाँहें

हटाने के लिए कसमसाते हुए बोली, ''ओ...शट...अप अमन, छोड़ मुझे गर्मी लग रही है।"

''ज़रा और ज़ोर से दिखाओ बोर्नविटा की शक्ति।" अमन ने बाँहें और कस लीं।

''ओह...म...म्मी...।" निशी ने हार मानते हुए फरियाद की।

''देखी हमारी ताक़त, हा...हा...हा।" अमन महाभारत सीरियल के दुर्योधन की तरह ठहाके लगाता हुआ हँसा।

''बड़ा पहलवान है मेरा बेटा भीम, माँ–बहन को ताक़त दिखाता है।" अमन की मम्मी ने थोड़े व्यंग्य के साथ उसे शर्मिन्दा करने के लिए कहा।

''शेम, शे...म...पोपी...शे...म।" माँ बेटी के साथ ही शिकंजवी बनाकर लायी आंटी ने स्वर मिलाया। अमन सचमुच शर्मिन्दा हो गया था। चारपाई से उठते ही उसने आंटी के हाथों से ट्रे पकड़कर चारपाई पर रखी और बदला लेने वाले लहजे में बोला, ''देखिए माताश्री हम अपनी शक्ति वन हंड्रेड के.जी. की बोरी उठाकर दिखाते हैं।" उसने पलक झपकते ही बाजू आंटी के कन्धों पर लपेटी और दूसरी घुटनों के नीचे ले जाकर आंटी को ऐसे उठा लिया जैसे वह छोटी बच्ची हो। शोर मचा रही आंटी के धरती की ओर झुक रहे भार को सँभालते हुए अमन के हाथों की नसें उभर आयीं। ''बतमीज़...बतमीज़...'' कुरलाती हुई आंटी को लगा कि वह गिरने वाली है तो उसने दोनों हाथ अमन की गर्दन में डाल लिए। अमन को सँभालना और भी मुश्किल हो गया और उसने टाँगों की तरफ़ से हाथ छोड़ दिये। आंटी टाँगों की ओर से फ़र्श पर जा गिरी। कुछ देर वह ऐसे घुटनों में सिर रखकर बैठी रही जैसे चक्कर आ गया हो। पहले तो सभी हँसे परन्तु फिर आंटी के गुस्से को देखते हुए चुप कर गये। दूर खड़ा अमन आंटी को मनाने के लिए उस पर झुका। काँख के नीचे से दोनों हाथों का सहारा देकर आंटी को उठाने का प्रयास करते हुए अमन बड़े प्यार भर स्वर में माफ़ी माँगते हुए कहने लगा, ''ओ, माई डियर आंटी, स्टैंड–अप प्लीज़।" अमन ने प्यार से आंटी को चूम लिया।

''दूर हट लफंगे... कुत्ता कहीं का'' आंटी ज़ख़्मी शेरनी की तरह

भभक पड़ी। उसकी आँखों में पानी था और होंत काँप रहे थे। हम घबरा गये।

अमन की छोटी–मोटी बातों के बारे में आंटी ने पहले भी बात की थी। एक दिन गुलमोहर के नीचे बैठे हुए मुझे उसने बताया था, ''देख ले बेअन्त कितना बड़ा हो गया है परन्तु अक्ल बिल्कुल बच्चों जैसी है, परसों मैं इसके बालों में तेल लगाकर हटी तो बचा हुआ तेल यह हाथ–पैर पर लगाने लग गया। मुझसे कहने लगा, 'अरे आंटी श्री कुश्ती लड़ोगी', पकड़कर मुझे लॉन में गिरा दिया, साँड़ जैसे ने। शाम को मैंने बीबी जी को उलाहना दिया तो उनके सामने हँसने लग गया। सच पूछे तो बेअन्त इसे इन माँ–बेटी ने ही बिगाड़ रखा है। सारा दिन इससे पंगे लेती रहती हैं जैसे यह बच्चा हो, भई प्यार तो एक हद तक ही अच्छा लगता है।''

यह तो मैंने ख़ुद देखा था। एक दिन अमन आंटी के गले में एक चुन्नी डालकर, उसे पकड़कर ऐसे चल रहा था जैसे फेरों के समय दुल्हन के आगे दूल्हा चलता है। पीछे पाँव घसीटते हुए आंटी उसे डाँट रही थी। निशी हाथों का कैमरा बनाकर आस–पास ऐसे भागी फिर रही थी जैसे मूवी बना रही हो। अमन की मम्मी घसीटती हुई 'दुल्हन'; आंटी को देखकर तालियाँ बजाकर हँस रही थी।

दूसरे दिन मुझे पूरियाँ–छोले देने आयी आंटी को मज़ाक़ में मैंने फेरों वाली बात याद दिलाई तो उसने खीज कर कहा, ''बेअन्त इतना कुछ तो औरत अपने आदमी का न सहे जितना चार दिन काटने के लिए इस छोकरे का झेलना पड़ता है। मैंने तो दुखी होकर रात बहन जी को कह दिया कि भई तुम जैसे मर्ज़ी इसके साथ मज़ाक़ किया करो, यदि मुझे आगे से तंग किया तो मैं चली जाऊँगी, जब नौकरी करके ही खाना है तो और बहुत हैं। इस लड़के पर तो जैसे अलग ही जवानी चढ़ी है, बेअन्त तू भी तो जवान है, कभी आँख में नहीं खटका, तभी तो हमारी ममता न्योछावर होती है तुझ पर।'' गुस्से से आंटी ऊन की तरह उधड़ती रही और फिर बच्चों की तरह रोने लगी थी।

अब भी पहले वह रोती रही फिर एकदम उठकर आँधी की तरह स्टोर के साथ बने अपने कमरे में चली गयी। हम अभी भी वैसे ही डरे–सहमे बैठे थे। अमन की नज़रें फ़र्श पर जमी हुई थीं और उसकी मम्मी कभी–कभी उसकी ओर गुस्से से झाँक लेती थी। आंटी एक सूटकेस उठाये आती हुई दिखाई दी और हमारे पास से नज़रें नीची किये हुए अजनबियों की तरह चली गयी।

''बहन जी...'' अमन की मम्मी ने उठकर उसकी बाजू पकड़ कर रोकने के लिए तरला किया परन्तु उसने हाथ झटक दिया। वह अभी बाहर वाले गेट के पास पहुँची ही थी कि अमन भागकर उसके आगे जा खड़ा हुआ।

''आंटी चुपचाप लौट जाओ, नहीं तो...'' अमन को आगे कुछ शब्द न सूझे।

''नहीं तो तू क्या फाँसी चढ़ा देगा'', आँटी उत्तर में भभकी। अमन फिर कुछ न बोला। उसकी आँखें जलने लगीं। उसने आंटी की कलाई पकड़कर ऐसे झँझोड़ी कि दूसरे हाथ से सूटकेस छूटकर नीचे गिर गया। परन्तु वह सँभली और फिर बिफरकर खड़ी हो गयी।

''चलो घर...'', नम्रता, गुस्से और दृढ़ता के मिश्रित भाव से अमन ने कलाई पकड़ते हुए ऐसे कहा जैसे वह कोई छोटी उम्र के लड़के की जगह सयाना आदमी हो। आंटी ने पूरे तैश में अमन की ओर देखा जैसे कह रही हो, ''छोड़ दे बाजू यदि भला चाहता है तो।" अमन ने कलाई पर ग्रिप और कस ली जैसे कलाई मसल देनी हो। उसकी आँखों में गम्भीरता बढ़ती गयी और पुतलियाँ ऐसे अकड़ गयीं जैसे पत्थर ही हों। आंटी से अमन की आँखों की तपिश झेली न गयी और उसने नज़रें नीचे कर लीं। कलाई पकड़े अमन अन्दर की ओर चल पड़ा और आंटी पैर घसीटते हुए पीछे–पीछे, जैसे दूल्हे का पल्लू पकड़कर दुल्हन जा रही हो। हमारे पास पहुँचकर अमन ने कलाई छोड़ दी। आंटी बच्चों की तरह आँखों में मुट्ठियाँ घुमाती हुई स्टोर की ओर चली जा रही थी। हमने अपनी हँसी मुश्किल से मुँह पर हाथ रख कर रोकी।

लक्ष्मण रेखा

"माँ चो..., किसी दिन कस्सी के एक झटके के साथ ही तेरा सिर काट दूँगा, जो तू मस्ती हुई है, सारा परिवार टिण्डी के बीज पर चढ़ा दिया है तूने, बच जा चार दिन अगर तेरी किस्मत अच्छी है तो...कहीं अभी दे दूँ मुरब्बे नाप के तुझे।" गोधे ने खब्बल की गाची तोड़ने वालों जैसे अपनी दूसरी पत्नी जगपाल कौर के सिर के ऊपर मारने के लिए कस्सी उठाई, पर कस्सी के लगने से पहले ही गोधे की माँ हरनाम कौर ने गोधे को धक्का देकर दूर कर दिया, "अरे क्या मारनी है परायी लड़की, मूर्ख कहीं का, सारा परिवार बँधवाकर छोड़ेगा तू, पल में ही जान निकाल देनी थी बहू की।" हरनाम कौर की टाँगें काँपने लगीं। 'हे भगवान! कितना क्रोध बढ़ गया है दुनिया में, कोई प्राणी दूसरे को देखकर ख़ुश नहीं है, हर कोई कहता है दुनिया में मैं अकेला ही रहूँ। पल भर में ही सब कुछ ख़त्म हो जाता,' अपने आप से बातें करती हरनाम कौर अभी गोधे को तो बड़ी मुश्किल से चुप करवाया था, ऊपर से जगपाल कौर तमककर बोली, "तू भी अपने बाप का बेटा नहीं जो सिर काटे बिना रोटी खाये तो, बड़ा आया कस्सी मारने वाला यह, आज ही मार दे तो पीछा छूटे इस नर्क से।"

जगपाल कौर को यूँ ललकारते देख गोधा फिर भाग कर उसकी तरफ़ आया परन्तु इस बार हरनाम कौर तथा गोधे की बड़ी पत्नी हरमीत पहले ही बीच में आ गयी।

"बहू तू ही मान जा, बैरिन, क्यों अपनी जान की दुश्मन बनी फिरती है, औरतों में तो धरती जैसा सब्र होता है, जन्म से ही औरतें सब्र करती आयी हैं, तू क्यों ऐसे बराबरी करने बैठ गयी, क्या तुझे भगवान ने उल्टी बुद्धि देकर भेजा है। चल, भीतर जा, मेरी बेटी,

मैं तेरे आगे हाथ जोड़ती हूँ।" जब भी गोधा और जगपाल कौर दोनों ही ऐसे अड़ जाते हैं तो हरनाम कौर लाचार हो जाती, अन्ततः गुरबख्श सिंह की खाट की पायँता पर सिर पकड़कर बैठ जाती।

गोधे के घर यह सिर काटने वाली लड़ाई अब रोज़ की बात थी। मामूली–सी बात भी इस लड़ाई का कारण बन जाती। आज भी ऐसे ही हुआ था। जगपाल कौर रोटी पका रही थी और हरमीत कौर रसोई की परछाईं में अपनी सास हरनाम कौर के पास बैठी लड़के का जूड़ा कर रही थी। बेटा बेशक जगपाल कौर ने ही पैदा किया था, पर वह रोटी भी अपनी ताई हरमीत कौर से ही खाता था और बालों में भी जगपाल कौर से कंघी नहीं करवाता था। बस हरमीत ने उसे पैदा ही नहीं किया था, वैसे उसकी माँ वही लगती थी। हरमीत कौर उलझे बाल सुलझाती जाती थी और बालों में हो रहे दर्द से उसका ध्यान हटाने के लिए उसे साथ–साथ कोई कहानी भी सुनाती जाती थी।

"एक बार की बात है एक जाट हल चला रहा था, उसे खेत में से एक 'लाल' मिला।"

"मम्मी 'लाल' क्या होता है?" वह बेटा जिसे हरमीत कौर ने स्वयं ही मम्मी कहने की आदत डाल दी थी, उसी ने बीच में ही टोक कर पूछा।

" 'लाल' बंटे जैसा होता है और रात को बल्ब की तरह रोशनी करता है, फिर भई जाट लाल को सुनार के पास ले गया, उसने सोचा लाल बेच के पैसे कमाऊँगा।"

"फिर..."

"परन्तु भई सुनियारे ने जाट को डरा दिया, कहने लगा कि यह तो राजा का है, तूने ज़रूर यह चोरी किया है, तू झूठ बोल रहा है कि खेत में से मिला है, अगर राजा को पता चल गया तो वह तेरा सारा परिवार जेल में डाल देगा।"

"फिर..."

"सुनार ने कहा, तू ऐसे कर कि लाल मुझे पकड़ा जा, जब राजा के गहने बनने के लिए आयेंगे तो मैं इसे बीच में मिलाकर वापस दे

आऊँगा और हम दोनों ही बच जायेंगे। इस तरह सुनार ने चालाकी के साथ जाट से लाल ठग लिया।"

"मम्मी फिर...?"

"फिर? ...फिर क्या, फिर हमारे जाट की जूड़ी हो गयी।" हरमीत ने बेटे के जूड़े पर रूमाल बाँधते हुए कहा।

"मम्मी हम भी एक लाल लायें, रात को चुपके–से जला लिया करेंगे।" लड़के ने झट से हरमीत कौर के गले में बाँहें डाल कर झूलते हुए माँग की।

"हमारे घर तो है ना यह लाल।"

"कहाँ है ?"

"यह रहा" हरमीत ने लड़के को चूमते हुए कहा।

हरमीत के इस तरह लड़के को लाड़ लड़ाते रहने से जगपाल कौर को दोनों पर ही थोड़ी–थोड़ी खीज आने लगी।

'देखो तो सही जो समीप था वो दूर हो गया, कैसे नक़ली लोग असली बनकर दिखाते हैं, उसने मन ही में कहा , परन्तु हरमीत को बेटे के साथ लाड़ लड़ाते देखकर हरनाम कौर का मन भर आया, तभी उसने अरदास करने वालों की तरह ऊपर देखते हुए कहा, "तेरे घर में किस चीज़ की कमी थी भगवान यदि एक लाल इस बेचारी की झोली में भी डाल देता, कौन से युग का बदला लेने बैठ गया तू , कैसे बेचारी बेगानों को लाड़ लड़ाती है, अभागे जिनको बिल्कुल बच्चों की क़द्र नहीं उन्हें ढेर सारे देता है, जिन्हें इतनी क़द्र है उन्हें तरसाता है।"

हरनाम कौर की बात सुनकर जगपाल को लगा जैसे उसे ही बेक़द्री वाली बात बोली गयी हो। वह पहले ही जली–भुनी बैठी थी, उसे और गुस्सा चढ़ गया, "माई तुम बहुत क़द्र करने वाली हो, मुझसे दूर ही रहो और मुझे अलग कर दो। मेरा बेटा और ज़मीन मेरे हवाले करो, जो दबाये बैठे हो, शर्म नहीं आती बेचारे बनते हुए।" जगपाल की बात से लड़ाई और भड़क गयी।

"वाहिगुरु, तू तो यूँ ही गुस्सा नाक पे धरे फिरती हो, मेरे मुँह से तो यूँ ही निकल गया और तुमने राई का पहाड़ बना लिया, मैं तो बाबा,

आगे से तुम्हारे सामने मुँह ही नहीं खोलूँगी, ये दोनों कान पकड़े।" हरनाम कौर ने लड़ाई टालने के लिए मिन्नत करते हुए कहा।

"पूरे पाँच साल हो गये माई मुझे आप लोगों की यूँ ही वाली बातें सुनते हुए, अब और नहीं सही जातीं गहरी चोटें, मेरा तो दूर रहना ही ठीक है, मन में कुछ और मुँह पे कुछ और। मैं कोई बिल्कुल बेअकल तो नहीं जो खाते–खाते निवाला मुँह के बजाय कान में डाल लूँ। तुम्हारी ही बनाई बेवकूफ़ हूँ मैं।" अपना गुबार निकालते हुए हरमीत ने अपने स्वभाव के अनुसार बड़े मीठेपन से समझाने का यत्न किया तो जगपाल हरमीत पर बरस पड़ी, "तू भी बस कर, कहते हैं न ढँका हुआ कुछ भी चूल्हे पर उबाले खा रहा हो उसका पता नहीं लगता कि क्या पक रहा है। अपनी मीठी–मीठी बातें सँभाल कर रख। मुझे कोई ज़रूरत नहीं अब, चतुर बनती हैं, दिल की खोटी, इससे तो हाथ घुमा–घुमा कर लड़ने वाली ही होतीं तो अच्छा था, तुम...।" अभी जगपाल कौर ने पता नहीं कितना कुछ कहना था कि हरमीत कौर की अच्छी क़िस्मत को गोधा खेतों को पानी लगाकर वापस आ गया था और उसको कँधोली के पास से गुज़रते देख रो रही हरमीत ने शिकायत करते हुए कहा, "...यह देख लो आज फिर यह लड़ने का बहाना ढूँढ़े बैठी है, फिर बुरी तो मैं ही बनती हूँ। कहते हैं ना कि सौतन तो आटे की भी बर्दाश्त नहीं होती, इससे तो मैं बिना औलाद के ही सुखी थी। किसी शरीकनी का रौब तो नहीं था, मेरा तो औंतरा रब भी दुश्मन हो गया और ऊपर से..." उलाहना अभी हरमीत के मुँह में ही था कि गोधा कुदाली लेकर जगपाल को काटने दौड़ पड़ा था।

"बहू तू बच्चे को चुप करा, यह कैसे हाल–बेहाल हुआ पड़ा है।'' लाचारी में हरनाम कौर ने हरमीत को कहा। उसकी अभी भी टाँगें काँप रही थीं और बे जान–सी हो गयी थीं। वह पास ही चबूतरे के पास लगे नीम के नीचे चारपाई पर बेचैन–से बैठे अपने घरवाले गुरबख्श सिंह की पायँता पे सिर पकड़कर जा बैठी। वह अभी भी पछता रही थी कि उसने 'जिनको बिल्कुल भी क़द्र नहीं...' वाली बात क्यों मुँह से निकाली। उसके साथ अक्सर ही ऐसे घट जाता था। वह अपनी

तरफ़ से स्वाभाविक बात भी करती तो घर में अविश्वास वाला माहौल होने के कारण साधारण बात के कुछ और ही अर्थ निकाल लिए जाते हैं और लड़ाई भड़क उठती।

इस लड़ाई को देखकर तो किसी को यक़ीन ही नहीं होता था कि कभी इस घर में भी बहते दरिया–सी बराबर शान्ति थी। ये तो अब जैसे बीते युग की बातें लगती हैं।

गुरबख्श सिंह के घर में लड़ना तो एक तरफ़ कोई ऊँचा भी नहीं बोलता था। गुरबख्श सिंह का इकलौता बेटा गोधा तो खेतीबाड़ी के काम में ही उलझा रहता। जब हरमीत को शादी करके लाये तो उसने अपनी मिठास से सभी को मात दे दी। उसके मुँह में तो जैसे बोल ही नहीं थे। ऊँची–लम्बी, गोरी–चिट्टी हरमीत भरे–पूरे जाट खानदान से आयी थी तथा जी कहकर बुलाने का सलीका ही नहीं दहेज में फ्रिज, कूलर, रंगदार टी.वी., स्कूटर, छोटा–मोटा बहुत सारा सामान भी लायी थी, परन्तु कभी उसके चेहरे पर घमण्ड की परत किसी ने नहीं देखी थी। हरमीत ने अपनी मीठी बोल–वाणी से सारे परिवार पर ही जैसे कोई जादू–सा कर दिया था। कोई भी उसकी बात नहीं टालता था। उसने पुराने ढंग का घर तुड़वाकर अपने मायके के डिजाइन का घर बनवाने की ख़्वाहिश प्रगट की तो परिवार वालों ने झट से बात मान ली। वह ख़ुद भी कभी किसी बात, काम से पीछे नहीं हटती थी। जब गोधा कभी ज़मीन का सौदा कर लेता और कुछ पैसे घटते दिखाई देते तो हरमीत अपने माँ–बाप से ले आती। हरमीत तथा गोधे को ख़ुश देखकर गुरबख्श सिंह तथा हरनाम कौर का ह्रदय गर्व से भर जाता। उन्होंने दो–एक वर्षों में ही सारी क़बीलदारी गोधे और हरमीत को सँभाल दी। गुरबख्श सिंह ज़मीन गोधे के नाम करवाकर बिल्कुल ही बेफ़िक्र हो गया। अब उसे बैंकों में ऋण वग़ैरह लेने के लिए अँगूठा लगाने भी साथ ना जाना पड़ता। बेफ़िक्री का जीवन जी रहे गुरबख्श सिंह तथा हरनाम कौर के भीतर धीरे–धीरे एक छोटे–से फ़िक्र ने जन्म लेना शुरू कर दिया तथा दिन–ब–दिन यह चिन्ता बढ़ती गयी। यह चिन्ता थी हरमीत के घर बच्चा न होने की। हरनाम कौर ने

साधुओं के तावीज़ से लेकर पी. जी. आई. हस्पताल तक हरमीत का इलाज करवाया परन्तु मेहनत का कोई फल नहीं मिला। हरनाम कौर का यह फ़िक्र धीरे–धीरे आस–पड़ोस, रिश्तेदारों तथा गोधे के पास से गुज़रते हुए अन्ततः हरमीत के पास भी पहुँच गया। बेशक उभरते हुए या ज़ोरदार शब्दों में किसी ने कुछ भी नहीं कहा था परन्तु सारा परिवार उस दिन से हैरान रह गया था जिस दिन हरमीत ने अपनी मौसी की लड़की जगपाल का गोधे के लिए रिश्ता लाने की बात करके यह फ़िक्र भी दूर कर दिया।

हरमीत द्वारा जगपाल का रिश्ता लाने के दौरान हुई एक–दो बातें परिवार को अच्छी नहीं लगीं परन्तु ऊँचा बोलकर फिर भी किसी ने कुछ नहीं कहा। शादी के पहले जगपाल के नाम पाँच किल्ले ज़मीन लगाने वाली बात हरमीत अपनी तरफ़ से अपने मौसा से कह आयी थी, यह बात गोधे को जँची नहीं थी, परन्तु गोधा चुप रहा क्योंकि हरमीत के माँ–बाप की सहायता से वह पन्द्रह किल्ले ख़रीद चुका था। जगपाल का रंग पक्का तथा क़द छोटा था, वह बेटी भी बेचारे ग़रीब बाप की थी, यह बात हरनाम कौर तथा गोधे दोनों को अच्छी नहीं लगी थी, परन्तु वह हरमीत की पसन्द के कारण बोले नहीं थे। इस कारण परिवार के शान्त बहते दरिया में कोई उतार–चढ़ाव नहीं आया था।

जगपाल को ब्याह कर लाने के बाद एक वर्ष तक भी यह इस परिवार के तौर–तरीक़े इकसार बहता दरिया अपनी चाल बहा रहा।

जगपाल जब शादी करके आयी थी तो कुछ दिन उसे अजीब–अजीब सा लगता रहा था। गोधे के लम्बे क़द तथा गोरे रंग वाले परिवार से जैसे वह मेल नहीं खाती थी, परन्तु शादी के लगभग एक मास बाद ही हरमीत के मायके जाने से जब उसके सिर घर की पूरी क़बीलदारी आ पड़ी थी तो उसे इस तरह की फ़ालतू बातें सोचने का मौक़ा ही नहीं मिलता। जब घर आयी किसी पड़ोसन से ही हरनाम कौर को जगपाल कौर ने अपनी तारीफ़ें करते सुनती तो जगपाल के सारे संशय, बारिश में बहते छोटे–मोटे तिनकों के समान पानी में बह

जाते। हरनाम कौर कहती, "बहन हमें तो बस जगपाल कौर जैसी तगड़ी बहू चाहिए थी सो रब ने दे भी दी। सारे कामकाज को अकेली ही बहुत है। यह कोई चुगली वाली बात नहीं है परन्तु हमारी हरमीत तो कुछ ज़्यादा ही कोमल है। बेचारी से दो कम्मियों की रोटी भी कौन–सा पकती है। वह तो शहर में ब्याहने योग्य थी और विवाह हो गया उसका हमारे जैसे देहाती लोगों के बीच। हाँ, भगवान की कृपा से स्वभाव की मीठी बहुत है।"

हरनाम कौर की सारा दिन की गयी प्रशंसा से जगपाल को अपना आप अच्छा लगने लग गया। वह घर में घुल–मिल गयी। हरमीत के मायके गये होने पर भी उसे यह अहसास भी नहीं होता था कि वह गोधे की दूसरी पत्नी है तथा गोधा उससे दोगुनी उम्र का है।

विवाह के दो–एक मास के बाद जगपाल ने गर्भवती होने की बात हरनाम कौर को बतायी। इससे घर में खुशी की लहर दौड़ गयी। घर का माहौल और भी सुखद हो गया। परिवार जगपाल को इस प्रकार सँभाल कर रखता जैसे वह काँच का सामान हो। हरनाम कौर ने उसे नल चलाने से भी रोक दिया। यदि कहीं गोबर–कूड़े वाली टोकरी उठवाने के लिए आवाज़ लगाती तो हरनाम कौर ख़ुद ही जाती, जगपाल को न जाने देती। हरमीत भी यह ख़बर सुनकर ससुराल वापिस आ गयी मगर दस–एक दिन रहकर फिर चली गयी। सारे मुश्किल काम और भारी काम हरनाम कौर या तो ख़ुद करती या फिर काम करने वाली से करवा लेती। जगपाल कौर को वह कम ही हाथ हिलाने देती। जगपाल के खाने–पीने का ख़याल भी हरनाम कौर ख़ुद रखती। गोधा भी जगपाल के साथ छोटी–से–छोटी सलाह करता रहता परन्तु पूरा नहीं खुलता था। जगपाल को भी उससे थोड़ा संकोच होता। उसे यह अहसास होता कि शायद यह उम्र में फ़र्क़ होने के कारण है।

"खुशी की इन्तहा के बावजूद जगपाल कौर की ख़ुशी को शक की एक छोटी–सी चुहिया ने कतरना शुरू कर दिया। यह शक उसे उसकी बूढ़ी पड़ोसन ने डाल दिया था। उसने बताया था कि

जगपाल के नाम करवाई गयी ज़मीन बेकार थी। उसमें तो केवल जंगली झाड़–झंखाड़ ही उगते थे और कुछ भी नहीं। जगपाल उन दिनों में इतनी खुशी से भरी रहती थी उसने पड़ोसन की बात यह कहकर अनसुनी कर दी थी, चलो माँ जी हमने कौन–सी खेती करनी है, बेशक उपजाऊ हो चाहे बंजर। यह तो आदमियों का काम है और वही जानें, और बन्दों की खेर–सुख चाहिए और औरत ने ज़मीन से तो क्या लेना–देना बस आदमी की नज़र सीधी चाहिए, औरत रोटी की ओर से नहीं भूखी मरती।"

तब तो जगपाल ने लापरवाही के साथ यह कह दिया परन्तु यह बात उसके मन से बाहर निकल नहीं सकी। वह सोचती, 'इन्हें यूँ बात छिपाने की क्या ज़रूरत थी, मैं कोई परायी तो नहीं थी, कहीं इनके मन में कोई...।' यह सोच–सोच कर वह बेचैन–सी रहने लगी। आख़िर उसने एक रात गोधे से पूछ ही लिया, "मेरे वाली ज़मीन सारी बंजर है या खेती करने के लायक भी है भला।" उसने साथ लेटे गोधे के भारी कन्धों के नीचे से अपनी सो गयी बाँह खींचते हुए पूछा। 'मेरे वाली ज़मीन' का बोल जैसे गोधे को तीर–सा लगा। उसने करवट लेकर थोड़ा परे होते हुए कहा, "आज कल बंजर ज़मीनें कहाँ रह गयीं। अगला टीले की चोटी पर ट्यूबवेल लगा लेता है और साल में ही ज़मीन उपजाऊ बन जाती है।"

"फिर भी उपजाऊ तो उपजाऊ होती है और बरानी तो बरानी होती है।"

जगपाल ने गोधे की गोल–मोल बात के अर्थ भाँपते हुए कहा।

"ले तू उपजाऊ की बात सुन ले, इधर नदी के पास अपने सात किल्ले साँड के सिर जैसी ज़मीन थी, पिछले साल उसके नीचे कोई ऐसी सेम की धार गुजरी कि अब वहाँ घास का तिनका भी नहीं उगता। बिल्कुल कल्लर बनी हुई है। चल यदि तुझे उपजाऊ का चाव है तो तू वो ले ले नहर वाली।"

"मैंने वो बंजर हुई क्या करनी है।"

"चल यदि वो नहीं लेनी तो यह पड़ोसियों के बिंदर के साथ

बदल लेते हैं, अभी कल ही पूछ रहा था, एक लाख किल्ले के हिसाब से ज़्यादा माँगते हैं। दे देगी पाँच लाख।"

"लो भला, मेरे पास कहाँ से आये इतने डाले।"

"चल मैं दे दूँगा, कुछ ना कुछ हरमीत को तकलीफ़ दे देंगे। तू मुझे मुख़्तियारनामा दे देना, बाक़ी रहा मेरा काम।"

बदलने की जो बात गोधा स्वयं कर रहा था, यही बात जब बिंदर ने की तो वह लड़ने पर उतारू हो गया था। गोधा, बिंदर के साथ बैठा ताश की बाज़ी लगा रहा था कि बिंदर ने बात छेड़ दी थी। "भई गोधे, सुना है तुम बंजर ज़मीन बेचने को फिर रहे हो। बता तुझसे पूछें या भाभी से बात करनी पड़ेगी, सौदा करने के लिए।"

"क्यों तेरी भाभी क्या मुझे इनकार करती है, तू मेरे साथ बात कर जो भी करनी है।"

"फिर भी भाई मालिक तो अब वही है, उस टुकड़े की।" बिंदर ने मूछों में से मद्धम–सा हँसते हुए कहा। गोधे को बिंदर की इस चुभती–सी बात पर गुस्सा आ गया। इसलिए उसने कोरा जवाब देते हुए कहा, "हमने नहीं बेचनी, तुम कोई और घर ढूँढ़ो।"

"यह तो भाई तुम्हारी चीज़ है, बेचो चाहे ना बेचो। मैं तो यूँ ही सोच रहा था भाई कि तू अकेला बन्दा है। तुझसे यह वीरान ज़मीन सँभाली नहीं जायेगी और हम पाँचों भाई ख़ाली बैठे हैं, हम यदि लग जायें तो शाम तक हाथों से उलीच–उलीच कर सूरज के ऊपर पानी चढ़ा दें, चल बेचनी नहीं तो बदल ही लें।" बिन्दर ने आख़िरी पासा भी फेंक दिया परन्तु गोधा न माना। ताश की बाज़ी से गोधा जल्दी ही उठ कर आ गया परन्तु जब उसने घर आकर बिन्दर की बात के बारे में दोबारा सोचा तो एक नये ख़याल के साथ उसका चेहरा खिल उठा। उसने बदलने की बात अन्दर ही अन्दर स्वीकार कर ली। जगपाल ने स्वयं ही ज़मीन की बात करके गोधे का काम आसान कर दिया।

गोधे की बातें सुनकर जगपाल का मन शान्त हो गया। वह ख़ुशी के साथ अपना जापा काटने मायके गयी और उसी तरह वापस वह सवा महीने का बेटा लेकर आयी। जापे में चेहरे पर पड़ी छाइँया की

कालिमा से उसका रंग बेशक कुछ ज़्यादा पक्का लगने लग गया था लेकिन पाँच किलो देशी घी की पंजीरी खाकर उसके गाल कुछ उभर–से गये थे। जब वह हँसती थी तो वह उभार ऐसे लगते थे जैसे कपास का उग रहा पौधा अपने चौड़े पत्तों के साथ भुरभुरी मिट्टी को सिर पर उठाकर खड़ा हो।

बेटे की खुशी में अखण्ड पाठ करवाने तक जगपाल कहीं बीच आसमान के उड़ती पतंग जैसे खुशी में झूमती रही, परन्तु अचानक जैसे उड़ती पतंग का धागा कट जाता है और वह गोते खाते हुए धरती की तरफ़ आ रही हो, कुछ ऐसा ही अहसास जगपाल को उस समय होने लगा जब उसकी सास हरनाम कौर ने पूछा, "जगपाल बेटा तुम्हारे मायके में कोई 'शूशक' के बारे में बात हुई थी या कि घर से ही बिछा दें। यह सुनकर जगपाल को हैरानी हुई ! उसने सोचा जो लोग शादी के समय अपने तीन कपड़े पहनाकर लाने की बात कर रहे थे, वही अब 'शूशक' की बातें क्यों कर रहे हैं ?

"नहीं माँ जी वहाँ तो कोई बात नहीं हुई।" बेझिझक उसने कह डाला।

"चलो जाने दो कैसी बातें करने लग गये तुम लोग, 'शूशक' तो मैं कब की तैयार किये बैठी हूँ।" पास खड़ी हरमीत ने बात को नया मोड़ देते हुए कहा।

सचमुच ही हरमीत ने चोरी–चोरी सारा कुछ तैयार किया हुआ था। उसने जगपाल को अपनी पेटियों के पास पड़े पलंग पर बिठा लिया और उसके आस–पास खेस, कम्बलों तथा सूटों के ढेर लगा दिये। कपड़ों के क़िले–से में घिरी बैठी जगपाल को समझ नहीं आयी कि हरमीत कपड़े उसकी मौसी की बेटी बनकर उसे शर्मिन्दगी से बचाने के लिए दे रही थी या कि सौतन बनकर नाक काटने को। यह सोचती वह चुपचाप बैठी रही। हरमीत ने बेटे के लिए एक सोने का कड़ा, एक चैनी, चाँदी के सगले तथा सुच्चे नगों वाली राखियाँ बनवाई थीं। यह सारा कुछ ही हरनाम कौर को पहली बार पता चला था।

'शूशक' बिछाने वाले दिन हरमीत ने स्वयं ख़रीद कर लाया ख़रगोश की फर वाला सूट तथा टोपी लड़के को पहनाये। उसे उठा कर औरतों को दिखाती फिरती हरमीत को जगपाल ने हँसकर कहा, "ओ—बहन बेटा तो बीच में दिखाई नहीं देता, केवल तेरे सूट—टोपी ही दिखाई दे रही हैं।"

"और क्या सारा दिखाकर नज़र तो नहीं लगवानी मैंने अपने प्यारे—से बेटे को।" हरमीत के बोले 'अपने' शब्द से जगपाल को ऐसा लगा जैसा बेटा सचमुच हरमीत का ही हो, उसी के जैसा गोरा रंग और गोधे जैसे मोटे—ताज़े हाथ—पैर। नाक तो बिल्कुल ही हरमीत जैसी तीखी थी। जगपाल को अन्दर ही अन्दर यह सोचकर खुशी हुई कि बेटे का रंग उसके जैसा पक्का नहीं था परन्तु साथ ही बेटा कुछ अजीब—सा भी लगा।

उस दिन के बाद से भी बेटा सारा दिन हरमीत के पास ही रहता। केवल दूध पिलाने के समय ही वह जगपाल के पास होता, नहीं तो हरमीत ही नहलाती, कपड़े पहनाती तथा खिलाती। हरमीत की छाती पर ही लड़का सो जाता और सोए को वह जगपाल के साथ लिटाकर आ जाती। सुबह उठते ही फिर उठाकर ले जाती। यदि जगपाल कहीं बेटे को नहलाने लग जाती और लड़का रो पड़ता तो हरमीत भागकर आती और बेटे को उठा लेती, "रुलाना नहीं भई मेरे गगने—मगने को।" वह लड़के को चुप करा लेती।

लड़के को उसके हाथों इस प्रकार छीन लेने से जगपाल खीज उठती। वह सोचती, "दूसरे को तो बिल्कुल बेवकूफ़ समझ रखा है, बड़ी होशियार बनती है और इतना भी नहीं पता कि सोना कहाँ है, दिन छिपने से पहले ही चौबारे में घुस जाती जैसे जुड़वाँ पैदा करने हों।"

जगपाल को उम्मीद थी कि हरमीत स्वयं ही नीचे हरनाम कौर के पास सोने लग जायेगी या गोधा किसी दिन उसे (जगपाल को) स्वयं कहेगा चौबारे में सोने के लिए परन्तु यह नहीं हुआ। कुछ दिनों में ही उसे यह लगने लगा कि जैसे गोधा उससे आँख चुरा कर निकल रहा है। जगपाल रोटी—पानी या कपड़े वग़ैरह देने के बहाने गोधे के

पास जाना चाहती परन्तु हरमीत पहले ही आगे हो लेती। जगपाल अगले अवसर की इन्तज़ार में फिर पीछे हट जाती। गोधे के कपड़े हरमीत की ही अलमारियों में होते। वही प्रैस करती और गुसलखाने से नहाकर निकलते ही गोधे को पकड़ा आती। शाम को जब गोधे के खाने–पीने का समय होता तो हरमीत छिपाकर अपनी अलमारी में से बोतल निकालकर साथ वाली बैठक में रख आती। बर्फ़, गिलास, पानी और सब्ज़ी ले जाकर उसके पास बैठी बातें करती रहती। जगपाल को यह सब बड़ा अजीब–सा लगता। इसलिए वह अपनी पड़ोसन के साथ ये सब बातें करती। "बहन चाहे वह लाख अपना ही आदमी है परन्तु कंजरियों की तरह तो नहीं नाचा जा सकता उसके आगे जैसे हमारी हरमीत करती है, सबके सामने इस तरह सारा दिन पीछे–पीछे घूमने से तो वैसे ही शर्म आती है।" इस बात पर जगपाल को गोधे के ऊपर गुस्सा आता। वह सोचती, गोरी चमड़ी पर पागल हुआ फिरता हैं, खेतों में पीले रंग के तो कोड़तुम्बे भी पड़े होते है जिन्हें गधे भी नहीं खाते तू ले लेना जुड़वाँ इस बाँझ से।

जगपाल की कड़वी बातें उस दिन और भी बढ़ गयीं जिस दिन उसे पता लगा कि उस वाली ज़मीन के बदले मिली बिन्दर के घर की ज़मीन गोधे ने अपने नाम करवा ली थी।

'मैं भी कहूँ यह ऐसे आँखें क्यूँ चुराता है, पाप जो था इसके भीतर।' यह सोचते हुए जगपाल के भीतर कई प्रश्न उठ खड़े हुए।

'इस आदमी की इच्छा क्या है? इस तरह चार सौ बीसी क्यों करता यह? मैंने कोई ज़मीन बाहर बेचनी थी?, आख़िर तो इसी की थी और यूँ तो मैं किसकी हूँ? मैं भी तो इसी की हूँ?' किसी अन्दरूनी डर से जगपाल का दिल दहल गया। उसके चेहरे के ऊपर की कालिमा और अधिक गहरा गयी जैसे जेष्ठ, आषाढ़ की धूप से जली धरती हो। उसका दिल इस सेंक से मानो इस तरह जल गया जैसे तन्दूर तपा हुआ हो। उससे और अधिक सब्र न हो सका और शाम को दारू पी रहे गोधे को पूछने चली गयी। उसे गुस्से में देखकर हरमीत गोधे के पास से उठकर बाहर आ गयी। जगपाल पहले तो हिचकिचाती

रही और फिर गोधे के बराबर सोफ़े पर बैठ गयी। उसने सीधे स्पष्ट शब्दों में गुस्से में कहा, "मैंने सुना है तूने मेरे वाली ज़मीन भी अपने नाम करवा ली।"

'मेरे वाली ज़मीन' के बोल नशे में बैठे गोधे के अन्दर बर्मे की तरह छेद करते निकल गये। उसने इसी छेद के दर्द से बात का जवाव दिया।

"मेरे वाली तो ऐसे कह रही है जैसे अपने बापू से लेकर आयी हो।" बात में बापू का नाम आने से जगपाल कौर और तैश में आ गयी, "बापू ने दुहेजिया को लड़की दे दी यह क्या कम है, साथ में ज़मीन की भी उम्मीद करते हो।"

"लड़की क्या कोई सयालों की हीर दे दी, ऐसा तन्दूर का कुढ़न तो मुझे जैसे और कोई मिलना ही नहीं था।"

"यही तन्दूर का कुढ़न तब तो सारे परिवार को मीठी खीर–सी लगती थी। अपना मतलब सीधा करने के लिए भड़भूजन गीले गेहुँओं को भी भून देती है, अब मतलब निकालकर कहता है जैसे कोठा बन गया और मिस्त्री भुला दिया।"

"कमज़ाते मीठी खीर कहने को, अब क्या किसी ने गोली मार दी, आ गयी यूँ तोप बन कर, कि कहती है हमारी ज़मीन अपने नाम करवा ली, तू आराम से रोटी–पानी खा और राम–नाम ले, तूने अण्डे लेने हैं ज़मीनों से।" गोधे के नशे में गहराती आँखों के साथ जगपाल को घुड़की दी।

"यदि यूँ ही थूक कर चाटना था तो फिर पहले क्या ज़रूरत थी थूकने की, जगपाल को गोधे की एक तो चोर ऊपर से चतुर बनने वाली इस बात पर अत्यन्त गुस्सा आया।"

"हैं माँ की...थूक चाटना ही बताती है, जैसे पीछे से तो जमीनों की मालिक बनी आयी है। साली, मलंग कौम।" गोधे ने जगपाल के कान पर थप्पड़ मार कर उसे सोफ़े से नीचे गिरा दिया।

"धौंस तो मैं सगे बाप की नहीं सहता और ये आ गयी है बड़ी रौब जमाने वाली, साली गन्द कहीं की, दूँगा एक कान के नीचे उल्टे हाथ

का और मायके भेज दूँगा, कहीं भूल रही हो।" गोधे ने जगपाल को चोटी से पकड़कर घसीटते हुए कहा। इतने में हरनाम कौर व हरमीत कौर दौड़कर आ गयी तथा उन्होंने गोधे को पकड़ लिया।

इस घटना के बाद कई दिन जगपाल सन्न–सी चलती– फिरती रही। उसका किसी से बोलने को मन न करता। 'रोटी–पानी खाकर राम–राम कर' वाले बोल कई दिन उसे अन्दर से कुरेदते रहे। बंजर जमीन पर उगे झाड़–झंखाड़ अक्स की भाँति उसके वीरान मन में कई गन्दे–मन्दे ख़याल उभरते रहे।

गुरबख्श सिंह ने गोधे को बहुत बुरा–भला कहा और जगपाल कौर का भी धैर्य बँधाया मगर उसके मन में फिर भी चैन नहीं पड़ा। उसे गोधे से अन्दर ही अन्दर इतनी घृणा हो गयी कि उसका गोधे की तरफ़ झाँकने को भी मन न करता। वह अक्सर गोधे के ज़मीन के लालच के बारे में सोचने लगती। 'ज़मीनों का भूखा कहीं का, देखूँगी जब ज़मीन तेरे साथ परलोक जायेगी।'

कभी–कभी जगपाल 'रोटी–पानी खाकर राम–राम कर' वाली बात पर सचमुच ही अमल करना शुरू कर देती और वैरागी साधुओं की भाँति गुमसुम चली फिरती। फिर भी उसके अन्दर चुभती एक टीस हमेशा उसे बेचैन करती। उसे लगता, 'ऐसे तो पशु–पक्षी भी नहीं जीते होंगे, यदि आदमी का मन ही मर जाये तो फिर रोटी–पानी भी खाकर क्या करना है, इससे तो आदमी मर ही जाये।'

जगपाल को इस तरह उधेड़–बुन में पड़े देख कभी–कभी हरमीत डरते–डरते बुलाती तथा धैर्य बँधाने लगती, "बहन जी, तुम्हीं झुक जाओ, यह तो पहले दिन से ही ऐसे हैं, एक बार ऐसे ही मेरे साथ गुस्से हो गये, कोई छोटी–सी बात थी। अपने यहाँ दूधारू पशु नहीं था तो मेरे पिताजी अमरीकन गाय छोड़ गये यहाँ। बेगानी जगह के कारण वह समय–असमय दूध देने लगी, इन्होंने तो भई एक दिन उठाया फावड़ा और तीन–चार जमा दिये गाय की पीठ पर। गाय की तो पीठ ही टूट गयी। धीरे–धीरे पिछली टाँगें घसीटकर थोड़ी बहुत चलने लगी मगर आगे उसका और ठीक होना मुश्किल–सा ही था। जितने

दिन तो बछड़ी को दूध पिलाती रही, उतने दिन तो रख ली फिर जैसे ट्राली पर चढ़ाई और जंगल में छोड़ आये। मैंने और बापू जी ने बहुत कहा कि चारे की टोकरी डाल दिया करेंगे, गाय की जाई है परन्तु ये कहाँ मानने वाले थे हमारी, मैंने थोड़ा–सा गुस्सा दिखाया तो ये गुस्से में दारू पीकर धुत्त होने लग पड़े। फिर मैंने ही हारकर सोचा कि छोड़ो गिला–शिकवा। गाय के पीछे कहीं आपस में दूरी ही न बन जाये। तब से मैंने तो लगाये कानों को हाथ, मेरा कहा मानो तो तुम भी इस रीछ के आगे कुछ न बोला करो, ख़ुद–ब–ख़ुद टल जायेगा यह भी।"

हरमीत की बात जगपाल के मन को न भाई और उसे बिना ग़लती के झुकना अच्छा नहीं लगता था इसलिए न तो वह झुकी और न ही गोधा। इतना ज़रूर हो गया कि समय के साथ–साथ दोनों में थोड़ी बहुत बोल–चाल हो गयी परन्तु खीज नहीं गयी। किसी मामूली घटना से भी यह खीज फिर थोड़ी तन जाती और फिर पहले वाली ही हालत में आ जाती। और जैसे एक दिन जगपाल मायके जाने लगी तो गोधे ने बेटे को साथ न ले जाने दिया। इससे कई दिन घर में तनाव बना रहा।

गोधे और जगपाल में दिन–ब–दिन बढ़ती जाती खीज के साथ सारा परिवार ही दुखी रहने लग गया। हरनाम कौर कभी गोधे को और कभी जगपाल कौर को मनाते हुए घर में खीज भरे माहौल को दूर करने का प्रयास करती परन्तु कई बार उसके ये यत्न ही लड़ाई का कारण बन जाते। ऐसे प्रयास के तौर पर ही एक दिन उसने हरमीत को मायके भेज कर जगपाल और गोधे में कुछ नज़दीकी पैदा करने की कोशिश की परन्तु हरमीत बेटा भी अपने साथ ले गयी और जगपाल की खीज और भी बढ़ गयी।

परन्तु हरनाम कौर फिर भी प्रयत्न करती रहती। पोतों की जोड़ी का सपना उसे चैन नहीं लेने देता और वह जगपाल से कहती, "बहू, तुम दोनों ने ऐसे एक–दूसरे से मुँह फेर रखा है, ऐसे कैसे चलेगी गाड़ी, इस तरह यूँ लोहे की दीवार बीच में निकालने से स्त्री–पुरुष का गुज़ारा नहीं होता, लड़ते–भिड़ते तो हम लोग भी सौ बार हैं परन्तु शाम लड़े तो सुबह फिर वैसे–के–वैसे हो जाते थे। भाई बन्दे की अकड़ तो निभ

जायेगी पर औरत की नहीं निभती, तुम्हें ही कुछ नम्र स्वभाव की बनना होगा। तुम्हारी बात भी हमारे गाँव वाले जुड़वाँ परिवार वाली बात है। हमारे गाँव का एक भरा–पूरा ज़मींदार था, पूरे बारह वर्ष जब घर में बच्चा ही पैदा नहीं हुआ तो वैराग ले लिया। कहते हैं भाई बारह वर्ष बाद तो घूर की भी सुनी जाती है तो उसकी भी सुन ली गयी, महाराज ने जुड़वाँ बेटे दिये। इकट्ठे एक ही कोख में पले थे परन्तु बड़े होकर उनमें ईंट–कुत्ते का वैर पैदा हो गया। पानी लगाने जाने के लिए लड़ पड़ते और अपनी बारी भी निकाल देते। ज़मीन को पानी लगाते तो लड़कर योग्य बनाकर सुखा लेते, इसी तरह लड़–झगड़कर दोनों ने अपना घर–बार ख़त्म कर लिया और अन्त में दर–दर की भीख माँगते हुए मर गये।"

"बस बेबे जितना नहाई उतना ही पुण्य बहुत है, जब एक से क़दर नहीं हुई तो दूसरे से कौन–सा मुझे वो पालकी झुला देगा।" जगपाल कौर हरनाम कौर की पहेलियाँ एक कान में डालती दूसरे से निकालते हुए कहती।

"चल हट पगली कहीं की, यूँ ही सारा दिन फ़िज़ूल बातों में निकाल देती है, किसी ने ठीक ही कहा कि वन में कभी अकेला वृक्ष न हो और जाटों का बेटा कभी अकेला न हो। मेरी ओर देखकर सोचो अकेले बेटे की कितनी परेशानी है। बाहर कहीं जाये तो घर में अँधेरा हो जाये। तू तो बहू, जैसे औरत वाली मिट्टी की बनी ही नहीं, नहीं तो बुजुर्ग कहते हैं कि माँ का बेटों से कभी भी जी नहीं भरता जैसे चूल्हे का जी कभी आग से जी नहीं भरता।" हरनाम कौर उसे मीठी–सी झिड़की के साथ मनाने का प्रयत्न करती।

जगपाल पर उसकी बातों का ज़्यादा प्रभाव न पड़ा परन्तु गोधे पर थोड़ा बहुत हो ही गया। वह शाम को रोज़ की तरह बैठक में पीने के लिए बैठा तो उसने जगपाल को बर्फ़ लाने के लिए आवाज़ दी। बहुत दिनों बाद उसने इस प्रकार सीधे मुँह जगपाल से कुछ माँगा था। वर्ना तो हरमीत के जाने के बाद हरनाम कौर ही उसे रोटी–पानी पकड़ाती रही थी।

"मुझे आपका वह बर्फ़ वाला—सा बर्तन तो मिला ही नहीं, मैं तो प्लेट में ही डालकर ले आयी।" जगपाल ने 'आपका' शब्द पर इतना ज़ोर दिया जैसे वो दोनों अलग—अलग घरों के निवासी हों।

"चलो मुझे तो बर्फ़ से ही मतलब है, बर्तन कहीं खाना है, कोई भी हो।" गोधे ने बर्फ़ रखने लगी जगपाल को बाँह पकड़कर ऐसे बिठाने के लिए खींचा जैसे वह कोई अनजान औरत हो। जगपाल बैठ तो गयी परन्तु उसे सोफ़े की उसी जगह पर बैठते हुए ग्लानि—सी हुई, जहाँ उसे थप्पड़ पड़ा था।

रात को वह चौबारे में गोधे को दूध पकड़ाने गयी और फिर रोटी भी परोसने लग गयी। सप्ताह भर में ही जगपाल के चेहरे पर रौनक की रोशनी चमकने लगी जैसे कि ज्येष्ठ—आषाढ़ की धूप से धरती पर सावन की पहली बारिश से सब्ज़—हरी घास उग आयी हो।

जगपाल फिर गर्भवती हो गयी परन्तु उसने महीना भर रुक कर के बताया। गोधा गेहूँ की बिजाई में जुटा हुआ था इसलिए उसने बात की तरफ़ कम ही ग़ौर किया। गेहूँ की बिजाई से ख़ाली होकर वह हरमीत को लेने चला गया और तीन दिन बाद वापिस आया। ससुराल से आते ही गोधे ने पाँच किल्ले ज़मीन गिरवी ले ली। जगपाल के साथ बेशक उसने बात नहीं की थी परन्तु उसने भाँप लिया था कि गोधा ससुराल से पैसे लेने ही गया था।

हरमीत के आते ही गोधे का व्यवहार फिर बदलना शुरू हो गया। जिस दिन हरमीत आयी वह सारा दिन छत की साफ़—सफ़ाई इस तरह करती रही जैसे हर चीज़ भ्रष्ट हो गयी हो। उसने एक—एक चीज़ को अपने ढंग से सजाया। उसके अपने दहेज वाले पलंगों के पाये रगड़—रगड़ के साफ़ करते देख और गद्दों को धूप लगवाते देख जगपाल को हीनता—सी महसूस हुई। उसने जैसे प्रायश्चित्त—सा करते हुए सोचा।

'क्यूँ सौतन के गद्दों पर सोकर एहसान लिया, इससे तो अच्छा था कि नीचे बैठक में ही चारपाइयाँ बिछवा लेते।'

जगपाल ने उसी दिन बैठक में दिन में ही दो और चारपाइयाँ बिछा दीं। उसका तो अभी काम ख़त्म नहीं हुआ था मगर उसने देखा गोधा

फिर छत की सीढ़ियाँ चढ़ रहा था। थोड़ी देर बाद दूध का जग लेकर हरमीत भी चौबारे में चली गयी। उसे देखकर जगपाल के भीतर गुस्से की लपट–सी उठी। उसने खुद कहा, 'हरेक पैसे का मीत हो गया। जगपाल कौर चौबारे पर वही सोये जो सोने के अण्डे दे।'

जगपाल हरनाम कौर के पास सोने की बजाय अकेली ही बैठक में सो गयी। उसकी इस बात की तरफ़ किसी का ध्यान नहीं गया। हरनाम कौर को घर में कुछ दिन के लिए जिस तरह की टहक देखने को मिली थी फिर ख़त्म होने लग गयी। कोई भी किसी से कुछ न कहता मगर अन्दर ही अन्दर फिर से तनाव शुरू हो गया।

जगपाल को एक दिन गुस्से का ऐसा गुब्बार चढ़ा कि उसने चोरी छिपे गर्म काढ़ा बनाकर पी लिया और भीतर लेट गयी। हरनाम कौर को दूसरे दिन उसके चेहरे पर मुर्दानगी–सी नज़र आयी तथा गुसलखाने में गिरे खून के धब्बों से पता लगा कि जगपाल कौर ने गर्भपात कर लिया। वह पहले तो अन्दर ही अन्दर रोती रही और एक– दो दिनों में सारे घर में पता लग गया। गोधे को पता लगने की देर थी कि वह लाठी लेकर जगपाल के पीछे पड़ गया। उसे पकड़ते--पकड़ते भी उसने दो–तीन लगा ही दीं। जगपाल पूरे पन्द्रह दिन चोट खाये पड़ी रही। उसकी रीढ़ की हड्डी तड़क गयी थी। चलते समय उसकी पीठ में टीस उठती थी।

गोधा अभी भी हटता नहीं था। बस उसे तो कोई छोटा–सा ही बहाना चाहिए कि वह जगपाल को मारने को दौड़ता। वह आगे से बोले बिना न मानती और वह उसे मारने से बाज़ नहीं आता।

हर लड़ाई के बाद घर में महीनों तक शोक छाया रहता। इस गहरी चुप को आख़िर हरनाम कौर तोड़ने का यत्न करते हुए जगपाल कौर को कहती, "बहू तू चार दिन मायके लगा आ, तेरा भी थोड़ा मन बदल जायेगा, एक तरफ़ पड़ी तो रोटी भी सड़ जाती है, रोग लगा लेगी इस चन्दन–सी देह को।"

"मुझे तो कहीं नहीं जाना माई, मेरे लिए तो सारा संसार मर चुका है। मैं तो अब यहीं मरूँगी, चाहे कोई मरी को आग दे चाहे जंगल में कुत्ते और कौओं के आगे फेंक दे, कहीं जाने से कौन–सा नसीब

बदल जाते हैं, कहते हैं भले ही ब्रह्मा को भी चले जाओ मगर लिखा हुआ ही साथ जाता है।"

जगपाल का कोरा जवाब सुनकर हरनाम कौर और कुछ न कहती और फिर कभी गोधे को, कभी हरमीत को समझाने लग जाती। जब कोई भी नहीं सुनता तो अन्त में हारकर गुरबख्श सिंह के पायँता पे सिर पकड़कर बैठ जाती कि शायद वही कोई राह निकाल ले।

आज भी वह दोनों हथेलियों से सिर पकड़कर गुरबख्श सिंह के पायँता पे बैठी थी, 'वाहि गुरु' चार वर्षों में घर श्मशान–सा बन गया है। अपने घर हँसी–खुशी बसते थे, पता नहीं किस निपूते की नज़र हमारे परिवार को लग गयी। किस निपूती ने यहाँ राख की मुट्ठी गिरा दी।' हरनाम कौर पहले तो जैसे ख़ुद से ही बातें कर रही थी और फिर उसने गुमसुम बैठे गुरबख्श सिंह की टाँग हिलाकर कहा, "तू तो जैनियों की तरह मुँह पे पट्टी बाँधकर बिल्कुल ही अटंक होकर बैठ गया। यदि जगपाल के कस्सी लग जाती तो मिनटों में उजड़ जाते। तू ही पूछकर देख ले इन्होंने यूँ साँड़ों–सी दुश्मनी क्यों पाल ली, कहते हैं साँड़ों की लड़ाई और फ़सलों का नाश, हमारा बुढ़ापा ख़राब कर दिया, इन लोगों के क्लेश ने, तू उठ, ऐसे बैठकर तो काम नहीं चलेगा, भगवान के लिए इस डूबती नाव को पार लगा।"

"मेरी कौन–सी उसने मानी है। बीस बार बात–बात में उसकी बेइज़्ज़ती की है। उस पत्थर पर कोई असर नहीं होता। अगर बराबर के बेटे को ज़्यादा कहूँगा तो वह घर से भाग जायेगा, फिर हम इन दो परातों में गूँधे हुए आटे की पेड़ियों जैसी बहुओं को कहाँ छुपाएँगे, मैंने देखा है जिस बन्दे पर कोई सनक सवार हो जाये, वह मारे–मरे बिना उस तरफ़ से नहीं लौटता। ऐसे थोड़ी ही किसी ने कहा है कि बाढ़ का पानी और जाट की सनक दोनों ही तबाही करके छोड़ते हैं।" गुरबख्श सिंह ने यूँ अपनी बेबसी बतायी।

हरनाम कौर के ज़्यादा कहने पर उसने जगपाल कौर को समझाने के लिए आवाज़ मारी, ''भाई जगपाल कौर बात सुन ज़रा इधर आ कर।" पास आ खड़ी जगपाल कौर को गुरबख्श सिंह ने कहा, "बहू

रोज़ का क्लेश तो राजे–रानियों के राजपाट को भी ले डूबता है, हम बेचारे तो किस गिनती में हैं? बेटा तू ही बता दे कि तेरा जी कैसे खुश हो सकता है, यदि किसी तरह उलझी तानी हाथ आ जाये तो।"

"बापू जी सारा कुछ आपके सामने ही है, यह आदमी अपनी किसी भी कही बात पर पूरा नहीं उतरा। मुझे तो इसने बिल्कुल ही पशु समझ रखा है। यह मैं कोई बेकार गाय–भैंस तो नहीं ख़रीद के लायी हुई। सौ लोगों में ब्याह कर लाये थे। फिर मैंने इस घर का क्या बुरा किया है, सारे दिन काले बैल की तरह काम करती हूँ। बापू जी मुझे ज़्यादा अब कुछ नहीं कहना। अब अन्तिम बात यह है कि मुझे तो अलग कर दो, मैंने अब इस नर्क में नहीं जीना। मेरे हिस्से की दबाई हुई ज़मीन मुझे दे दो उसी से अपना बच्चा पाल लूँगी।" गुस्से में उबलती जगपाल ने अपना अन्तिम फ़ैसला बिना किसी संकोच के सुना दिया। यह सुनकर गुरबख्श सिंह के तो मानो सिर पर सौ घड़े पानी पड़ गया। वह अवाक्–सा बैठा सोचता रहा, "भाई यह तो संसार से न्यारी ही बात हो गयी। बेटा–बहू को तो सारी दुनियाँ ही अलग करती आई है परन्तु अकेली बहू को अलग करना, लोग क्या कहेंगे?" गुरबख्श सिंह को जगपाल कौर को कहने के लिए कुछ न सूझा बल्कि उसके सिर पर कि 'मुझे तो अलग कर दो' यही वाक्य बार–बार हथौड़े की भाँति बजता रहा। गुरबख्श सिंह को लगा जैसे वह जगपाल कौर और उसके पिता को दिये गये उस बचन से झूठा पड़ गया हो जो जगपाल को पहली बार लेने आये प्रताप सिंह के आगे किया था।

"प्रताप सिंह हम इस अनतुली मिट्टी के ऊपर खड़े हैं। आदमी औलाद की ख़ातिर सौ–सौ कुओं में जाल डालता है, परन्तु तुम अब मन से ही यह सभी डर और भ्रम निकाल दो। अब यह तेरी बेटी बाद में और मेरी पहले है। कभी अगर तुझे लगा कि मैंने ज़रा–सा भी पक्षपात किया है तो आकर मुझे नीचा दिखाना।" फिर उसने अपने पैर छू रही जगपाल कौर को आशीर्वाद–सा देते हुए कहा था, "जगपाल कौर बेटा जो तेरे काँटा भी चुभे तो प्रताप सिंह को बाद में बताना, पहले मुझे बताना।''

गुरबख्श रिंह को लगा जैसे जगपाल ने तो अपना दुःख प्रताप सिंह से छिपा कर अपना वचन पूरा कर दिया था लेकिन वह खींचकर ख़ुद झूठा पड़ गया था जो सारा कुछ आँखों से देखकर भी चुप करके बैठा रहा था। अब उसकी पायँता के पास खड़ी जगपाल कौर जैसे दुखों के काँटों से सने पाँव लिए उसे कह रही है कि, "कुछ तो बोलो बापू जी, देख लो मैंने तो अपने बापू से पहले आपके पास ही आना उचित समझा। वह भी पूरे चार वर्षों बाद, अब करो इन्साफ़।"

गुरबख्श सिंह ने किसी दरगाह पर मन्नत माँगने वाले की तरह उसकी ओर एकटक देखते हुए खड़ी और उसके मुँह से निकले बोल की प्रतीक्षा करती हुई, जगपाल कौर की ओर देखा और भीतर ही भीतर काँप गया। उसने हारकर कहा, "तूने तो भाई मेरे जैसे छोटे–से आदमी से बहुत बड़ा वर माँग लिया। तब अगर मैंने अपना हिस्सा भी रख लिया होता तो तेरे नाम करवाने में एक पल न लगाता, मैं तो ख़ुद हाथ कटाये बैठा हूँ, तेरी तरह। भाई मैं तो ख़ुद बेबस हूँ, उस निर्लज्ज को पूछकर देखता हूँ अगर मान जाये तो।" गुरबख्श सिंह धीरे–से खटिया से उठा और बाहर वाले दरवाज़े की चौखट पर बैठे गोधे की तरफ़ चल पड़ा। उसके पैरों के साथ जैसे पहाड़ बँध गये हों, इस तरह पैर उठाता वह गोधे के पास गया और उसी समय लौट आया। गोधे का गाली देने जैसा फैसला सबको सुन गया। "यह जहाँ मर्ज़ी भौंकती फिरे, यदि इसे रोटी नहीं पचती तो, अगर इसने मेरे पुत्र को हाथ लगाया तो मैं कलाई तोड़ दूँगा। मैं एक इंच ज़मीन भी नहीं दूँगा जो जी आये कर ले।" इसलिए मुँह लटकाये आ रहे गुरबख्श सिंह को गोधे का फ़ैसला सुनाने की ज़रूरत न रही।

गोधे का फ़ैसला सुनते ही जगपाल कौर को मानो गुस्से से चण्डी चढ़ गयी हो। उसने भी गोधे जैसी ही कड़कती आवाज़ में बाँह निकालकर कहा गुरबख्श सिंह को बेशक, किन्तु सुनाया गोधे को, "मैं भी बाप की बेटी नहीं जो इसकी मूत से दाढ़ी न मुंडवाई तो, भले ही मुझे शरीकों की गोबर की टोकरी क्यों नहीं उठानी पड़े, परन्तु इस बेक़द्रे जाट की दलहीज़ पर पैर नहीं रखूँगी फिर कभी।"

वह तेज़–तेज़ क़दमों से चूल्हे–चौके की तरफ़ बढ़ी और रसोई की परछाई में बैठी हरमीत की झोली से बेटे को खींच लिया। बिलखते हुए बेटे को घसीटती वह बाहर के दरवाज़े की तरफ़ भागी। बेटे की चीखें सुनकर गोधा भी उठकर दरवाज़े में आ गया। उसने दरवाज़े की ओट में से फावड़ा उठा लिया और उसी से दरवाज़े में एक लक्ष्मण रेखा खींचकर कहा–"ले यदि सगे बाप की बेटी है तो पार करके दिखा।"

जगपाल ने जैसे गोधे की बात सुनी ही न हो। उसके कानों में तो गुस्से की साँय–साँय के अलावा और कुछ सुनता ही नहीं था। वह बन्दूक की नाली की भाँति आँखें गोधे की तरफ़ संधते हुए निर्भय चले जा रही थी। गोधे की बनाई हुई 'लक्ष्मण रेखा' में उसने अभी एक पैर ही बाहर रखा था कि धड़ाम करता फावड़ा उसकी कनपटी पर लगा। वह चकराकर वहीं गिर पड़ी। उसके हाथों से बेटे की बाजू भी छूट गयी और बेटा डर के मारे चीख़ता पीछे आती हरमीत की टाँगों से लिपट गया। गुरबख्श सिंह और हरनाम कौर फूले साँस से मानो वहीं जम गये। 'मार दिया ओ...लो...गो...' की आवाज़ हरनाम कौर की साँस में ही अटक गयी।

गिरी पड़ी जगपाल की टाँगों और बाँहों को लगभग चार बार अकड़ा–सा आया और फिर उसका सिर जिधर गोधा खड़ा था, उससे दूसरी तरफ़ लुढ़क गया जैसे वह कह रही हो, "इस बेक़द्रे... ।" उसकी खुली आँखें एक डरावनी चमक के साथ अभी भी एकटक देखती लगती थीं। मरते समय मरोड़ ले–ले उछलता उसका धड़ गोधे की बनायी 'लक्ष्मण रेखा' से बहुत सारा बाहर जा पड़ा था, केवल पैर ही अन्दर रह गये थे।

मुक्ति नहीं

"साली अपने हाथों निकाली हुई भी ऊँट का मूत बनी पड़ी है एकदम, बात क्या है?" जैली ने शंका मिटाने के लिए, पास ही पड़ी गोदड़ी की फटी किनारी से रूहड़ का फाया निकाला,पोटों से धुनकर बोतल में गिराया। फाया बुलबुले बनाता तल में समा गया। अहा! बेटी चोद, फाया भी खींचती है तथा रवा भी बाँधती है, फिर काट क्यों नहीं करती? कल इसी में से पी थी, पूरी कायम थी, पर आज...।" जैली ने और तसल्ली करने के लिए, रोटियाँ सेंक रही भूटी को आवाज़ दी , "आना, यहाँ आना ज़रा, तूने इसमें कोई छेड़—छाड़ तो नहीं की?"

"गो—कसम, मैं तो पास भी नहीं फटकी इसके।" भूटी ने कुछ कहा ही इस तरह साँस—सी चढ़ाकर कि जैली को विश्वास दिला दिया। "नित—दिन चढ़ाते—चढ़ाते तेरा अन्दर ही फुँक—सा गया है, अब नहीं ये करती असर।" भूटी ने दारू के स्थान पर जैली को ही दोषी ठहराते कहा।

"हाँ... , फुँक गया अन्दर मेरा, तू मढ़ दिया कर नया—नया दोष मेरे सिर।" जैली उस पर खीझ उठा, पर वो अपने ध्यान से रोटियाँ थापने लगी रही।

जैली पेग—पे—पेग लीलता जा रहा था, पर फिर भी सोफ़ी बैठा था। वह चाहता था पीकर उसे अपनी सुधि न रहे, और कुछ समय के लिए सरपंच की कही बात का ढोल उसके कानों में बजने से हट जाये, पर नहीं, उसके कानों में बल्कि वही ढोल—गर्जना हो रही थी। बात भले ही सरपंच ने महीना भर पूर्व कही थी, पर जैली ने उस पर अधिक ध्यान नहीं दिया था और सरपंच जब भी उस बात को दोहराता तो जैली उसे हँसकर टाल देता था, 'अच्छा' कहकर पल्ला छुड़ा लेता।

पर आज तो सरपंच ने ताकीद की थी, और मोहलत भी केवल आज रात की ही दी थी। यह साधारण—सी बात उसकी ज़िन्दगी और मौत का सवाल बन जायेगी, यह तो जैली के ख़्वाबों—ख़्याल में भी नहीं था।

"ओ सरपंच! क्यों ले रहा है, इस उम्र में इम्तिहान? क्यों साँप के मुँह में छछुन्दर डालने जैसी बात करता है? तेरी मौत है, जैली मानस। मानेगा तो भी हाड़ रगड़—रगड़ कर जून—कजून होकर मरेगा, नहीं मानेगा तो उन्होंने माखन से बाल की तरह निकाल फेंकना है। अब तेरे आगे कुआँ है और पीछे खाई।" जैली ने अपने—आप को कहा, पर कहा इस प्रकार जैसे कोई कलाकार रिहर्सल के समय संवाद रट रहा हो, ख़ाली कुर्सियों को दर्शक समझते हुए। उसे इस प्रकार बक—बक करते सुनकर, भूटी अपलक उसकी ओर निहारने लगी। पीता तो जैली ताउम्र से था, पर उसका यह अद्‌भुत—सा रूप भूटी पहली बार देख रही थी।

"बोलती नहीं, यहाँ आना ज़रा।" जैली ने फिर बेबसी के साथ कहा, "आ जा, कर ले कोई बात दिल की, फिर पीछे से मुँह वायेगी अपने राजे—ससुर के जाए के लिए। जैली ने 'राजे' शब्द को ज़रा चबाते हुए कहा और भूटी की ओर से नज़रें फेरकर, आँगन में लगे पीपल के डरावने अक्स की तरफ़ कर ली जैसे अभी ही अलविदा कहकर किसी अँधेरे की ओर चलने लगा हो। भूटी का कलेजा धक् से रह गया। हाथ वाली रोटी को तवे पर डालने के स्थान पर, उसे मरोड़कर परात में फेंक, वह भागती हुई आयी और जैली के पायताने आ बैठी और उसका कन्धा झँझोड़ते बोली, "क्या हो गया आज तुम्हें? संध्या के समय कुबोल—बोल निकालता है, मुँह से! हम नमक नहीं जो खुर जायेंगे, साथ ही, हमारे अभागों के ऐसे भाग्य कहाँ जो इतनी आसानी से मौत के घाट से पार जा लगेंगे। यह देख,कागद तो अभी अम्मा का नहीं निकला, सौ वर्ष तक पहुँच गयी होगी, पर कौन जाने कब तक हाड़ रगड़ने हैं अभी।" भूटी ने दूर पीपल के नीचे बनी झोंपड़ी में पड़ी अपनी सास की ओर इशारा करके माहौल को और भी सोगवार बना दिया।

"वो तो पौत्र का मुँह देखने की प्रतीक्षा में धर्मराज को जवाब देती रही होगी, पर अपना तो वो टण्टा भी नहीं, सब हिसाब–किताब, अपने साथ ही ख़त्म हो जायेगा। गति हो जाये, चाहे बीच आकाश में ओपरी हवा बने भटकते रहें।" जैली की बात से भूटी को लगा कि वह सन्तान की कमी महसूस कर रहा था। यह कमी उसे खुद को भी अन्दर से पिघलाती अनुभव हो रही थी पर, अब उसने जी तगड़ा करके दोनों ओर ही जैली को ढारस बाँधने की गरज से, उसकी ठोड़ी पकड़कर ऊपर करते हुए कहा, "न, इधर देख, मेरी तरफ़, अभागे तू तो मुझे दिया करता था दिलासा अरजू की बात सुनाकर कि देख उसके आठ पुत्र और बारह पौत्र हैं, पर रोटी का ग्रास है नहीं उसके नसीब में। धूल फाँकता है दर–दर की। पर, आज तू क्यों कर रहा है, इतना वैराग...क्यों...!"

"सब हार की निशानियाँ हैं...समझी...पहले अकेला तन हारा था, पर अब तो लगता है मानो दिल भी हार चला है...फिर किस के आसरे जिये बन्दा...कहीं कोई मदद मिलने की आस तो हो...बावरी।"

"छोड़ इसे। और ही क़िस्सा ले बैठा तू तो, नहीं हारेंगे। जग–जहान के साथ ही हैं, नहीं मरते रोटी की ओर से। ले, मैं लाती हूँ तेरे लिए रोटी, फिर खायेगा तू जब बेर–सी जायेगी।" भूटी को ऐसी बातें पानी में मथनी डालने जैसी लगीं। बात समाप्त करने की गरज़ से वह उठकर जाने लगी, तो जैली ने कलाई पकड़कर उसे फिर बैठा लिया, "बैठ जा, नहीं खानी मैंने...एक बात करनी है, तेरे साथ।"

"हाँ, करनी है बात, तूने!" भूटी खीज उठी, "यूँ ही बक रहा है तू ऊलजलूल। बोतल पी ली है, पूरी। मेरे हाड़ों में टीस भरी है। पाँच घरों का गोहा–कूड़ा है, मेरे सिर पर। रोती–कराहती को अब दो ग्रास रोटी के मिलने को हुए थे, तो तूने खोल लिया पाठ अपनी राम–कथा का, ...तूने नहीं खानी रोटी तो न खा, मुझे तो झुलस लेने दे, दो अँगुली भर रोटी, आँतें कुरला रही हैं मेरी। फिर घण्टे दो घण्टे आराम भी करना है, सुबह जल्दी ही किक्कर घच्चे के घर मिट्टी लीपने जाना है।" भूटी ने बरबस कन्धा छुड़वाते हुए कहा।

"ना सुन, ना... सुन मेरी कथाएँ, कथाओं की कुछ लगती, अब, अहसान दिखाती है पाँच घरों का, देखती जा तेरे सिर पर तो पाँच और घरों का कूड़ा टिक जाना है... तेरे पतन्दर सरपंच के मुझे किसी–न–किसी बहाने काम से जवाब देना चाहते हैं, दिहाड़ी पर इस उम्र में मुझे कोई ले जाने से रहा, ऊपर से बुढ़िया खाट पे पड़ी चीख़ रही है, कहाँ से भरेगी, कुओं जैसे तीन–तीन पेट ?...जा, न सुन।" जैली ने इतनी कड़वाहट से कहा कि उसकी साँस धौंकनी की तरह चलने लगी। गिरने से बचने के लिए उसने खटिया की बाँहीं कसकर पकड़ते आँखें मींच लीं।

"हाँ, ऐसे फिर करे न बन्दा सीधी बात, तूने तो और ही बखेड़ा कर दिया खड़ा, हाँ, तो बात क्या हुई आज?" भूटी ने कमर पे हाथ रखकर, झुकते हुए प्रश्न चिह्न बनते कहा।

"बात क्या होनी थी, खेत में लाहण का मटका गर्मा रहा था, कि ऊपर से सरपंच आ गया।" जैली ने साँस साध कर, शान्ति से कहना शुरू किया, "कहने लगा, भाई जरनैल सिंह हमको नहीं भाते अब ये काम, यदि किये बिना नहीं रहा जाता तो कोई और घर तलाश ले।"

"इसी के पीछे एक घण्टे से तिलमिला रहा था? क्या बुरा कह दिया उसने? कोई कम खा–पी ली है, सारी उम्र?... बता ...? अब छोड़ देगा तो तेरी ज़मीन–जायदाद घट जायेगी? उन्होंने ख़ुद मटका भर पी जाने वालों ने धर्म धार लिया, बंधेज कर लिया तो तेरी जीभ कोई ज़्यादा ही मूतती है?...हाँ...बता मुझे?...मैंने सोचा पता नहीं क्या अनहोनी घट गयी।" भूटी ने सरपंच के साथ सहमत होते हुए, बल्कि जैली को ही लानत दी। बल्कि उसने तो शुक्र ही मनाया। वह स्वयं उसे सारी उम्र कहते–कहते थक गयी थी, पर जैली के कान पर जूँ तक न रेंगी थी।

"मैं बहन चो...शौक के लिए थोड़ा पीता हूँ? उनके खाते के गिर्द से थूहे उठाते हाड़ हिल गये मेरे, जो उस समय बड़े सुहागे के नीचे आकर जोड़ टूट गये थे, वही टीसते हैं अब, वैसे ही नहीं बिलखता मैं मरता हुआ आक चबाता हूँ।.... बाक़ी, यह बात नहीं...बहाने हैं, लारे

हैं...बीच की बात यह है गू में किरम के जितने नये एक लड़के को उन्होंने अब काम पर लगाया है...पैसे आधे और काम पूरे आदमी का लेते हैं...हमारे ये बन्दे क्या भले हैं ?...गेंदी उन्हें उँगली पर नचाता कह रहा है, मेरा किल्ला बिजवा दो, सारा काम करवाऊँगा साथ–साथ ...लड़का अपना ठेके पर लगवा दिया...और, पीने को तो वह बस खुद नहीं पीता...उसके लड़कों ने तो बीसियों दफे ली हैं मुझसे बोतलें...जिस दिन हम गेहूँ लेकर गये हैं मण्डी... मैंने खुद देखा है उन्हें अंग्रेज़ी पीते, और साथ में साबुत मुर्गा तन्दूर में भुना खाते हुए। यह जो सरपंचड़े को अब इतनी बुरी लगती है न, इसी के बूते बनायें हैं उसने दलान , तुझे कौन–सा याद नहीं जब मैं ट्यूब भर कर बेचकर आता था। ये वैसे ही नहीं लग गयीं, बिजली की मोटरें। जब पुलिस वालों की मार झेलने को जैली के चूतड़ों पर मास था, तब सब को लगता था जैली मीठा–प्यारा, अब वही जैली... ।" बात करते समय हुए जैली का गला रुँध गया। भूटी को जैली का वह अनाथों जैसा चेहरा देखकर दया–सी आ गयी, पर कुछ कहने को उसे सूझ ही नहीं रहा था। उसकी समझ में नहीं आ रहा था कि कुछ ग़लत होने चला था, या ठीक। भूटी की चुप्पी का मर्म समझकर जैली ने अधूरी बात को फिर चलाया, "और तो और, सरपंच की वह छनार–सी पत्नी भी कोई बात ही न सुने। तब टूटे तसले जैसा मुँह बनाकर कह दिया करती थी, जैली लाना वहाँ से घूँट एक डाल कर, शहद में मिलाकर देनी है काके को, खाँसी की शिकायत है...तब डाक्टर भी जैली ही था। वही लड़का कल बोला, "ताऊ, अब लटायर कर दें तुझे? साले रिटायर के... ।"

जैली की बातें सुनकर भूटी विचार मग्न हो गयी। उसकी भूख भी मर चुकी थी। उठकर चीज़–वस्तु सँभालने लगी। जैली के बताने पर भी उसे बातों पर यक़ीन नहीं आ रहा था। अभी परसों–नरसों तो मिला था उसे सरपंच, खेतों से लौटते वक़्त। उसका तो जैसे जन्म ही नया हुआ लगता था। सच्चा–सौदा लेने के पश्चात् तो उसकी वाणी ही इतनी मधुर हो गयी कि एक–एक शब्द रूह को शीतलता प्रदान करता चला जाता था। निपट साधु–स्वरूप। सफ़ेद कलियों

वाला कुर्ता, तंग मोहरी का पायजामा, रंग–रंगी वास्कट, गोल करके बाँधी बादामी पगड़ी, महाराज के चँवर–सा चौड़ा दाढ़ा, हाथ में लकुटी तथा काला चश्मा लगा देखकर पहले तो भूटी की हँसी छूटने को हुई, पर वह हँस न सकी, बल्कि उसने कहा , "देवर जी, अगर नाम लेने से बन्दा इस प्रकार हो जाता है, तो अपने भाई को भी डालदे सीधे राह पे।" सरपंच ने, आगे से मुस्कराते हुए कहा था, "भाभी, मैं तो बहुत समझाता हूँ ,पर यह सब कुछ तो अच्छे कर्मों से ही होता है।" चलते समय सरपंच ने यह भी कहा था, "भाभी, अच्छा हुआ तू मिल गयी, मैंने तो तुझे कहना था कि छटियाँ–वटियाँ, साग–सब्ज़ी ले आया कर बिन पूछे, यूँ ही न शर्माते रहना। साथ ही घर से तेरी देवरानी से ले जाया कर रोटी पकड़कर खेत को, वैसे ही डरी हुई है खेत की दूरी से, कहने लगी, छोहरा लगा लो रोटी पर। मैंने कहा, जब अपने घर के बन्दे हैं...फिर तीसरा कोई...क्यों फँसाएँ बीच में।" भूटी को यह सोचकर लगा जैसे सारा कसूर जैली ही का था। उसने जैली को समझाने के लिए शान्ति से कहना शुरू किया, "मुझे तो लगता है... वैसे ही सूझ गयी तुझे उल्टी, मुझे तो नहीं लगा वह ऐसा, धर्मी–कर्मी बन्दा है , इतनी–सी बात पर कैसे बुरा हो गया। वह तो बल्कि तेरे फ़ायदे को ही कहता है। ज़रा तल्खी से बोलता होगा ताकि तेरे माथे में घुस जाय कोई बात... नहीं तो तूने कहाँ सँभलना है... तू भी यूँ ही कुत्ते की पूँछ–सा टेढ़ापन न पकड़कर रख, ले ले वाणी, आप बाबा छुड़ायेगा सब कुछ अपनी करनी से...नौ–निधें न हो जाएँ तो कहना... ।"

"पकड़ ली तूने भी वही रट...हैं...यही बन्धन–बाँध तो वह कंजर बाँधता है...भई नाम ले ले...छोड़–छाड़ कर सब कुछ...फिर साथ ही, काम भी पूरा चाहता है, पतन्दर से, इस तरह सब कुछ कैसे निभे साथ–साथ, मुद्दतों–वर्षों से लगे ऐब इस तरह छोड़ देने कोई हँसी–मज़ाक़ है...काँच–सी देह हुई पड़ी है नशे करने से, करने लगी है मूर्खतापूर्ण बातें, बड़ी डाक्टरनी तू भी, साथ ही वह।" जैली को भूटी भी उनकी ओर होती हुई देखकर ऐसे लगा जैसे लँगड़े की काँख ठकोरी गिर गयी हो।

"तुझे क्या बन्धन बहुत से काम का? भर–जवान लड़कों से तेरी क्या बराबरी? जातरू की तरह डोलता रहा कर, मुँह में मीठा रहा कर। नहीं रहा जाता जो थोड़ी–सी अफ़ीम ही ज़्यादा खा लिया कर, सूखा नशा है, न किसी को पता चले न ही चर्चा हो। मान ले मेरी, ज़िद अच्छी नहीं होती, इस उम्र में उनसे पीठ मोड़ना अपने को नहीं पुगता, नर्माई से काट ले दिन, यह साल तो निकाल, कहते हैं इतनी देर तो बन्दा माँ के यार के साथ भी काट लेता है।"

भूटी ने तारों की ओर देखकर गुज़रती जा रही रात का विचार करते हुए सौ हाथ रस्सा तथा सिरे पर गाँठ देने का यत्न किया। पर उसकी सरपंचों के साथ मिलती रग ने जैली को क्रोधित कर दिया।

"जा, जा। लेट जा तू उनकी बड़ी हिमायत करने वाली, मैं अपनी फँसी खुद निपटा लूँगा, तू...।" जैली ने बात बीच में ही छोड़कर भूटी को धकेलकर खटिया से खदेड़ दिया।

"अच्छा मर कुत्ते की मौत... खा खस्मों को... जो जी में आये कर, यह नस्ल मानने वाली है किसी की, कहाँ रहती है नाक भला बिन पिए इस भूपे की... लाज की कमी है... मैं क्यों मगजपच्ची करूँ नाहक?" भूटी चूल्हे की ओर गयी। बुझ चुकी आग को खुदेड़ा। कोई चिंगारी नहीं बची थी। बस सेंक था थोड़ा गर्म राख का। उसने फिर आग न जलाई। दाल वाला कटोरा तथा रोटियों वाली छाबड़ी लाकर जैली के पायताने रख दी और आप भूखी ही जर्जरी खटिया पर गोदड़ी डालकर सवात में जा लेटी। मुँह सिर ढाँप लिया, पर भूख की तरह नींद भी कहीं उड़ गयी थी। वो करवट बदलती तो खटिया चरमराती और जैली का ध्यान खींच लेती।

जैली ने भी रोटियाँ उठाईं और खाट के नीचे रख दीं और आप वैसे ही लेट कर छत की ओर टकटकी बाँध ली। उसके मन में आयी कि दीया बुझा दे, पर फिर जैसे सम्भावी अँधेरे से डरता हो, उसने दीया उसी प्रकार जलता रहने दिया।

उनकी बातों में जिस ओर उनका ध्यान नहीं गया था, बुढ़िया की खाँसी अब उसे चुभ रही थी। उससे बचने के लिए जैली ने लिहाफ़

में मुँह कर लिया पर जैसे उसकी साँस रुक रही हो, उसने फिर मुँह पर से रज़ाई हटा दी। रह–रह कर उसका ध्यान सरपंच के घर चला जाता रहा। उनके घर की एक–एक ईंट के साथ उसकी साँझेदारी थी। उनके पक्के मकान के स्थान पर पहले कच्चे–से दालान थे जब पुराना मकान गिराकर नया बनाया था तो गली की ओर वाली दीवार में जैली ने स्वयं कहकर एक स्पेशल आला बनवाया था जिसके चार भाग थे। एक में वह अपनी बाटी–कटोरी रखता, दूसरे में बीड़ियों के बण्डल, तीसरे में खाने के लिए गुड़ और चौथा ख़ाली पड़ा रहता। अपने इस आले के साथ जैली का इतना अपनत्व था कि यह उसे अपना छोटा–सा घर ही प्रतीत होता। उस आले की ऊपरी ममटी से नीचे की ओर आती धारियों के कारण उसका आकार ठीक पिंजरे–सा लगता। दोनों ओर बनाये तोतों को देखकर जैली, कई बार आप ही कह उठता, "ये तोतों के चित्र बनाकर भी बखेड़ा खड़ा कर लिया। कहते हैं, अगले जन्म में रब इनमें मेरी जान डालेगा और उम्र भी इन्हें मेरी मिलेगी।"

"अच्छा है, भाँति–भाँति के फल खाया करना बाग़ों में...'' सरपंचनी जैली को छेड़ा करती।

"सरदारनी, फल कौन खाने देता है आजकल? अगला दुनाली नहीं मारेगा पोटे में और मामला चित कर देगा मिनटों में।"

"जा ओए, डरपोक कहीं के... हग दिया न यहीं।" सरपंचनी कहकर चौंतरे की ओर चली जाती और जैली वहाँ खड़ा तोतों को निहारता रहता।

यह सोचकर जैली का मन भर आया। इस सारे कुछ से टूटने की बात उसे काँच निगलने जैसी लगी। उसने ऐसे विचारों को एक ही झटके के साथ बाहर निकालकर पक्का मन बनाना आरम्भ कर दिया कि वह प्रातः उठकर सब सरपंच को जा कहे , "लो जी, सरपंच साहिब आज से छोड़ा सब कुछ, मैं हूँ तेरी राम–गाय, काट भले हलाल कर।" पर साथ ही जैली के अन्दर एक और भय उत्पन हो गया कि कदाचित् अब सरपंच न ही माने। कल, जब सरपंच ने कहा था, "अरे

ओ जैलिया! दुलत्तियाँ चलाता है? कर ले नाम की कमाई, कुछ कर सके तो, लाखों–करोड़ों भी हाथ न आने वाली नाम–वस्तु मुफ़्त में मिलती है, कौड़ियों से भी सस्ती। जितने साँस देर हुई, उतना ही अधिक घसीटेंगे यमदूत। अरे भोले, अन्त में नाम ही को ओट मिलेगी।" तो जैली ने भले ही हँसी में ही यह जवाब दिया था, "सरपंच साहिब ये तो अपने घर की पहुँच की बात है, कहते हैं किसी ने एक टके में तो हाथी नहीं ख़रीदा था, और सही अवसर आने पर लाख भी हँसते–हँसते दे दिये थे। भाई, मुफ्त में स्प्रे (ज़हर) मिलती हो तो छन्ना भर कर तो नहीं पी लेनी।" पर सरपंच तमक उठा था, "कोई ना भाई, फिर समय बीत गया तो अपने दुखते स्थान पर खुद कर लेना मरहम–पट्टी।"

जैली को ढारस इस बात से मिली थी कि यदि सरपंच ने उसका कहा न भी माना तो वह भूटी के कहने से बाहर नहीं भागेगा। जैली के चेहरे पर क्षण भर के लिए प्रसन्नता–सी छा गयी। उसके मन में आयी कि उठकर भूटी के साथ जा सोयी और उसके कान में मन की बात जा कहे, पर फिर आगे से भूटी द्वारा उखड़ी–कुल्हाड़ी की तरह आ पड़ने से डर गया। जैली खाट से उठकर चौंतरे पर आ गया। पीपल के नीचे से उसके माँ के खुर्राटों की घोरडू बजने जैसी आवाज़ आ रही थी उसने ऊपर आकाश की ओर देखा और नक्षत्रों से अनुमान लगाया कि आधी रात बीत चुकी थी। फिर आकर लेट गया। बड़े तड़के तक वह अपनी अन्तस की उथल–पुथल में उलझा रहा और आख़िर जब आँख न ही लगी तो सांग उठाकर, चुपचाप सरपंच के घर की ओर चल पड़ा।

रोज़ाना की तरह सरपंच के आँगन में धूनी जला दी। घर से चाय पीकर नहीं आया था, अतः पेट में हो रही गुड़गुड़ाहट की आवाज़ को शान्त करने के लिए वह हाथ–पम्प से कटोरा भरकर ठण्डा पानी पी गया। ख़ाली पेट में पानी इस प्रकार गिरा जैसे कुएँ में ईंट गिराई हो। उसके भीतर मरोड़–सा उठा। आकर फिर धूनी पर बैठ गया। बैठा–बैठा कितनी ही बीड़ियाँ पी गया और ख़ाली बण्डल उसने अलावी

में फेंक दिया। फिर उठा और पशुओं को चारा डालकर , उन्हें बाहर निकाल दिया।

"ओए कंजरा! मार देने हैं ये, इतनी ठण्ड में तड़के ही निकाल दिये बाहर।" चौंतरे की ओर से मुँह में दातुन रखे आते हुए सरपंच ने कहा तो जैली के जैसे पाँव हिल गये। सँभलकर उसने खेसी का लपेट ठीक करते हुए उत्तर देना चाहा, पर उससे कोई यथोचित् बात बन न सकी। सरपंच ने धूनी के पास आकर, साथ ही साथ पूछ लिया, "क्यों भाई बना लिया मन कि...?" सरपंच ने दातुन से मुँह में भर आये पानी की वजह से, बात अधूरी ही छोड़ दी और धूनी की राख में कुल्ला गिरा दिया। दातुन का चबाया हुआ भाग उसकी बाँछ से नीचे लटकता हुआ इस प्रकार लगा जैसे मस्त ऊँट अपना तालू बाहर निकाल लिया करता है।

"बिल्कुल जी! भट्ठे का ईंट जैसा पक्का।" जैली कहकर सुर्ख़रू हो गया।

सरपंच को जैसे इस जवाब की आशा नहीं थी। उसने जैली को ठोंक बजाकर देखने के लिए कहा, "बन्धन कुछ ज़्यादा ही होते हैं, फिर रीं–रार मत करना। अगर बीच–मझार छोड़कर भागा न तो वे तो बाद में कहेंगे कुछ, पहले मैं ही सिर गंजा करूँगा तेरा, सुन ले... शराब–मीट बिल्कुल भी नहीं डालने मुँह में, बेगानी औरत की ओर आँख उठाकर भी नहीं देखना और दोनों वक़्त करनी है पूरी भजन–बन्दगी। यह न कहना कि थके–माँदे हुए हैं सो जाते हैं... कहीं सो जाया करें आराम से। नित स्नान करना है।"

"लो जी, बाकी बाँध–बन्धेज तो कुदरत से हुए पड़े हैं, मीट खाने की हैसियत नहीं, लगा लो हिसाब कि दीवाली वाले दिन की खायी हुई हैं दो बोटियाँ। और औरत बेगानी की ओर देखने को हम क्या पटियाले वाले राजे हैं, अपनी ही सँभल जाये, वही बहुत है, बीड़ियाँ... ये लो।" जैली ने खीसें में से बीड़ियों का बन्द बण्डल अलाव में फेंकते हुए कहा, "आज से, शराब से भी तौबा जो कल निकाली हैं, चार बोतलें आपके सामने मारूँगा तूत के तने से, स्नान–ध्यान का भी कर लेंगे।"

"अरे भोले आदमी, इस प्रकार अमल करेगा तो तर भी जायेगा। इन विषय–विकारों में फँसकर ज़रूरी तो नहीं काल के पंजों में फँसना, जंजाल कट जायेगा, मुक्त हो जायेगा।" कोई पासा चित न गिरता देखकर और जैली को थिड़काने में असफल रहकर सरपंच ने ढली–सी आवाज़ में 'मुक्त हो जायेगा' पर बल देकर कहा।

"ये मुक्त कैसे हो जाऊँगा जी, भला ?" चबाई हुई दातुन को फिर से मुँह में डालते हुए सरपंच से जैली ने हिम्मत करके पूछ ही लिया।

"भले मानस...बन्दा चौरासी के गेड़ से छूट जाता है, जन्म–मरण के फेर से निकल जाता है, फिर न कभी जन्म लेता है न मरता है, बस और क्या...?"

सरपंच की इस धैर्य से कही हुई बात को सुनकर जैसे जैली घबरा–सा गया। उसका रंग धवल–श्वेत हो गया। अपनी पूरी शक्ति जुटाने के पश्चात् वह केवल इतना ही बोल सका, "क्या!... फिर बिल्कुल ही बस...? बन्दे की जून नहीं मिलती, कभी भी?"

"नहीं...ीं...ीं...?" सरपंच ने जैली की घबराहट को भाँपते हुए, बे–ध्यानी सी के साथ, बोल को लटकाते हुए उत्तर दिया।

"फिर तो नहीं लेते जी हम नाम–वाम, न कभी जन्म लेना न मरना... हमसे नहीं मरा जाता ऐसे साँस बन्द करवा कर, इस तरह. ..." सरपंच के बदले हुए तेवर देखकर जैली अपनी बात पूरी न कर सका और अपने आले की ओर लपका। अपना कौला–बाटी उठाया तेज़–तुन्द क़दमों से दरवाज़े की ओर चल पड़ा। दरवाज़े के पास पहुँचकर उसे लगा जैसे पीछे से सरपंच ने आवाज़ दी हो। थोड़ा रुक कर उसने पीछे की ओर मुड़कर देखा। सरपंच चबाई हुई दातुन को दीवार के ऊपर से फेंकते हुए चौंतरे की ओर जा रहा था। जैली को कदाचित् भ्रम हुआ था।

तेज़ क़दमों से चलता, अपने दब चुकी एड़ी वाले जूतों से धूल उड़ाकर अपनी ही गर्दन पर डालता, जैली छकड़ों–ट्रेक्टरों द्वारा रौंदी गाँव–गिर्दी से होता हुआ दलित–बसीने की ओर चल दिया।

नाम का पिछला अर्द्ध

मनपाल घर जाने के लिए अपने ऑफ़िस में से उठने ही लगा था, कि टेलीफ़ोन की घण्टी बजी। उसने रिसीवर को कान से लगाते हुए अभी 'है... लो' की आवाज़ ही सुनी थी कि खुशी से उसका चेहरा चमक उठा। उसने इन्द्रजीत की आवाज़ पहचान ली थी परन्तु यूँ ही पूछने के लिए पूछा 'है... लो' इन्दी कहाँ से बोल रही हो? इससे पहले कि इन्द्रजीत कोई उत्तर देती, मनपाल ने प्रश्नों की झड़ी लगा दी– "इन्दी क्या हाल है तेरा? मेरी चिट्ठी मिल गयी थी क्या? मुझे मालूम था कि तू मेरी चिट्ठी का उत्तर ज़रूर देगी, परन्तु तेरे टेलीफ़ोन के बारे में मैंने सोचा ही नहीं था, और वह भी इतनी जल्दी, तू अब... ।" मनपाल खुशी में न जाने कितनी देर ऐसे ही बोलता रहता कि इन्द्रजीत ने एक ही वाक्य में अपनी बात सीधे–सीधे कही और झट से फ़ोन बन्द कर दिया। उसका काटवाँ और व्यंग्य भरा वाक्य सुनकर रिसीवर मनपाल के हाथों से गिरते–गिरते मुश्किल से बचा। वो अधलेटी–सी हालत में कुर्सी पर बैठ गया। दिल ज़ोर–ज़ोर से धड़कने लगा। टेलीफ़ोन के चोंगे पर अध–लटका हुआ रिसीवर वैसे ही पड़ा रहा, मनपाल की उसे ठीक करने की हिम्मत नहीं हुई। अपनी पत्नी इन्द्रजीत के बोले वाक्य को उसने भीतर ही भीतर फिर दोहराया और उसके माथे पर पसीने की बूँदें चमकने लगीं। उसका अन्दर क्रोध से भर गया और चेहरे पर हीनता का भाव छा गया।

मनपाल को इन्द्रजीत से ये आशा न थी। पति–पत्नी में मन–मुटाव तो सौ बार होते हैं परन्तु वह इस हद तक जायेगी, मनपाल को अनुमान भी न था। वो तो इन्द्रजीत की गुलाबी फूलों वाली पेड़

पर लिखी चिट्ठी की प्रतीक्षा कर रहा था। शादी से पहले इन्द्रजीत मनपाल को ऐसी चिट्ठी ही लिखती थी। सभी कोनों से भरी हुई चिट्ठी, छोटी–छोटी जज़्बाती कर देने वाली बातें। इस तरह के उत्तर की तो मनपाल ने कल्पना ही नहीं की थी, और वो भी इतनी जल्दी। अभी परसों ही तो मनपाल ने खुद चिट्ठी लिखी थी। उसने सोचा था कि आधा दिन उत्तर लिखने में भी लगेगा और तीन दिन के लगभग वापसी डाक के लिए लग जायेंगे। इस प्रकार उसने लगभग एक सप्ताह का अनुमान लगाया था पर यूँ अचानक से हुए आक्रमण से तो वो सटपटा गया। इन्द्रजीत के द्वारा कहा वाक्य उसे तीखे तीर की भाँति घायल कर रहा था।

इन्द्रजीत को रूठकर गये हुए पूरे सात मास हो गये थे। इस दौरान दोनों पक्षों ने अपनी–अपनी अकड़ निभाने के लिए पूरा ज़ोर लगाया था। पिछले दिनों में मनपाल ने किसी दोस्त के द्वारा ही पता लगाया था कि इन्द्रजीत ने लड़के को जन्म दिया है। मनपाल को पहले से पता चल गया था कि इन्द्रजीत गर्भवती है परन्तु उसे इस बात का गुस्सा था कि ये बात इन्द्रजीत ने खुद क्यों नहीं बतायी। परन्तु लड़के की खुशी में मनपाल का क्रोध कुछ शान्त हो गया था और वो थोड़ा झुक गया। नहीं तो इन दिनों में उसने तलाक़ का केस करने के लिए पूरा मन बना लिया था। मनपाल के कैनेडा में रहते माता–पिता, बहन व छोटे भाई ने यही परामर्श दिया था और 'कलह' से मुक्त होकर कैनेडा आने के लिए कहा था। मनपाल ने अपनी मन की बात अपने घनिष्ठ मित्र पत्रकार सोढ़ी से कही तो उसने अन्तिम दफा अजमायश करने का सुझाव दिया और साथ ही यह युक्ति भी बता दी, "मनपाल करनी तो तूने अपनी मर्ज़ी है परन्तु मैं चाहता हूँ तू आख़िरी बार एक चिट्ठी लिखकर देख, कई बार बात कुछ भी नहीं होती केवल आदमी स्टैंड ले लेता है और पहल करने से हिचकिचाता है, मैं तो तुम्हें पहले भी कई दफा यह कह चुका हूँ।"

"तुम्हें नहीं मालूम उसमें कितनी अकड़ है।" मनपाल का चिट्ठी लिखने को मन नहीं माना।

"परन्तु जितना मैं भाभी जी को जानता हूँ, मुझे मालूम है कि वो जज़्बाती औरत है ये लेखक लोग थोड़ा ऐसे ही होते हैं, मैं तो कहता हूँ कि ऐसी चिट्ठी लिख कि वो जज़्बाती ही हो जाये।" सोढ़ी ने चिट्ठी में लिखने के लिए कुछ बातें भी सुझायीं।

मनपाल ने कई दिन सोच–समझकर कवियों वाली भाषा में अपने ख़याल लिख लिए, 'इन्दी मैं चाहता हूँ कि पिछला कोई क़िस्सा न छेड़ूँ, और तू भी हुई बीती भूल जा। भले हमारे तमाम विचार आपस में मिलते नहीं परन्तु बच्चे के भविष्य के लिए हम दोनों को ही खुद में कुछ परिवर्तन लाने चाहिए, आओ हम दोनों नये सिरे से ज़िन्दगी के कोरे काग़ज़ पर साँझ के शब्द लिखें। चलो हम आरम्भ नये जीव का ऐसा नाम रखने से करते हैं जिसमें तू और मैं शक्कर और खीर की भाँति घुले–मिले नज़र आयें। नाम का पहला आधा मेरा, आख़िर वो मेरा ख़ून है, और पिछला आधा तेरा। आशा है इतना–सा अधिकार तो तू मुझे देगी ही, तो हमारे नन्हे–मुन्हे का नाम हुआ, 'मनजीत'।

अब इन्द्रजीत के 'फ़ोन के आक्रमण' के पश्चात् मनपाल सोच रहा था कि उसने चिट्ठी लिखकर बेकार में ही अपने–आप को नीचे गिराया था। उसको लगा जैसे अब इन्द्रजीत पहाड़ की चोटी पर बने मन्दिर की भाँति सीधी खड़ी थी और वो खुद डण्डोत–वन्दना करके मन्दिर तक पहुँचता हुआ कलाबाज़ी खाकर किसी गहरी खाई में जा गिरा था। अब उसे इन्द्रजीत की तरह ही सोढ़ी पर भी क्रोध आ रहा था जिसने उसे तलाक़ का केस न करने का परामर्श देकर नये चक्रव्यूह में फँसाया था। अब तो वो इस क़ाबिल भी नहीं रहा था कि तलाक़ के लिए केस करने की हिम्मत कर सके। जो कुछ इन्द्रजीत ने उसे कहा था जब वही वाक्य लोग सुनेंगे तो ...। इससे आगे मनपाल कुछ सोच न सका। मनपाल पसीने से भीगा हुआ बैठा था। उसने छत की ओर देखा पंखा बन्द पड़ा था। शायद यह उसने ऑफ़िस में से उठते समय खुद ही बन्द किया था और फिर चलाने का ध्यान ही नहीं रहा था। उसने बेजान से हाथों से घण्टी का बटन दबाया। ऑफ़िस का कलर्क–कम–सेवादार भीतर आ गया।

"रमेश ये ले चाबी और अलमारी में से बोतल निकाल ले, और सामने वाले ढाबे से बर्फ़ ले आ, बस ये सब करके तू अपना कमरा भीतर से बन्द कर दे और छुट्‌टी कर, मैं स्वयं जाता हुआ लॉक लगा जाऊँगा।" मनपाल ने अलमारी की चाबियाँ रमेश की ओर बढ़ाते हुए कहा। रमेश ने उसकी परेशानी को भाँप तो लिया परन्तु डर के मारे पूछा कुछ न।

रमेश के जाने के बाद मनपाल ने एक बड़ा पेग डाला और अपने चुस्कियाँ ले–ले कर पीने के स्वभाव के विपरीत एक ही बार में एक ही साँस में पी गया। उसने कमरे की बत्तियाँ बुझा दीं और टेबललैम्प को जगा लिया। टेबललैम्प की रोशनी भी उसे चुभती–सी लगी तो उसने टेबललैम्प की गर्दन–सी मरोड़कर उसे नीचे कर दिया। उसे टेबललैम्प ऐसे लगा जैसे कोई घुटनों में सिर दिये बैठा हो। उसको यह दृश्य बड़ा अजीब–सा लगा। उधर से ध्यान हटाने के लिए उसने दीवार पर लगे शलीन के फ्रेम किये हुए बोर्ड की ओर देखा जहाँ उसके द्वारा 'प्रकाशित पेपरबैक पुस्तकों' के आवरण लगे हुए थे। आवरणों पर छपी औरत लेखिकाओं की भिन्न–भिन्न पोज वाली तस्वीरों को देखकर उसे ऐसा लगा जैसे वो सब उस पर हँस रही हों और कह रही हों। "देखो तो जरा बड़ा मर्द।"

'ये साली सब नीच होती हैं।' मनपाल ने हीनता के अहसास में से निकलने के लिए तस्वीरों वाली औरतों को गाली दी। भूखे पेट पिये बड़े पेग से उसे एकदम ही चक्कर–सा आ गया। उसे तस्वीरें धुँधली–सी दिखाई देने लगीं। अब उसे यूँ लगा जैसे सभी औरतों के चेहरे अकेली इन्द्रजीत के चेहरे में सिमट गये हों। मनपाल ने घृणा के साथ मुँह में थूक इकट्‌ठा किया और बोर्ड की ओर पूरे ज़ोर से थूका, परन्तु खुश्क हुआ थूक थोड़ा–सा परे जा गिरा और बाक़ी उसके होठों पर मुड़ी मूँछों में ही अटक गया, जिससे उसे ग्लानि–सी हुई।

मनपाल ने साथ ही पड़े पुस्तकों के रैक में से इन्द्रजीत का काव्य–संग्रह 'पंज मंज़ला समुन्द्र' निकाल लिया। उसकी जिल्द पर छपी इन्द्रजीत की तस्वीर में वो बड़ी गम्भीर मुद्रा में बैठी थी। उदास

व मासूम–सी आँखें, दूर तलक देखती जैसे कुछ तलाश रही हों। परन्तु माथे पर उभरी छोटी–सी शिकन के साथ मिलकर कहीं दूर देखती हुई आँखों की दृष्टि यूँ लगती थी जैसे रोष की चिंगारियाँ छूट रही हों। 'पंज मंज़ला समुन्द्र...' मनपाल ने भीतर ही भीतर नाम को एक बार फिर दोहराया। मनपाल ने सोचा जैसे उसने पहले तो इस समुद्र की पहली मंज़िल ही देखी थी और दूसरी आज इन्द्रजीत के टेलीफ़ोन पर कटाक्ष को सुनकर देख ली। शेष तीन मंज़िलें कैसी होंगी? मनपाल को एक काव्यमय–सा ख़याल आया। इस ख़याल के साथ ही उसे उन दिनों की याद आयी जब उसने यह नाम 'पंज मंज़ला समुन्द्र' पहली बार पत्रकार सोढ़ी से सुना था और बहुत हैरान हुआ था। इसकी व्याख्या सुनकर तो वो और भी आश्चर्यचकित हो गया था।

इन्द्रजीत के काव्य–संकलन 'पंज मंज़ला समुन्द्र' के बारे में पत्रकार सोढ़ी ने बताया था कि इन कविताओं में चण्डीगढ़ के एक पाँच मंज़िले होस्टल में रहती हुई लड़कियों के भीतर के सत्य को बहुत खुल कर बयान किया गया है। उसने इन्द्रजीत की एक कविता भी सुनायी थी।

कौन जाणे उन्हां पत्थरां दी सार
जिन्हा दे उत्ते बर्फ़ दे अम्बार
थल्ले रिझदे लावे दे अंगियार
कौण जाणे...

मनपाल को कविता की तो भले ही ज़्यादा समझ नहीं थी परन्तु व्यापार की वजह से उसे इन्द्रजीत को मिलना बहुत ज़रूरी लगा था। उन दिनों में उसने अपने 'मनपाल पब्लिशर्ज हाउस' का कार्य अभी–अभी सँभाला था और उसे नये ढंग से चलाने के लिए प्रयत्नशील था। पहले उसके बाप की छोटी–सी प्रिंटिंग प्रेस थी पर वो कभी–कभार कोई साहित्यिक पुस्तक भी प्रकाशित कर देता था। मनपाल ने तीसरे दर्जे में बी.ए. पास की थी और वो व्यापार करने की सोच रहा था। उसने अपनी कैनेडा में रहती बहन को ख़त लिखकर कुछ पैसे मँगवा लिए और 'रामगढ़िया प्रिंटिंग प्रेस' का नाम बदलकर

'मनपाल पब्लिशर्ज हाउस' रख लिया। पत्रकार सोढ़ी से उसकी लिहाज़ उन दिनों में ही बढ़ी थी। वो उसका सहपाठी था। उन दिनों में ऑफ़सेट मशीनों पर छपाई का रुझान बढ़ रहा था। सोढ़ी के मशवरे से ही मनपाल को यह नयी युक्ति सूझी, 'नारी साहित्य सीरीज़' छापने की। मनपाल किसी औरत लेखिका की पहले से छपी पुस्तक पेपरबैक में छापने का यकमुश्त सौदा कर लेता और उसे इस प्रकार छापता कि पुस्तक पहली बार छपी लगती। वो रमेश को साथ लेकर पुस्तक पृष्ठ फाड़ कर मोटे गत्ते पर चिपका लेता। और आठ पन्नों का एक फर्मा बना लेता। उनको रीड्यूस करवा करके पहले नेगेटिव और फिर प्लेटें बनवाता। वही मोटी प्रिंटिंग वाली किताब जब ऑफ़सेट पर छोटी प्रिंटिंग व बढ़िया कागज़ पर छपती तो उसकी काया कल्प ही हो जाती और कम्पोजिंग का ख़र्चा भी बच जाता। जिल्द पर लेखिका की दिलकश अन्दाज़ वाली तस्वीर से तो पुस्तक पर नया निखार ही आ जाता। यूनिवर्सिटी के पुस्तकालयों के रैकों में धूल से भरी खराब हो रही पुस्तकें अब नये रंग—ढंग से ऐसे चमक उठतीं जैसे बस अड्डों पर और रेलवे स्टेशनों पर 'ग्राहकों' को जैसे खुद आवाज़ें देकर बुला लेंगी। पत्रकार सोढ़ी की यह बात सोलह आने सच हुई थी कि "काम के भूखे लोगों के देश भारत में हज़ारों पुस्तकें तो जिल्द पर छपी औरत की फ़ोटो के कारण ही बिकती हैं।" इस गुर के साथ मनपाल कुछ महीनों में ही चल निकला था।

उन दिनों में जब पत्रकार सोढ़ी ने 'पंज मंज़ला समुन्द्र' की बात की थी तो मनपाल ने दूसरे दिन ही नयी ख़रीदी मारुति चण्डीगढ़ की ओर दौड़ा ली थी।

अंग्रेज़ी की एम.ए. करने के बाद एम.फिल. कर रही इन्द्रजीत को मिलकर मनपाल बहुत ही प्रभावित हुआ था। जिन लेखिकाओं को वो पहले मिला था वो अग्रिम मिलने वाली राशि की खुशी में यूँ सब कुछ भूल जाती थीं, परन्तु इन्द्रजीत ने बात उल्टी तरफ़ से शुरू की थी, "वैसे तो जी, पंजाबी में तो कविता की पुस्तक जेब से पैसे देकर छपवायी जाती है तो आप अग्रिम राशि देकर अनुबन्ध करने

की बात करते हो, मुझे इसका कारण समझ नहीं आया।" इन्द्रजीत की बात सुनकर मनपाल ने झूठा–सा महसूस किया और जल्दी ही सँभलते हुए उसने उसी बेबाकी से उत्तर दिया, "कारण तो मैडम केवल बिजनेस ही है।"

"सॉरी, मैं बिजनेस के लिए न ही लिखती हूँ और न ही छपना चाहती हूँ, तुम्हारा बेकार में चक्कर लगा इसके लिए मुझे खेद है।" इन्द्रजीत ने साधारण–से शब्दों में उत्तर देते हुए दो–टूक बात की और जाने के लिए उठ खड़ी हुई। मनपाल के साथ इस प्रकार पहली बार हुआ था। इसलिए उसे अपमान महसूस हुआ। इस अपमान से बचने के लिए ही अपने बिजनेस की बात एक तरफ़ रखते हुए कहा, "मैडम तुम्हारी ये पुस्तक मैं पेपरबैक सीरीज़ से अलग जिल्द वाली छापूँगा, पुस्तकालय संस्करण के लिए, जैसे तुम कहोगे, वैसे ही, परन्तु कृतिफल वग़ैरह नहीं मिलेगा फिर, आशा है मुझे ख़ाली नहीं लौटाओगे।"

"यूँ ठीक रहेगा।" इन्द्रजीत ने हँसते हुए कहा, "यह तुमने व्यापारियों के वेश से बाहर आकर बात की है, चलो अब हम चाय का कप पीते हैं।"

लौटते समय मनपाल सारे रास्ते इन्द्रजीत के बारे में ही सोचता रहा। उसका स्वाभिमान, सादगी, स्पष्टता, इस पैसे के युग में भी उसूलों की बात इन सब बातों से उसके समक्ष भले ही मनपाल खुद को छोटा महसूस करता था, पर इसी कारण इन्द्रजीत उसे भाने लगी थी। उसकी इन्द्रजीत में रुचि बढ़ती ही गयी। उसके बाद भी बहाने से उसने एक दो चक्कर इन्द्रजीत के पास लगाये थे। एक दिन जब उसे पता चला कि वो भी रामगढ़ियों की लड़की है तो मनपाल की इन्द्रजीत के प्रति रुचि ने नया रुख ले लिया और वो उसके साथ विवाह करवाने की सोचने लगा था। जैसे–जैसे इन्द्रजीत इनकार करती वैसे–वैसे मनपाल की उसे प्राप्त करने की इच्छा बढ़ती जाती। फिर भी अन्तिम निर्णय लेने से पहले मनपाल ने पत्रकार सोढ़ी को इन्द्रजीत से मिलाया ताकि उसकी राय ली जा सके।

"मनपाल, मित्र के नाते मेरी दिली राय तो यह है कि तू ग़लत निर्णय ले रहा है।" सोढ़ी ने बहुत संकोच से कहा।

"सोढ़ी बता तो सही इसमें ग़लत है क्या?" मनपाल ने आश्चर्य से पूछा।

"मनपाल हद से ज़्यादा सादगी और स्वाभिमान कुँवारी लड़कियों में ही अच्छा लगता है, शादी में एडजस्टमेंट के लिए कुछ साधारण–सा भी होना होता है और मुझे नहीं लगता वो इनमें आ सके, इन लेखक लोगों में वैसे भी अरिस्टोक्रेसी होती है भले ही भूख से तड़प रहे हों।"

"यार जो चीज़ मुझे भायी है, वो तुझे उसका दोष लग रहा है, मुझे रुआँसे चेहरे अच्छे नहीं लगते, तुझे मालूम ही है, बस अब इनकार मत कर यूँ ही।" मनपाल ने सोढ़ी को और कुछ कहने से पहले ही उसके लिए सब मार्ग बन्द कर दिये।

'ग़लत निर्णय...बहुत ही ग़लत निर्णय लिया तब मैंने। सोढ़ी तेरी बात ही सच निकली... मैं शायद नज़दीक होने से वो सब कुछ देख ही न सका जो तुझे एक दूरी से खड़े होकर दिख गया था... ।' मनपाल चौथा पेग पीते हुए यूँ ऊँचे स्वर में बोलने लग पड़ा जैसे सोढ़ी उसके सामने बैठा हो।

'रुआँसे चेहरे... ।' खुद ही के बोल दोहराते हुए मनपाल को खुद से घृणा–सी हुई। उसके हाथ में पकड़ी पुस्तक 'पंज मंज़ला समुन्द्र' काँप रही थी। गुस्से और नशे से उसके केवल हाथ ही नहीं बल्कि सारा शरीर ही काँप रहा था। उसने पुस्तक को दूर फेंका और गाली देने की भाँति कहा, "गंद का भरा समुन्द्र... ।" मनपाल के भीतर मितलाहट–सी हुई जैसे उल्टी आने को हो। उसने बोतल की ओर देखा बोतल आधे से ज़्यादा पी जा चुकी थी। वो पूरी ताक़त से कुर्सी पर से उठा और घर जाने के लिए चल पड़ा। उसको ऐसे लगा जैसे उसकी टाँगें भार न झेल रही हों। नीचे सड़क पर फैली चुप से उसे अहसास हुआ कि रात काफ़ी हो चुकी थी।

वो घर पहुँचकर भूखे पेट ही बेड पर लेट गया। सूने घर की साँय–साँय की आवाज़ आज उसे पहले से ज़्यादा डरावनी लगी।

'घर, अब कैसा घर है यह, यह तो सराय है?' उसने सोचा।

सच में वो तो सराय की भाँति केवल रात काटने को ही इस घर में आता था। घर तो यह मनपाल की शादी के बाद छह मास तक ही रहा था। तब मनपाल के माता–पिता और छोटे भाई को कैनेडा रहती उसकी बहन ने बुला लिया था और मनपाल शादीशुदा होने के कारण उस नये इमीग्रेंट–लॉ के दायरे में नहीं आता था। वो छह मास इन्द्रजीत ने भी भारतीय बहू बनकर बिताये थे। मनपाल ने सोढ़ी को इस दौरान कई बार लज्जित किया था कि इन्द्रजीत के बारे में ऑबज़रर्वेशन बिल्कुल ज़ीरो निकली थी। मनपाल रात को देर तक इन्द्रजीत को सोने नहीं देता और सुबह नौ बजे तक करवटें बदलता रहता। इन्द्रजीत उसे बच्चों की भाँति हिला–हिलाकर उठाती। ब्रेकफास्ट करवाकर मुश्किल से दफ़्तर भेजती तो घण्टे भर बाद वो लंच के लिए आ जाता। डिनर किसी दोस्त के घर में या होटल में करने का प्रोग्राम लंच के समय ही वो इन्द्रजीत के कान में कह जाता। खाना–पीना, गाढ़ा मेक–अप करना और रात को देर तक जागते रहना यही 'रुटीन' था। मेक–अप में थोड़ी–सी भी कमी होती तो मनपाल खीज जाता। जब वो मनपाल की इच्छा के अनुसार गहनों से लद जाती और हल्के रंग की लिपस्टिक की जगह गाढ़े रंग की लिपस्टिक से चमक उठती तो मनपाल मज़ाक़ में कहता, "वाह! अब चमकी हो पेपरबैक एडिशन की तरह, इन्दी पुस्तक और औरत तो टिप–टॉप हालत में ही अच्छी लगती हैं, अपना तो पुस्तक छापते समय एक ही उसूल होता है कि जो आँखों को भाये, वही मन को आकर्षित करेगी, तूने अपनी 'पंज मंज़ला समुन्द्र' की तेरी छपाई खसता एडिशन और मेरी छापी हुई एडिशन का अन्तर देख ही लिया। हमने तो तुझे भी उसी तरह चमका देना है।" मनपाल ड्रेसिंग टेबल के पास इन्द्रजीत के पीछे खड़े होकर उतनी देर तक बोलने से नहीं रुकता था जितनी देर वो टिप–टॉप न हो जाती।

"ठीक है, ठीक है मिस्टर रीड्यूसिज़्म, तुम अपना हुनर अपने पास ही सँभालकर रखा करो।" इन्द्रजीत भी मज़ाक़ का उत्तर मज़ाक़ में ही

देती। पुरानी मोटी कम्पोजिंग की पुस्तकों की टाइप 'रीड्यूस' करके छापने के धन्धे के कारण उसने मनपाल का नाम 'मिस्टर रीड्यूसिज़्म' रख लिया था।

रस्मी व्यवहार के चलते लगभग छह मास तो इन्द्रजीत ने दाँतों तले जीभ दे कर बिता लिए थे परन्तु मनपाल के माता–पिता के कैनेडा जाते ही उसमें परिवर्तन आना आरम्भ हो गया था। वो मायके गयी तो अपनी पुस्तकों का ट्रंक भर लायी। धीरे–धीरे उसने अपना रुटीन बदलना शुरू कर दिया। एक दिन मनपाल के दफ़्तर से लौटते हुए वो सज–सँवर बैठने की बजाय साधारण से सलवार–कुर्ते में ही बैठी थी और कोई पुस्तक पढ़ने में व्यस्त थी।

"वाह क्या सुन्दरता की मूर्ति है, बिना नहाये, उलझे हुए बाल, खुश्क गाल, माथे पर शिकन की बिंदी, नाक–कान ख़ाली, सिलवटों से भरे व मैले कपड़े।" मनपाल ने स्टेज पर कविता पढ़ते हुए कवियों की भाँति बाँहों को लहराते हुए और सिर को हिलाते हुए नक़ल की।

"मनु सुन्दरता केवल हार–सिंगार में ही नहीं होती, पूरी पर्सनेलिटी में होती है, मुझे सारा दिन बाज़ारी औरतों की भाँति मेक–अप पोते रखना बहुत अनक्रिएटिव–सा लगता है।" इन्द्रजीत ज़रा खीज कर बोली।

"वाह! क्या डायलॉग मारा है।" मनपाल अभी उसे और खिझाना चाहता था कि आगे से वो अपने परिवर्तन को भुला दे।

"सज–सँवर कर पढ़ने बैठना तो मुझे यूँ लगता है जैसे गाड़ी की प्रतीक्षा में टाइम पास करने के लिए कोई प्लेटफार्म पर बैठा पढ़ रहा हो बस हल्का–सा, मैं तो होस्टल में भी ईज़ी ड्रेस में ही पढ़ सकती थी, यह मेरी आदत पक गयी है।"

"बेगम, घर और होस्टल में अन्तर होता है, तू अब यूनिवर्सिटी में पढ़ती हुई लड़की नहीं शादी–शुदा घर–बार वाली है, समझी क्या, अगर मेरे साथ कोई आ जाये और आकर हमारी मल्लिका की शक्ल देखे, तो क्या कहेगा? तू तो ऐसे दीवानों की तरह लगी हुई थी जैसे परीक्षा देनी हो।" मनपाल ने उसे फटकारने की तरह कहा।

"हाँ मैंने परीक्षा भी देनी है, एम.फिल. कम्पलीट करनी है।"

"और फिर कहोगी नौकरी करनी है, है न ?"

"क्यों नौकरी करना कोई गुनाह है, मैंने तो इंगलिश सब्जैक्ट चुना ही नौकरी के लिए था।"

"जा चाय का कप बना, लग गयी बकवास करने, बन्दा थका–माँदा घर आता है और यह आगे से बहस के लिए तैयार बैठी है।" मनपाल ने उल्टी ओर चली बातचीत से पीछा छुड़ाने की तरह कहा और इन्द्रजीत चुपचाप रसोई की ओर चल पड़ी। रात को सोने तक उनमें गहरी चुप बनी रही। बेड के एक किनारे पर लेटे मनपाल के बालों में हाथ फेरते हुए इन्द्रजीत ने मनाने के अन्दाज़ में कहा, "मनु डोंट माइंड, मुझे आज टाइम का ध्यान नहीं रहा क्योंकि काफ़ी समय के बाद मेरा ध्यान किसी रचना में इस प्रकार जुड़ा था। पिछले दिनों में इस बात पर खीज आती रही कि पशुओं की भाँति खाना–पीना और सेक्स करना ही जैसे मेरी ज़िन्दगी का लक्ष्य रह गया हो। मुझे लगा कि अगर यह अनक्रिएटिव–सा माहौल कुछ समय और ऐसे ही रहा मैं कभी भी कुछ नहीं लिख सकूँगी, मुझे यह कॉम्पलेक्स रहने लगा था।"

"और फिर क्या पहाड़ टूट पड़ेगा, अगर तू न लिखेगी कविताएँ, बीस सौ कवि फिरता है भौंकता हुआ। इस देश में हर बेकार व्यक्ति कवि बन जाता है।" मनपाल का क्रोध अभी शान्त नहीं हुआ था। मनपाल की बात सुनकर गुस्सा तो इन्द्रजीत को भी आया परन्तु उसने धैर्य रखते हुए बात और स्पष्ट करने के लिए कहा।

"मनु इतनी आसान बात नहीं लिखने–लिखाने वाली। पर्सनली मुझे यह महसूस होता है कि अगर मैं न लिखूँ तो मेरे भीतर एक गुबार–सा भरने लगता है, मुझे लगता है कि या तो मैं इस ग़लत सिस्टम को तोड़–फोड़ दूँ और या अपना सिर तोड़ लूँ, लिख करके अपना गुबार निकालने से मेरा मन कुछ हल्का हो जाता है जैसे मैंने अपनी बात कह ली हो...।" इन्द्रजीत बोलती रही, मनपाल ने उसकी बातों में रुचि न लेते हुए मुँह फेर कर सोने का प्रयत्न किया परन्तु उसे नींद न आयी। बल्कि उसे आधी रात के बाद तक बेचैनी लगी रही।

...अब भी मनपाल को उसी तरह की बेचैनी महसूस हो रही थी। एक तरफ़ लेटे रहने से उसका शरीर एक तरफ़ से दर्द करने लगा था। नशा तो कुछ कम हो गया था पर मितलाहट वैसे ही थी। उसका मन किया कि वो उठे और गले में अँगुली मार कर पेट के बीच का सब कुछ बाहर निकाल दे। उसने ऐसे ही किया। उसको इतनी उल्टी आयी कि उसके सामने ढेर लग गया। उसे यह देखकर ग्लानि–सी हुई।

"गन्द का समुन्द्र" पंज मंज़ले समुन्द्र का बिगड़ा हुआ नाम उसके दिमाग़ में से गुज़र गया और साथ ही इन्द्रजीत की शक्ल भी याद आयी। बिल्कुल उसी प्रकार की ग्लानि का अहसास उसे टेलीफ़ोन पर इन्द्रजीत का वो कटाक्ष सुनकर भी हुआ था।

उल्टी करने से वो हल्का न हुआ। उसे अभी भी उबकाई आ कर के आमाशय भारी होता लग रहा था। उसका सिर भारी होकर दर्द करने लगा था। मुँह सूख रहा था। वो दरवाज़े का सहारा लेकर उठा।

"ओह माँ गयी जान।" उसने बेजान हुई टाँगों पर भार डालते हुए रोती–सी आवाज़ में कहा। उसे छोटे बच्चों की तरह माँ से दूर अकेले रहने का अहसास बहुत ज़ोर से हुआ। उसका मन किया कि उसकी माँ पास हो और उसके भारी हुए सिर पर पानी की धार डाले, बिल्कुल उसी तरह जैसे एक बार बचपन में नकसीर छूटते समय डाली थी

नन्हा–सा मनपाल भागा–फिरता फ़र्श पर गिर पड़ा था। नीचे नाक लगने से उसकी नकसीर छूट गयी थी। नाक से बहती ख़ून की धारा देखकर उसकी चीख़ें निकल रही थीं। माँ ने उसके सिर और माथे पर पानी की धार डाली थी और ख़ून रुक गया था।

माँ की याद आते ही मनपाल का मन भर आया। उसने सोचा अगर उसके माता–पिता पास होते तो शायद इन्द्रजीत से इस हद तक बात बढ़ने ही नहीं देते। मनपाल की माँ ने दूर बैठे हुए भी ठीक समय पे सलाह दी थी परन्तु मनपाल ने ही ध्यान न दिया था। जब सोढ़ी के ख़त से मनपाल की माँ को मालूम हुआ था कि मनपाल और इन्द्रजीत के बीच दिन–ब–दिन दूरियाँ बढ़ रही हैं और मनपाल ने शराब पी–पीकर खुद का बुरा हाल कर लिया है तो उसने टेलीफ़ोन

पर मनपाल को कैनेडा पहुँचने की सलाह दी थी परन्तु मनपाल नहीं माना।

उन दिनों में इन्द्रजीत के नौकरी करने के निर्णय ने घर में कलह बढ़ा दिया था। इन्द्रजीत ने एम.फिल. करके कालेज में पार्टटाइम लेक्चरर की नौकरी कर ली थी। मनपाल को इन्द्रजीत की नौकरी करने वाली बात जितनी बुरी लगी थी उससे ज़्यादा बुरी यह बात लगी थी कि उसे नौकरी जसदेव के द्वारा मिली थी। जसदेव इन्द्रजीत का सीनियर विद्यार्थी था और इन्द्रजीत की उससे साँझ साहित्यिक रुचियों के कारण थी। जसदेव से मनपाल की प्रथम भेंट इन्द्रजीत के होस्टल में ही हुई थी। मनपाल के जाने से पहले वो इकट्ठे चाय पी रहे थे। मनपाल को वो एक–दूसरे के काफ़ी नज़दीक लगे थे। लेकिन जब उसने चोरी–चोरी पता लगाया था तो उसे मालूम पड़ा था कि उनकी साँझ केवल साहित्यिक थी, इससे आगे कुछ नहीं था। इसी कारण मनपाल ने अपने शक को दबा लिया था। इन्द्रजीत के खोज–निबन्ध के पहले पृष्ठ पर जब मनपाल ने साहित्यिक–दोस्त का धन्यवाद और उसके नाम के साथ लगे 'सुहृदय' सर्जनात्मक, प्रतिभाशील जैसे विशेषण पढ़े थे तो उसके भीतर जसदेव के प्रति ईर्ष्या की एक चिंगारी–सी धधक उठी थी। यह चिंगारी उस समय शोला बन कर भड़क उठी थी जब इन्द्रजीत के नौकरी लगने के बाद जसदेव के चक्कर उनके घर पर बढ़ गये थे। कॉलेज से छुट्टी होते ही दो–ढाई बजे जसदेव इन्द्रजीत को स्कूटर पर घर छोड़ जाता और कभी–कभार इन्द्रजीत उसे ज़बरदस्ती रोटी भी खिला देती। कई बार मनपाल लंच करने आता तो आगे जसदेव भी डाइनिंग टेबल पर बैठा होता। उसे देखकर मनपाल की भूख ही मर जाती। दुखी होकर वो लंच दफ़्तर में ही ले जाने लग गया था और रात को भी देर तक दफ़्तर में बैठा शराब पीता रहता। वो खीजा–खीजा सा रहने लगा।

एक बार मनपाल काफ़ी देर से घर पहुँचा तो जसदेव उनके घर बैठा था। उसे इन्द्रजीत ने खुद ही न जाने दिया था। वो जसदेव के द्वारा मनपाल को अपनी नौकरी के पक्ष में कनविंस करवाना चाहती थी

ताकि मनपाल का क्रोध शान्त हो परन्तु जसदेव को देखकर मनपाल जल—भुन गया। उसने बड़े प्रयत्न से अपने क्रोध को दबाते हुए हाथ मिलाया और कोई रुचि न ली। जसदेव जो भी पूछता रहा, मनपाल हूँ—हाँ में उत्तर देता रहा। परन्तु जब जसदेव ने बहस शुरू कर ही ली तो मनपाल ने कुछ ठीक—ठाक से ही उत्तर दिये।

"भाई साहिब, नौकरी में क्या बुराई है जो इसका विरोध किया जाये।" जसदेव ने पूछा।

"अपनी—अपनी पसन्द होती है।" मनपाल ने कहा।

"फिर पसन्द या नापसन्द का आधार तो कोई न कोई होता ही है।"

मनपाल को इस प्रश्न का उत्तर न सूझा। उसके लिए दलील के साथ बात करनी मुश्किल हो गयी। इसलिए उसने प्रश्न का उत्तर प्रश्न में ही दिया।

"मेरे पे कोई 'इनक्वारी' बैठी है, कि मैं हर बात का कारण बताऊँ? यूँ ही बेकार में बहस किये जाना।" मनपाल अपना गुस्सा दबा न सका।

जसदेव का इस प्रकार अपमान होने से इन्द्रजीत को खुद का भी अपमान महसूस हुआ। वो रसोई में से बाहर आते हुए जसदेव का पक्ष लेकर बोली।

"जसदेव जी वास्तव में बात यह है कि ये बी.ए. में से बहुत अच्छे अंक प्राप्त नहीं कर सके, इधर तो करियर कोई बन नहीं सकता था, तो बिजनेस की ओर चले गये, वो अच्छा चल गया, अब इन्होंने एंटी—सर्विस का सिद्धान्त ही बना लिया, और दूसरों पर लादना भी शुरू कर दिया, यह कोई बात हुई भला।"

"तेरा तो करियर बहुत अच्छा है, तू किये जा नौकरी, मेरी तरफ़ से चाहे शादी भी नौकरी वाले से करवा ले।" मनपाल गुस्से में उबलता हुआ इतना कह उठ खड़ा हुआ और बेडरूम में चला गया।

"ये तो कहते हैं कि या तो नौकरी वो औरतें करती हैं जिनके घर वाले की वेतन से गुज़ारा न होता हो और या वो जिन्हें बाहर घूमने—फिरने की लत हो, नहीं तो ये औरत को रोटी पकाने और बच्चे पैदा करने वाली मशीन ही समझते हैं। जो घर के एक कोने में पड़ी

रहती है।" इन्द्रजीत ने जसदेव को मनपाल के विचार बताये तो जसदेव को इन्द्रजीत पे दया आयी। परन्तु वो बोला कुछ नहीं। वो गुस्से से भरा हुआ बिना रोटी खाये ही चला गया। क्रोध में इन्द्रजीत ने भी रोटी न खायी। मनपाल से पूछने गयी तो उसने नहीं में सिर हिला दिया।

"घर आये बन्दे से ऐसे सलूक किया जाता है।" इन्द्रजीत ने मुँह फेरे हुए लेटे हुए मनपाल को थोड़ा गुस्से के साथ पूछा।

"जैसा मुँह हो, वैसे ही चपत लगानी पड़ती है, तू ऐरे–गैरे को मध्यस्थ बनाकर लायी थी, और मैं कौन–सा उसके गले में फूलों की हार डालता।"

"ऐरा–गैरा है वो? पीएच.डी. है, लेक्चरार लगा हुआ है, और तेरे से ज़्यादा सेंसिबल है, तेरी तरह दकियानूसी विचारों का नहीं, तू ऐरा–गैरा बता रहा है।"

"सेंसिबल तो तू भी बहुत है पति को दकियानूसी बताती है और किसी तीसरे को सेंसिबल।"

"बताऊँ न तो क्या करूँ, तू मुझे नौकरी वाले से शादी करने के ताने देता है, अगर वो दो–एक बार घर आ गया तो मैंने उससे शादी करवा ली क्या।"

"नहीं करवाई तो करवा ले, तेरा चाव पूरा हो जायेगा सेंसिबल के साथ रहने का, दकियानूसी से तो पीछा छूटेगा।"

"मैं तो एक ही करवा करके तृप्त हो गयी हूँ, तब कहता था हम पति–पत्नी नहीं दोस्त बनकर रहेंगे, अगर मुझे पता होता कि तू ऐसा 'पति' बन जायेगा तो मैं कभी भी न करवाती शादी–वादी। मुझे भी समय बीत जाने पर ही पता चला है कि कोई पति दोस्त नहीं बन सकता, सब बातों के लिफ़ाफ़े होते हैं।"

"चलो अब तो तुझे 'दोस्त' भी मिल गया, पति के साथ रहकर तो तेरी कविता मर चली थी, अब फिर से जी उठेगी।" मनपाल ने तीरों की नोकों पर ज़हर लगाकर छोड़ने की भाँति एक–एक शब्द बोला।

"म... नु..." इन्द्रजीत ने चिल्लाते हुए कहा और मनपाल की छाती पर मुक्के मारने लगी।

तड़ाक करती हुई चपत उसके मुँह पर लगी और उसे जोंक की भाँति तोड़कर परे फेंकते हुए मनपाल ने चिल्लाकर कहा, "हरामज़ादी मुझे उल्लू बनाती है, मैं कब से तेरे मुँह की ओर देख रहा हूँ कि आज सुधरेगी कल सुधरेगी, तूने हर ज़िद पूरी करनी है, ले पहले तो नहीं बना परन्तु अब तुझे पति बनकर भी दिखाऊँगा। बनाता हूँ तुझे बड़ी चौधरायन।"

चपत खाकर आधी रात तक बच्चों की तरह चीख़–चीख़ कर रोती रही। उसके भीतर के खारे पानी का दरिया रोके न रुका, आँसुओं से सिरहाना भीग गया। मनपाल ने उसे चुप भी न करवाया, बल्कि दरवाज़ा बन्द कर दिया कि आवाज़ बाहर न जाये। इन्द्रजीत की चीख़ें कमरे की दीवारों से टकरा करके जैसे थक गई हों, वो पहले सिसकियों में बदली, फिर आहों में और अन्त में इन्द्रजीत के साथ ही सो गयी।

कई दिन घर में श्मशान–सी चुप रही। ये मार्च के आख़िरी दिन थे। इन्द्रजीत कॉलेज से रिलीव कर दी गयी। वो कई दिन प्रतीक्षा करती रही कि मनपाल अपने किये की माफ़ी माँगेगा परन्तु वो तो और भी सख़्त हो गया था। वो दूसरे कमरे में सोने लग गया। इन कुछ दिनों में ही इन्द्रजीत ने इतना कुछ सोचा कि उसका दिमाग़ फटने को हो गया। मनपाल रोटी भी बाहर ही खाने लगा। वो सराय की भाँति केवल रात काटने ही घर आता और सुबह ही निकल जाता। इन्द्रजीत को सूना घर खाने को दौड़ता।

एक दिन सुबह मनपाल उठा ही था कि इन्द्रजीत बैग में कपड़े डाल रही थी। मनपाल ने ज़्यादा ध्यान न दिया और चुपचाप अख़बार देखता रहा।

"मैं जा रही हूँ।" पास से गुज़रती इन्द्रजीत ने ऐसे कहा जैसे उसने मनपाल को नहीं अपितु घर की दीवारों को कहा हो। मनपाल कुछ न बोला। हाँ दरवाज़े की ओर जाती हुई इन्द्रजीत को तिरछी आँखों से ज़रूर देखता रहा। इन्द्रजीत ने पीछे तो न देखा पर वो ऐसे धीरे–धीरे दबे पाँव चल रही थी जैसे उसके पाँव के साथ पहाड़ बँधे हों। उसका सारा शरीर जैसे कान बनकर मनपाल की पदचाप सुनने

की ओर लगा हुआ था। उसे आशा थी कि मनपाल ज़रूर उसकी बाँह पकड़कर घसीटता हुआ भीतर ले जायेगा। इस प्रकार सोचती हुई वो दरवाज़ा लाँघ गयी परन्तु पदचाप न सुनी। मनपाल भी कितनी देर बैठा बाहर वाले दरवाज़े की ओर देखता रहा जैसे लौटकर वैसे ही धीमे–धीमे चलते हुए भीतर लाँघ आयेगी परन्तु वो न आयी।

...उल्टी करने के बाद दरवाज़े के सहारे खड़े होकर मनपाल को अब तक इस प्रकार लग रहा था जैसे इन्द्रजीत धीरे–धीरे भीतर लाँघ आयेगी और बाँहों से पकड़कर भीतर लिटा देगी।

फिर ख़ुद ही उसने दीवार के सहारे चलते हुए फ्रिज का रास्ता बड़ी मुश्किल से तय किया। उसकी साँस फूल गयी और टाँगों में जान ही न रही। उसने फ्रिज से पानी की केनी निकाली और मुँह लगाकर तब तक पीता रहा जब तक गले तक न भर गया। इतना पानी पीकर भी उसका मुँह और गला खुश्क रहे। उसके भीतर एक झटका–सा लगा और पीया हुआ पानी बाहर निकल गया। मैला–कुचैला–सा पानी फ़र्श पर से होता हुआ रसोई में से निकलती खुली नाली में गिर पड़ा और फिर बरामदे के दरवाज़ों के बने पुल के नीचे से गुज़रता हुआ बाहर वाले दरवाज़े की ओर चला गया। इसको देखकर मनपाल के दिमाग़ में से एक क्षण के लिए यह ख़याल आया कि पुल के नीचे से गुज़रा पानी कभी नहीं लौटता।

'हरामज़ादी तूने जो प्रहार आज किया है इससे तो पानी पुलों के ऊपर से भी लाँघ गया।' मनपाल के दिमाग़ में से इन्द्रजीत के बोल चीरकर लाँघ गये जो आज ही टेलीफ़ोन पर कहे थे।...

"मैंने अपने लड़के का नाम इन्द्रदेव रख लिया है, अगर तूने ढीठ बनकर अभी भी लड़का छीनने का प्रयत्न किया तो मैं तेरे ऊपर नामर्दी के बेस पर केस करूँगी, याद रखना, तेरा मेरा अब कोई रिश्ता नहीं।"

मनपाल को फिर उल्टी आयी आमाशय में बचा अँजुली भर पानी भी जाला–सा बनकर निकल गया। ज़हर–से पानी के साथ उसका मुँह कुनीन की गोली खाने की तरह कड़वा हो गया, उसने मुँह में बचे

जालेदार पानी को इकट्ठा किया और ज़ोर से थूका परन्तु पूरी तरह थूका न गया।

"कुतिया उस हराम के बीज का नाम ऐसे इतराकर बताने की क्या ज़रूरत थी?" मनपाल ने इस प्रकार गाली दी जैसे इन्द्रजीत उसके सामने खड़ी हो।

भीतर से जालेदार ज़हरीला पानी निकलने से उसे कुछ राहत महसूस हुई। वो कुल्ला करके धीरे–धीरे चलता हुआ बेड तक पहुँच गया। लेटकर उसे आराम–सा आया। दिल की धड़कन कुछ ठीक हो गयी। वो बेड के किनारे पर ऐसे लेटा था जैसे शेष जगह इन्द्रजीत के लिए सुरक्षित हो। वो बीच होकर पूरे बेड पर फैल गया। उसने सोचा, 'यह भी अच्छा हुआ उसका फ़ोन आ गया अगर वो मेरी चिट्ठी पढ़ कर आ जाती और कुछ न बताती तो मैंने 'इन्द्रदेव' को ही 'मनजीत' समझकर लाड़–प्रेम करते रहना था। अब तो अगर आये तो भी मैं न घुसने दूँ, क्यों पालूँ मैं लोगों के 'इन्द्रदेव'।'

मनपाल के भीतर से कँप कँपी सी उठी परन्तु उल्टी नहीं आयी। उल्टी किस चीज़ की आती आमाशय तो बिल्कुल ख़ाली हो गया था।

रात ढल चुकी थी। उसने सोचा कि सुबह तबियत ठीक होते ही वो अपनी माँ को चिट्ठी का उत्तर लिखेगा। वो अब उसको कैनेडा से स्पांसरशिप भेजने के लिए कहेगा। ये सब सोचते हुए उसका ध्यान अपने सिर–दर्द की ओर से भी कुछ हट गया और उसे नींद आ गयी।

ओपरी हवा

बड़े भाई नरंज के अचानक आने और आकर यूँ जम कर बैठ जाने से हमारे नाक में दम आ गया था। उसे गाँव से आये हुए पूरे सात दिन हो गये थे मगर अभी तक जाने का नाम नहीं ले रहा था। अभी तो उसने यह भेद भी नहीं खोला, कि वह क्यों आया था। खेतीबाड़ी के काम से एक दिन भी नहीं निकलने वाला और अपने ज़िले की हद को कभी भी ना लाँघने वाला नरंज, एक सप्ताह से शहर में डेरा डाले बैठा था। 'शायद आज वो अपने रहस्य की पिटारी खोल दे' सोचता मैं अख़बार के दफ़्तर की नौकरी करने चला जाता और रात को आकर सोने तक प्रतीक्षा करता रहता मगर उसने अभी पिटारी का ढक्कन नहीं खोला।

किराये के एक कमरे के 'मकान' में पहले ही जैसे–तैसे रह रहे हमारे पति–पत्नी के बीच वह कलबूत की तरह आ फँसा था। इतनी थोड़ी जगह में तो किसी से एक दिन भी पर्दा रखना मुश्किल होता है तो इतने दिन कैसे सम्भव हो सकता है। भले ही नरंज का इस बात की ओर बिल्कुल भी ध्यान नहीं था कि घर में क्या पकता है, फिर भी हमें लगता कि वो भीतर ही भीतर इसके बारे में सोच रहा होगा। नविंदर तो मुझसे भी ज्यादा दुखी थी क्योंकि उसका तो यह जेठ लगता था। हम दोनो ही उसके आगे बेपर्दा–सा महसूस कर रहे थे। अपने घरवालों के आगे यूँ बेपर्दा मैं पहली बार ही हुआ था। उन्होंने तो मेरा घर हमेशा कल्पना में ही देखा था। मेरे लाख हटाने पर भी वे उसकी तस्वीर में कोई कमी करने के लिए तैयार न होते। उन्होंने मेरी नौकरी को कभी भी मेरी पदवी से नहीं बल्कि पढ़ाई से मापा था। उनको लगता था कि मैं एम. ए. करके कहीं भी लगा होऊँ बड़ा अफ़सर ही हूँगा। आख़िर

हमारे गाँव में कितने पढ़े थे? एक मैं था और एक अन्य। मगर अब एक कमरे में गुज़र–बसर अफ़सर परिवार भाई नरंज के सामने था। शायद कमरे में पड़ा टी.वी.–फ्रिज अभी भी भाई को प्रभावित करने के लिए काफ़ी हो परन्तु इनकी किश्तें मैं कैसे पेट काटकर भर रहा था, यह तो मैं ही जानता था। भाई नरंज जब म्यूज़ियम देखने वालों की तरह कमरे में चारों ओर देखता तो हीनता से सिमट कर मैं यूँ पाँचवाँ हिस्सा रह जाता जैसे गाँव वाले हमारे कच्चे घरों के सामने मेरा यह चिड़िया की आँख जितना पक्का कमरा लगता होगा।

पहले एक दो दिन तो हमने अतिथियों की तरह उसकी अच्छी ख़ातिर की थी। मैंने दफ़्तर से कुछ पैसे एडवांस ले लिए थे। परन्तु जब उसने दो दिन बाद जाने का नाम ही न लिया तो हम भी लापरवाह होते गये। एक–दो दिन तो वो घर में कमरे में ही पड़ा रहा परन्तु फिर उसे लगने लगा कि उसकी हाज़िरी में नविंदर को घर का काम करना और आराम करना मुश्किल था। इसलिए वह घर से थोड़ी दूरी पर बने पार्क में पेड़ के नीचे लेट जाता था। और सारा दिन सोया रहता जैसे उम्र भर का उनींदा हो। कई बार तो वो मेरे आने के बाद ही लौटता। आकर रोटी खाकर फिर चुपचाप लेट जाता। उसकी पिटारी का रहस्य जानने की हमारी आशा ऊँट के होंठ की तरह लटकती रहती और अपनी उत्सुकता दूसरे दिन पर छोड़कर हम भी सो जाते।

लगभग चार दिन के बाद मुझे महसूस हुआ कि जैसे वह हम से भी ज़्यादा बेचैन था, भीतर से कुछ बताना चाह रहा है और भीतर ही भीतर घुल रहा है। कभी तो वह चुपचाप टकटकी लगाकर छत की ओर देखता रहता और कभी यूँ छटपटाने लग जाता जैसे कसाई के खोखे में टाँगों से बाँधकर फेंका मुर्गा छूटने के लिए यूँ ही ज़ोर लगा रहा हो। वह मुँह–सिर खेस में लपेटकर लेट जाता 'कहीं उसे वही 'लच्छ' न उठी हो?' मैं उसकी ऐसी हालत देखकर सोचता।

भाई नरंज को अपने विवाह के बाद यह 'लच्छ' उठने लगी थी तब वह मुश्किल से पन्द्रह वर्ष का था और मैं प्राइमरी स्कूल में पढ़ता

था। जब उसे 'लच्छ' उठती तो वह हर बात में बागी–सा हो जाता। जिस काम को करने से मना करते, वह ज़रूर करता। जो भी नशा हाथ लगता खा लेता। अगर पैसे हाथ में आ जाते तो जुए में हरा देता। घर वाले ख़र्च बन्द कर देते और घर का सामान भी नहीं उठाने देते तो फिर डेरे में 'सूखा' पी आता। गर्मी की दोपहर में दालान में लेटा पसीने से भीगता रहता। बेबे कहती थी, बचपन में वह चौरस्ते में किया टोना लाँघ गया था, शायद उसका असर उस पर हो गया था। वह सोए पड़े नरंज के सिर से मुट्ठी भर दाने वार देती, अपने पूर्वजों के निमित्त दान करती, अम्मा की पंजीरी की मन्नत माँगती और कंजकें भी खिलाती परन्तु नरंज को किसी बात से आराम नहीं आता। वह रात को ज़ोर–ज़ोर से रोता, सिर घुमाता और गालियाँ देता। डेरे वाले साधु से तावीज़ करवाकर नरंज के डौले पर भी बाँधते और घोल कर भी पिलाते परन्तु उसे कोई फ़र्क़ नहीं पड़ता।

जब उसे 'लच्छ' उठती तो उसमें चार आदमियों जितना ज़ोर आ जाता, उसे पकड़ने पर भी पकड़ा नहीं जाता। उसकी पत्नी भले ही उससे दस–पन्द्रह वर्ष बड़ी व ताक़तवर थी, परन्तु जब आकर वो पकड़ने लगती तो वह आगे से ऐसा धक्का देता कि वह गुलाटी खाते हुए परे जा गिरती। जब होश में आता तो उसी पत्नी के आगे आँख न उठा सकता, हाथ तो उठाना ही क्या था।

जब सभी तावीज़–धागे करवाकर थक गये तो उसे भगवान के सहारे ही छोड़ देते। वह दस–पन्द्रह दिनों में खुद ही खेत वग़ैरह जाने लग जाता और धीरे–धीरे ऐसे हो जाता जैसे उसे कभी कुछ हुआ ही नहीं था। इसलिए घर वालों ने अब उसकी चिन्ता करनी छोड़ दी थी।

अब जब लेटा–लेटा वह अपनी अँगुलियाँ मरोड़ने लग पड़ता, दाँत किटकिटाता और टकटकी बाँध कर छत की ओर देखने लगता तो मैं डर जाता कि कहीं उसे वही 'लच्छ' तो नहीं उठ रही। इसलिए कुछ न पूछता।

सुबह–सुबह दफ़्तर जाते समय वह कुछ–न–कुछ ठीक होता तो मैं उसके भीतर की बात जानने के लिए पूछता।

"भाई काम–वाम तो अब कम ही होगा, ख़ाली ही होंगे।" "ख़ाली?" वह हैरानी से कहता, "बाप रे जाट भी कभी ख़ाली होता है, और फिर वो भी ग़रीब जाट, जाटों को तो सिर खुजाने की फुर्सत नहीं होती, कपास बोयी को बीस दिन नहीं हुए और खब्बल सिर उठाये खड़ा है, भाद्र तक खब्बल निकालेंगे बस और फिर... ।" वह कामों की सूची गिनवाने लग जाता पर मैं भी दफ़्तर जाने की जल्दी को देखकर चुप कर जाता। 'अगर सिर खुजाने की फुर्सत नहीं तो फिर यहाँ क्यों बैठा है, डेरा जमाये।' मैं सोचता परन्तु चुप रहता।

"यह तो तुम्हारे शहरों में ही मौज है कहते हैं इतवार को कोई काम नहीं करना, हमारी छुट्टी है, जाटों की तो भाई कभी भी छुट्टी नहीं होती, दिन–रात चल–सो–चल ही रहती है।"

"भाई यूँ ही लगता है तुम्हें, तू मेरे साथ जाकर देख तो पता चले कि कैसे आठ घण्टे गर्दन झुकाकर काम करना पड़ता है, इन कन्धों में से चिंगारियाँ निकलने लग जाती हैं।" मैंने कन्धों को हाथ लगाते हुए कहा और दफ्तर जाने के लिए साइकिल उठा लिया।

"चल आज तेरा काम भी देख लेते हैं, रुक ज़रा।" कहकर वह मेरे साथ दफ़्तर जाने के लिए तैयार हो गया। शायद रास्ते में कुछ बता दे, इस आशा के साथ मैंने उसे रोका नहीं और दफ़्तर ले गया।

अख़बार के दफ़्तर में उसके साथ बैठकर बातें करने का समय मेरे पास कहाँ था, इसलिए थोड़ी देर तो वह मेरे पास गुम–सुम–सा बैठा रहा और फिर आकर गेट पर सिक्योरिटी वालों और सेवादारों के पास बैठ गया। वह सारा दिन वहीं बैठा रहा।

छुट्टी के बाद जब घर आने लगे उसने साइकिल के कैरियर पर बैठते हुए कहा, "ये नीचे खड़ने वाले तीन–चार भाई तो मेरी तरह थोड़ा –बहुत ही पढ़े–लिखे हैं, यूँ ही अच्छी पगड़ियों से ही लगते हैं जैंटलमैन, जिसे जी चाहे अन्दर जाने दें और जिसे जी चाहे रोक लें।"

मैंने उसकी बात की ओर अधिक ध्यान नहीं दिया। थकान और नरंज पर आ रहे गुस्से के कारण मेरा मन खीजा हुआ था। 'कहाँ चिपट गया ससुरा पागल–सा , न अकल न मौत।' आगे की हवा

होने के कारण दो सवारियों को खींचते हुए, हाँफते हुए सोचा। मुझे भारी–भरकम साँस आ रही थी जैसे बुझी भट्ठी में से कोयले झाड़ते हुए राख उड़ रही हो। मुझे बापू वग़ैरह पर भी क्रोध आया जिन्होंने एक सप्ताह के बाद भी नरंज का पता नहीं लिया था। सबसे ज़्यादा गुस्सा मुझे इस बात पर था कि उसने अपने भीतर का रहस्य बताये बिना एक और दिन गुज़ार दिया था।

आख़िर मैंने भी यह बात दिमाग़ से निकालनी शुरू कर दी कि नरंज क्यों आया था और कब जाना था। 'आख़िर कितनी देर बैठा रहेगा, कभी तो जायेगा ही' मैंने यह सोचकर मन को धैर्य बँधाया था।

एक दिन मैं रात को आठ बजे के क़रीब ड्यूटी से आया तो नविंदर ने संशय के साथ बताया कि भाई नंरज सुबह का गया अभी तक नहीं लौटा था।

"और क्या यह सुख देने आया है।" मैंने खीज कर कहा। उसी समय साइकिल से उसे ढूँढ़ने निकल पड़ा। पास के बाज़ार में दो–तीन चक्कर मारे, वह नहीं दिखा। उस पार्क में जहाँ वह पगड़ी बिछा कर पेड़ तले सो जाता था, मैंने कई बार देखा मगर वो कहीं नहीं था। गिरा रुपया ढूँढ़ने के लिए बार–बार वहीं जेबें टटोलने वालों की तरह मैं बार–बार बाज़ार और पार्क के चक्कर लगाये परन्तु वो न मिला। घण्टा भर ढूँढ़–ढाँढ़ कर घर लौटा तो मेरे से पहले वो घर बैठा था। पसीने से लथ–पथ, कुर्ता मिट्टी से अकड़ा हुआ, माथे पर शोरे मिले पसीने की लकीरें, दाढ़ी पर धूल जमी हुई, वह ऐसे लगता था जैसे खेतों से हल चला कर लौटा हो।

मैं अभी उससे देर में आने का कारण पूछने ही वाला था कि वह मुझे देखकर पहले ही बोल उठा–

"मुझे वहीं देर हो गयी, मैंने कहा भाई वग़ैरह महसूस करते होंगे, फिर जल्दी से चला आया, पसीने से भर गया, मैं ज़रा नहा लूँ फिर बताता हूँ सारी स्टोरी।" कहकर अँगोछा उठाकर नहाने चला गया। मुझे गुस्सा तो बहुत था पर मैं चुप रहा, भाई नरंज के बोलों में एक ख़ास तरह का उल्लास और चेहरे पर खुशी के भाव थे। और वह खुद

'स्टोरी बताने' वाली बात कहकर गया था। लगता था आज सब कुछ बता देगा। यह सोचकर मैंने अपने चेहरे पर गुस्से के भाव को दबा लिया और खुद को साधारण हालत में लाने का प्रयत्न करने लगा। पानी का गिलास लायी नविंदर ने कमरे में बनी बिन–दरवाज़ों वाली अलमारी की ओर इशारा करके मेरा ध्यान दारू की बोतल की ओर दिलाया। बोतल के पास एक भुजिया का पैकेट पड़ा था। मुझे लगा नरंज भाई मेरा नाक काटने के लिए ही बोतल लाया था। क्योंकि मैं इन सात दिनों में उसे दारू के लिए कह भी नहीं सका था। महीने की अन्तिम तिथियों में बहुत कुछ सोचकर इस ख़र्च में गुरेज ही किया था।

"आ मंदरा ज़रा–सा पेग लगा ले यूँ तो साली कोई बात ही नहीं सूझती, यूँ ही थोड़ा किसी ने कहा है 'घी पहलवानों को और दारू बातों को', गुसलखाने में से निकलकर नरंज ने बोतल उठाकर मेरे पास बैठते हुए कहा। मेरा मन हुआ कि पीने से मना कर दूँ मगर फिर यह सोच कर चुप कर गया कि बड़ी मुश्किल से बात ठीक दिशा को होने लगी थी। मैं उठकर रसोई में से गिलास उठा लाया।

नरंज ने पहली ही बार गिलास आधे–आधे भर लिए। मैं तो सिप करता रहा परन्तु वो तो एक साँस में ही पी गया। पाँच मिनट तक तो वह मेरा गिलास ख़ाली होने की प्रतीक्षा में बैठा रहा लेकिन फिर यह कहते हुए गिलास भर लिया, "तू तो भाई चोंच–सी लगाकर रख देता है, यूँ तो यह ससुरी एक महीना नहीं ख़त्म होगी हमें ऊँटों को एक घुट्टी से क्या बनता है।" दूसरा गिलास पीते ही नरंज की आँखों में नशे के डोरे उतरने शुरू हो गये। इन डोरों का रंग उस तरह का नहीं था जैसा मैं अपने शहरी दोस्तों की आँखों में तैरता देखता था, एक मस्ती भरा सुरूर। भाई नरंज की आँखों में मटमैली–सी लाली उभर आयी थी। बिल्कुल उस गुब्बार की भाँति जो जेष्ठ –आषाढ़ के दिनों में बारिश के दिनों में पहले आकाश को ढँके रखती है।

मैं उसे उसकी 'स्टोरी' बताने वाली बात याद करवाना चाहता था परन्तु उसकी आँखों की गुब्बार देखकर मेरा हौसला न हुआ। अच्छा हुआ उसने खुद ही बात छेड़ ली।

"मंदरा तेरा काम अच्छा है, मैंने तो अपनी आँखों से देख लिया, किसी साले की रोक—टोक नहीं, अपनी नींद सोता है और अपनी नींद जागता है, मतलब तेरी यह छोटी—सी रियासत है, कोई लड़ाई—झगड़ा नहीं, अपना आराम से रोटी खाता है, तुझे देखकर मेरा तो सेर खून बढ़ गया कि छोटा भाई सुख की रोटी तक पहुँच गया, शहर—सी मौज नहीं कहीं'' नरंज ने। फिर गिलास भर लिया।

"क्यों भाई मज़ाक़ करता है, सारा दिन मालिकों के आगे चऊँ—चऊँ करते हुए ग़रीब जाट की औरत—सा हाल हो जाता है, कभी रात की ड्यूटी और कभी दिन की , और तनख़्वाह देते हुए सालों की जान निकलती है।" मैंने अपनी मुश्किलें बतानी चाहीं।

"मंदरा ऐसे थोड़ी—बहुत मुश्किलें होती ही हैं परन्तु तू उस नर्क में से निकल आया, शुक्र कर, अब अपने घर जीने का कोई हज नहीं रहा, नर्क है पूरा नर्क, जी करता है बन्दा कहीं रोही—बियावान को भाग जाये वहाँ से।" नरंज की बात सुनकर मेरा मन घबराने लगा। मुझे पता था कि वह अब घर की मुश्किलों का वही क़िस्सा दोहराएगा जो मैं बीस दफा सुन चुका था, जिसका अन्त हिन्दी के फार्मूला फ़िल्मों की तरह एक ही होना था कि मैं आये महीने घर पैसा भेजा करूँ। मैं कितनी बार मना कर चुका था कि मेरे अकेले की तनख़्वाह से हमारा अपना गुज़ारा ही मुश्किल से होता है। और हम वो दिन कौन—सा अभी भूले थे जब नरंज भाई और भाभी ने कलह—क्लेश करके मेरी बी.ए. की आगे की पढ़ाई के लिए ख़र्च बन्द कर दिया था और मुझे मामूली नौकरी के साथ—साथ एम.ए. प्राइवेट करनी पड़ी थी। मैंने तो अपनी ओर से फिर भी भलामानसी दिखाई थी कि हिस्से के दो किल्ले ज़मीन का हिस्सा ठेका कभी नहीं मांगा था।

"भाई मुझे तो मालूम ही है अपने घर के बारे में, तुझे यूँ ही लगता है, हरेक घर में रोटी का समय एक—सा ही है, चलो रोटी खाएँ।" मैंने नरंज की बातों से ऊबकर कहा।

"तुझे पता है? तुझे नहीं पता, नहीं पता मंदरा तुझे, तू दस वर्षों से घर से बाहर आया हुआ है, पीछे क्या से क्या हो गया, बस क्या खट्टी

खीर को सराहना है, अब तो तेरी भाभी और अपने बापू का ईंट कुत्ते का बैर है, मेरी और बेबे की दशा तो चोर की माँ और कोठी में मुँह वाली है। वे तो दोनों लड़कर कुएँ की ओर चल पड़ते हैं छोटी–छोटी बात पे, पिछले महीने हाथ कुछ अधिक तंग हो गया था, तुझे भी चिट्ठी लिखी थी तब, हारकर दूध लगा दिया दोधी के पास कि अपनी गर्ज मर जायेगी, उसने दूध देने वाले को कहा पैसे मुझे पकड़ाना, वो कहे मुझे पकड़ाना, बूढ़े को शक है कि वह पैसा–टका मायके भेजती है चोरी से, लड़ता हुआ वह यह बात सुनाने से नहीं रुकता, तुझे तो पता ही है उसके गन्दे स्वभाव के बारे में, लेकिन भली वो भी नहीं, जो मुँह में आये बोल देती है, पास नविंदर कौर फिरती है नहीं तो तुझे बताता कि वो क्या–क्या बकती है, दाढ़ी नोच के... देने तक जाती है।" भाई नरंज ने भाभी की गाली–सी बात धीरे–से मेरे कान में कही और फिर पहले वाली सुर में बोलने लग गया, "मंदरा यह तो लड़ाई सारी बेकार की है, मसला तो और है, तेरी भाभी अलग होने के लिए ज़ोर देती है, मुझे चौबीस घण्टे यही सिखाती रहती है, बापू कहता है कि कल को होंगे आज ही हो जाओ मगर ज़मीन की एक इंच नहीं देता जितनी देर मेरे सिर से क़र्ज़ा नहीं उतरता, अगर मैं कहूँ कि ज़मीन का किल्ला बेच कर कर्जा उतार दे तो पतंदर ऐसे भी नहीं मानता, बस किसी न किसी बात से बहू–ससुर की सारा दिन ठनती रहती है, मैं और बेबे तो उनको छुड़ाते थक जाते हैं, मंदरा तू पढ़ा–लिखा विद्वान बन्दा है ले तू बता अगर मैं उस नीच के कहने पर जुल्लियाँ बाँट भी लूँ तो लोग मेरे मुँह पे थूकेंगे नहीं , देखले भई बुड्ढे–बुड्ढी को चूतड़ों पर लात मार कर अलग हो गये दोनों जने, और तू स्याना है, चूल्हा तो एक मुश्किल से जलता है और दो कहाँ से जलेंगे, ऊपर से मेरे साथ तो बहन...रब ने भी धोखा ही किया बेटियों की डार भेज दी , मैं तो यूँ लम्बी सोचता हूँ लेकिन उस भेड़ के दिमाग़ में नहीं आता कुछ, मैं तो कहता हूँ कुलछनी, तू ही चुप रहा कर बुड्ढे की गलियों से तेरी क्या टाँग टूटती है, बुड्ढे की आदत है खुद ही भौंक कर चुप हो जायेगा, मंदरा तू समझ तेरी पढ़ाई के समय जितना कलह रहता था अब उससे

सौ गुना अधिक है।" नरंज बोलता—बोलता जैसे हाँफ कर रुक गया लेकिन उसकी बातों की लड़ी टूटने वाली नहीं थी उसकी बातों में गाली की अधिकता देखकर नविंदर रसोई में जा बैठी और मैं दिन की थकान और बार—बार सुनी बातों से ऊबने के कारण जम्हाइयाँ ले रहा था। मेरी जम्हाई से नरंज ने समझा कि मेरा नशा उतर गया है। इसलिए उसने मेरे ख़ाली गिलास में भी बड़ा—सा पेग मेरे मना करने के बावजूद डाल दिया और अपना गिलास भी आधे से ज़्यादा भर लिया। उसकी तो पहले ही जुबान फिसल रही थी इसलिए मैं उसके शराबी होने के भय से फिर बात ख़त्म करने को कहा।

"भाई मुझे तो सारी कहानी का पता ही है, उसका तो यही इलाज है कि मिल—जुल कर रोटी खाये जाओ, चलो अब हम रोटी खायें, नविंदर रोटी लाओ।" मैंने नविंदर को आवाज़ दी।

"मंदरा यह तो तूने शहरियों वाला पोचा—सा मारने वाली बात कर दी, कहता है मिल—जुल कर रोटी खाये जाओ, और पतंदरा मैं घण्टे से भौंके जा रहा हूँ भई वो लड़कर कुएँ की ओर चल पड़ते हैं, एक दिन तेरी भाभी के हाथ से मुश्किल से स्प्रे वाली शीशी छीनी। मिनटों में दुर्घटना हो चली थी। उनको अब इकट्ठे रखना, शेर और बकरी को एक ही घाट पर पानी पिलाने के समान है, तू क्या बातें कर रहा है।" नरंज ने पेग पीकर कँपकँपी लेते हुए कहा।

"तो फिर मेरी कौन—सी माननी है उन्होंने।" मैंने बेबसी में हाथ खड़े करते हुए कहा, मैंने सोचा अगला प्रश्न नरंज गाँव जाकर बात को निपटाने का करेगा।

"ठीक है मंदरा मानते तो वो रब की भी नहीं, एक और स्कीम अगर तू माने तो।" नरंज ने टेढ़ा—सा होकर नविंदर की ओर देखा। वह अभी सब्ज़ी गर्म कर रही थी और मेरे समीप होकर पर्दे की बात करने की तरह बोला, ''मेरा इरादा है तू बापू वग़ैरह को यहाँ बुला ले, है तो एक कमरे में इतने जनों का रहना मुश्किल परन्तु अपने घर का रोना मिट जायेगा।" नरंज ने तो कह दिया पर उसकी बात सुनकर मेरे सिर पर सौ घड़ा पानी पड़ गया। मुझे कोई उत्तर नहीं सूझा। मैं

अधखुली और हैरानी भरी आँखों से अवाक्–सा बैठा था। मेरे उत्तर के इन्तज़ार में मेरे मुँह की ओर एकटक देखता नरंज मेरी चुप को भाँपते हुए खुद ही बोल उठा, "चल अगर बात यूँ नहीं बनती दिखती तो तू ऐसे कर, मुझे यहाँ किसी काम पर लगा दे , उस मल्लिका को मैं यहाँ ले आऊँगा, और बापू–बेबे का गुज़ारा ज़मीन से ही हो जायेगा।" नरंज ने नया प्रश्न किया। मैं इस नये जाल में फँसा अभी निकलने के लिए हाथ–पैर मार ही रहा था कि नविंदर रोटी ले आयी।

"भाई यहाँ शहर में तो एम.ए. , बी.ए. बेकार फिरते हैं और तू चार जमात भी पास नहीं तुझे कौन... बात अभी मेरे मुँह में ही थी कि नरंज बोल उठा, "मैं कौन–सा कहता हूँ कि मुझे डिप्टी लगा दे। तुम्हारे दफ़्तर में भी तो मेरे जैसे ही अरदली लगे हैं, ऐसे ही किसी रखवाली वाले काम पर मुझे फँसा दे।"

"भाई तू क्यों नहीं समझता, यहाँ..., वहाँ तुम लोग रोटी से नहीं मरते भूखे, अपनी खेती–सी की तो कोई रीस नहीं, बाहर तो धक्के हैं, बेगानों की गुलामी, आगे से मैं आये महीने कुछ सहायता किया करूँगा, यूँ ही न उल्टा सोचा करो, ले अब रोटी खा, ठण्डी हो रही है।" मैंने टकटकी लगाये छत की ओर देख रहे नरंज को हिला कर कहा। वो अपनी अँगुलियाँ भी मरोड़ रहा था और उसका शरीर भी अकड़–सा रहा था। कहीं फिर उसे वही 'लच्छ' न हो जाये यह सोचकर मैं डर गया। उसने अपने कँधों को हिलाते हुए मेरे हाथ को झटककर परे कर दिया और गुस्से में कहा, "मैंने नहीं खानी रोटी–वोटी।" वह भभक उठा और थाली परे सरका दी।

"भाई क्यों यूँ ही तमाशा दिखाता है।" मैंने भनक लेती फिरती मकान मालकिन को खिड़की में से देखकर नरंज की धीरे–से मिन्नत के साथ कहा।

"मंदरा अगर तू मेरा सगा भाई है न तो मेरे सिर पे हाथ रखकर कह कि मेरा काम हो जायेगा।" नरंज ने भाई के रिश्ते का वास्ता देकर और कुछ धमकी भरे अन्दाज़ में मिले–जुले भावों से कहा। उसकी आँखों का गुबार यूँ लाल हो गया था जैसे अभी खून चूने लगेगा।

"भाई, तू बच्चों की तरह ज़िद करने लग गया, रोटी खा बेकार में और ही पागलों जैसी बातें करने लग गया।" मैंने खीज कर कहा।

"नहीं?... तो न सही, कौन करता है बहन...किसी की सहायता, कोई गधी एक दिन थानेदार का भाड़ा फैंक आई और वह दूसरी गधियों के साथ नहीं मिलती थी, कहने लगी मैं थानेदार का भार ढोकर आयी हूँ , तू चार जमाते पढ़कर बड़ा चौधरी बन गया, सब अपने पेट के सगे हैं, कोई भाई नहीं, कोई बहन नहीं, कोई सगा नहीं, सब पेट के सगे हैं यहाँ।" वह उठकर खड़ा हो गया, "ले आज से तेरा राह इधर और मेरा उधर, मैं अब अपनी छाती के ज़ोर पर बाजा बजा कर दिखाऊँगा भले ही मुझे यहाँ चौक में दिहाड़िआ बनकर खड़ना पड़े, तेरी भी छाती पे मूँग दलूँगा अब।" नरंज ने अपना गीला साफ़ा कीली से उतारते हुए दरवाज़े की ओर क़दम बढ़ाये। मेरा माथा ठनका कि आज भी वह शायद शहर में मज़दूरी करने ही न गया हो जो इतनी देरी से और मिट्टी से लत–पथ कर लौटा था। मैंने उसे रोकने के लिए भागकर कमरे के दरवाज़े में जाकर खड़ा होकर उसे आगे से पकड़ लिया। उसने एक पल के लिए रुककर आँखों ही आँखों में जैसे कहा, "परे हट जा ओए , नहीं तो चीर कर लाँघ जाऊँगा मैं।" मगर मैं पूरी ताक़त के साथ दरवाज़े में डटा रहा। वो मुझे दरवाज़े से परे धकेलने लगा तो मैंने उसे बाँहों में भरकर अपने पाँव चुगाठ में फँसा लिए, पर उसकी अन्धी ताक़त के आगे मेरे पाँव बेजान–से हो गये और मेरा आलिंगन भी ढीला पड़ता जा रहा था।

तराजू

लाल बत्ती हो गयी। अमर ने एकदम ब्रेक लगायी, स्कूटर के टायर सड़क पर घिसने से एक चीख़ का स्वर उभरा और स्कूटर एक तरफ़ टेढ़ा होकर ऐसे रुक गया जैसे कोई औरत रूठकर खड़ी हो। स्कूटर के पीछे बैठी अमर की पत्नी सुशील उससे टकराकर एक तरफ़ गिरने लगी परन्तु शीघ्र ही ख़ुद को सँभालते हुए कहने लगी, "गिरा ही देना था।" उसे साथ ही खड़े और स्कूटर वालों की तिरछी नज़र से शर्मिन्दगी का एहसास हुआ।

"तुम भी ऐसे स्टीपनी से चिपककर बैठती हो कि खुद ही गिरने वाली बात करती हो।" अमर ने पीछे की तरफ़ देखते हुए धीमी आवाज़ में उसको डाँटते हुए कहा। उसको सुशील की यह आदत बहुत बुरी लगती थी कि वो हमेशा स्कूटर की स्टीपनी के साथ लगकर बैठती थी। इस बात पर कई बार दोनों में नोक–झोंक भी हो चुकी थी। वह अक्सर कहता, "मेरा दिल करता है कि तुझे कभी स्कूटर पर ही न बैठाऊँ, ऐसे एक मील की दूरी पर बैठती हो जैसे कोई बेगानी औरत हो, लोगों की बीवियाँ देखना ज़रा ऐसे पति के साथ लिपटकर बैठती हैं जैसे गोंद से चिपकाई हों, एक हाथ कन्धे पर और दूसरा उसके जाँघों पर कि देखने वाले की ऊपर की साँस ऊपर और नीचे की नीचे रह जाये।"

सुशील के ऊपर अमर की झिड़की का कोई असर न हुआ और वह पहले की तरह ही स्टीपनी से लगकर बैठी रही। अमर ने धीरे–से स्कूटर को आगे सरकाया। फिर भी सुशील को झटका लगा, परन्तु ये झटका स्कूटर के चलने से नहीं लगा था बल्कि सुशील के अन्दर के किसी डर से लगा था। उसने देखा कि पीछे–पीछे प्रेमपाल भी

अपना स्कूटर दौड़ाये आ रहा था, और उनसे मामूली–सी दूरी पर था। वह सुशील की तरफ़ देखकर मुस्करा रहा था। उसकी ऐसी मुस्कराहट से सुशील के सिर से पैरों तक रोंगटे खड़े हो गये थे। उसे एक अजीब–सी कम्पन महसूस हुई। प्रेम पाल की मुस्कराहट वैसी ही थी जैसे नौ–दस वर्ष पहले हुआ करती थी। इसी मुस्कराहट को तो सुशील–रोमांटिक मुस्कुराहट–कहा करती थी।

सुशील इस पल कोई फ़ैसला न कर सकी कि वह प्रेमपाल की मुस्कराहट का उत्तर कैसे दे या न ही दे या फिर सिर झुकाकर बैठी रहे। एक पल तो उसने यह भी सोचा कि अपने तेवर चढ़ाकर प्रेमपाल की ओर गुस्से से देखे लेकिन वो ऐसा न कर सकी। यह कैसा महाभारत उसके भीतर चल रहा था।

प्रेमपाल सुशील के साथ कॉलेज में पढ़ता था। और उसके पड़ोस के गाँव से ही था। अपने पास वाले शहर में बने कॉलेज को जाते हुए वो एक ही बस में सफ़र करते थे, ऐसे ही धीरे–धीरे वो एक– दूसरे के नज़दीक होते चले गये थे। फिर इसी तरह एक जान हो गये थे कि जुदा होने की बात भी नहीं सोच सकते थे। प्रेमपाल अपने कॉलेज में बहुत ही साहित्यिक रुचियों वाला लड़का समझा जाता था, वह कविता लिखता था और पेंटिंग भी करता था। उसने सुशील के तरह–तरह के चित्र बनाये थे। जब वह धीमी–धीमी आवाज़ में बोलता तो सुशील को ऐसे लगता था जैसे शब्दों से भी चित्र ही बना रहा हो। वो प्यार से कहता, "सुशील तुझे समझ सकना बहुत मुश्किल है, तेरी हर बात, निगाह, और मुस्कराहट में हाँ और ना ऐसे घुले–मिले होते हैं जैसे किसी मस्तानी शाम के शरबती रंग में रात और दिन घुले–मिले होते हैं।"

बी.ए. के आख़री वर्ष में पेपरों के बाद दोनों को एक–दो महीनों के लिए अलग–अलग रहना पड़ा था परन्तु दोनों को धैर्य देने के लिए ये ही काफ़ी था कि नतीजा आने के बाद वह दोनों एम.ए. में इकट्ठे दाख़िला लेंगे। ऐसा सोचकर वह भरे मन से बिछड़ गये थे लेकिन वो ऐसे बिछड़े कि फिर कभी भी मेल न हो सका, क्योंकि सुशील के घरवालों को उनके छिप–छिप कर किये जाने वाले प्रेम की ख़बर

मिल गयी थी। नतीजा आने से पहले ही उन्होंने सुशील का विवाह कर दिया, उसके लिए ढूँढ़ा गया अमर चाहे मैट्रिक पास ही था पर उसका लोहे का अच्छा–ख़ासा बिजनेस था। विवाह के बाद सुशील अपने पहले प्यार के लिए चोरी–चोरी आहें भरती रही फिर धीरे–धीरे घर–गृहस्थी में जैसे सिर तक डूब गयी। परन्तु एक डर फिर भी चूहे की तरह भीतर से कुतरता रहा। वह सोचती किसी दिन उसके ससुराल कोई बड़ा–सा पार्सल आयेगा और उसमें से चिट्ठियों और तस्वीरों के पुलिन्दे निकलेंगे। ऐसे वक़्त वह पश्चात्ताप करने लगती, क्यों उसने प्रेमपाल के गले में बाँहें डालकर तस्वीरें खिंचवाई थीं। उसने यह प्रण क्यों किया था कि वह आये दिन एक ख़त लिखा करेगी। वह पूरे तीन साल डाकिए के आने से भयभीत रही और सबसे पहले ही डाक उठा लाती। डाक पार्सल न देखकर उसे चैन की साँस आती भले ही उसे प्रेमपाल ने पार्सल भेजने की कोई धमकी नहीं दी थी कि वह चिट्ठियों के पार्सल भेज देगा, फिर भी न जाने उसे क्यों डर लगता था। उसे निरन्तर यह एहसास रहता कि प्रेमपाल उसकी बेवफ़ाई से ज़रूर खफ़ा रहा होगा। कभी–कभी उसका मन करता कि वह अमर को सब कुछ बता दे लेकिन ऐसा साहस न होता, वैसे भी वह सोचती कि अमर की दरिया की तरह एक सार चल रही ज़िन्दगी में कोई रुकावट डालने का उसे क्या हक़ है? उसे भोले से अमर पर जैसे तरस आ जाता। वह सोचने लगती कि कैसे अमर अपनी पत्नी और बच्चों के लिए दिन–रात दौड़ा फिरता था। कैसे वह सुशील की छोटी–छोटी तमन्नाओं का ध्यान रखता था। चाहे उसे शब्दों के माध्यम से प्यार का प्रगटावा करना नहीं आता था फिर भी वो घर के लिए तरह–तरह की वस्तुएँ ख़रीद कर अपने प्यार को तो दरसाता ही था।

एक बार अपने मायके गयी सुशील को जब यह पता चला था कि प्रेमपाल चण्डीगढ़ में एम. ए. की पढ़ाई करने चला गया था तो ये सुनकर उसे बहुत खुशी हुई थी। उसने सोचा था कि अब वह अवश्य ही किसी और का हो जायेगा और सुशील को भूल जायेगा। यह सोचकर वह कुछ दिनों के लिए ससुराल में आने वाले पार्सल की

प्रतीक्षा करने से बेख़बर हो गयी थी पर ये बेफ़िक्री बहुत कम समय रह पायी और उसे अचानक एक दिन ख़बर मिली थी कि प्रेमपाल भी इसी शहर के आर्ट्स कॉलेज में आकर लेक्चरर लग गया था। यह सुनकर सुशील काँप गयी थी, उसने सोचा, 'अगर किसी रोज़ प्रेमपाल आगे से अचानक मिल गया तो...।' इस बात ने उसे एक तसल्ली भी दी थी कि कितने वर्षों के बाद वह अपने प्रेम को देख सकेगी। परन्तु साथ ही एक डर की लहर भी उसके बदन को चीरती हुई पार हो गयी।

आज उसका डर सचमुच प्रेम के रूप में जैसे सामने आकर खड़ा हो गया था। केवल तीन–चार गज़ की दूरी पे उसका स्कूटर पीछे–पीछे आ रहा था। शायद उसने जानबूझ कर ही अपने स्कूटर को आगे नहीं निकाला था।

'यदि अगले चौंक पर फिर लाल बत्ती हुई तो प्रेम बिल्कुल ही उसके पल्लू को छूता हुआ पास आकर खड़ा हो जायेगा, फिर खड़े–खड़े अगर उसने बुला लिया तो...।' यह सोचकर सुशील के अन्दर खुशी और डर का कोई मिला–जुला सा भाव गुज़र गया।

'मेरा पाली ऐसा नहीं हो सकता...! अगर उसके मन में कोई ऐसी–वैसी बात होती तो कब का वो पार्सल आ गया होता।' ऐसा सोचते हुए सुशील की गर्व से छाती तन गयी। उसे मासूम–सी नज़र से देखते आ रहे प्रेमपाल से मोह उमड़ आया।

चौंक बिल्कुल नज़दीक आ गया था। सुशील ने तिरछी नज़र से प्रेमपाल की ओर देखा और मुस्कराहट का उत्तर मुस्कराहट से दिया। उसी पल ही वह स्टीपनी से आगे की तरफ़ सरकी और अमर के साथ जुड़कर बैठ गयी। उसने अपना एक हाथ बड़े सलीके से अमर के कन्धे पर रख लिया और दूसरा उसकी जाँघ पर।

चौंक पे हरी बत्ती थी इसलिए अमर स्कूटर को सीधा मेन बाज़ार की ओर ले गया। प्रेमपाल ने आँखों ही आँखों में सुशील को अलविदा कहा और चौंक से बायीं ओर मुड़ गया। सुशील ने देखा प्रेमपाल के स्कूटर की पिछली सीट पर एक नव–विवाहित लड़की बैठी थी, ढेर

सारे गहने पहने हुए, कौन जाने ये नक़ली थे या असली, कुछ भी हो, वो गहनों से सज रही थी।

"आज तूने नये ज़माने की पत्नी बनके दिखाया है।" अमर ने एक कपड़े की दुकान के आगे स्कूटर रोकते हुए खुशी से उछलते हुए कहा। सुशील जो अभी तक अमर के कन्धे पर हाथ रखे हुए बैठी थी एकदम झटके से अलग हो गयी। "अरे भई आज तो मन करता है तुम्हें सूट के साथ–साथ गहनों का एक सैट भी बनवाकर दे दूँ," अमर ने कुछ–कुछ शरारती लहजे में कहा। अमर की इस बात से सुशील अपने में लौटी नहीं तो वो अभी तक किसी और दुनिया में पहुँची हुई थी। अब उसे ये सोचकर कुछ लज्जा–सी महसूस हुई कि वो कैसे सभी के सामने अमर से चिपकी बैठी रही थी।

"आप आदमी लोग भी कमाल करते हो, बच्चों की तरह छोटी–सी बात पे खुशी से कूदने लगते हो और मामूली बात से ही बिगड़कर बैठ जाते हो।" सुशील ने अमर के साथ कपड़ों की दुकान की तरफ़ चलते हुए कहा। उसका ध्यान अभी भी प्रेमपाल में ही अटका हुआ था, परन्तु उसने ज़रा–सी अदाकारी से अपनी ऐसी भावनाओं को छिपा लिया।

दुकानदार ने सुशील के आगे कपड़े के बहुत सारे थान बिछाकर रख दिये। कभी वो एक को उठाकर देखती तो कभी दूसरे को। कोई भी जैसे मन को जँच नहीं रहा था। कभी–कभी अमर के कहने पर वह किसी थान को अपने कँधे से लगाकर देखती , फिर आधे मन से उसे अपने मन से हटाने लगती तो बीच में ही अमर बोल पड़ता, "अरे भई बहुत ही जँच रहा है ये, है ना...।"

"इस प्रिंट में कोई सफ़ेद भूमि वाला है?" सुशील अमर की बात से बेध्यान दुकानदार से पूछती तो वह इस माँग के आगे बेबस–सा महसूस करता हुआ कहता, "बहन जी, इस प्रिंट के साथ सफ़ेद भूमि तो बिल्कुल अच्छी लगने वाली नहीं।"

"भाई साहब ये तो पहनने वाले को ही सोचना चाहिए न कि तुम्हें?" वह अपनी बात पे अड़ी रही।

"चलो छोड़ो जी फिर किसी दिन देख लेंगे, मुझे नहीं जँचता कोई।" सुशील ने उठते हुए अपना फ़ैसला सुना दिया।

"अरे बाबा इन दोनों में से देखकर बता न?" अमर अभी तक भी दो थान उसके आगे कर रहा था परन्तु सुशील ने उन पर कोई ध्यान नहीं दिया और दुकान से बाहर निकल आयी।

"अरे ये एकदम क्या हो गया था तुम्हें, ऐसे उखड़ी–उखड़ी –सी क्यों लग रही हो?" दुकान से बाहर आकर अमर ने पूछा।

"कुछ नहीं, बस घर चलो।"

घर वापिस आते समय भी सुशील पहले की तरह ही स्कूटर की स्टीपनी के साथ जुड़कर बैठी रही। उसको प्रेमपाल का हँसता हुआ चेहरा एक बार फिर याद आया। उसे यह सोचकर हैरानी हुई कि प्रेम के चेहरे पर कोई घृणा, कोई तड़प, कोई शिकवा, कोई नाराज़गी तो कहीं भी नहीं थी। 'उसने ज़रूर ही मुझे माफ़ कर दिया होगा, मेरी मजबूरी को समझ लिया होगा।' यह सोचकर उसके चेहरे पर खुशी की लहर सी आयी।

'हो सकता है वो मेरे लिए कभी भी तड़पा न हो, उसका प्यार ऐसे ही कवियों की भाँति एक शब्द जाल ही हो, ये भी तो हो सकता है, कि उसकी पत्नी ने उसको इतना प्यार दिया हो कि और सब कुछ उसने खुद ही भुला दिया हो।' प्रेमपाल के स्कूटर के पीछे बैठी प्यारी–सी लड़की के बारे में सोचकर सुशील का मन पश्चात्ताप से भर गया।

अब उसे प्रेमपाल के मुस्कराहट भरे चेहरे के ध्यान से ही घृणा का एहसास पैदा होने लगा।

'मैं कैसे उसके लिए दिन–रात तड़पती रही हूँ और वो...!' सुशील ने घृणा से सोचा।

'पर अब मैंने भी तो उसे भुला ही दिया था ना, मैं भी अपने घर में ही व्यस्त हो गयी थी। नहीं, ऐसा नहीं हो सकता। प्रेमपाल कैसे भूल सकता है मुझको, ऐसे रिश्ते कहीं भुलाये जा सकते हैं?' सुशील ने अपने आप ही प्रेमपाल के हक़ में दलील देकर उसे घृणा की जगह प्यार के योग्य बना लिया।

"मम्मी तुम भी बड़ी भुल्लकड़ हो, लगता है आज फिर मेरी ड्राइंग नहीं लेकर आयीं।" सोच की तानी में उलझी सुशील को स्कूटर से उतरते ही उसकी छह साल की बेटी ने घेर लिया।

"मुझे कहते थे कि सूट लेने बाज़ार जा रहे हैं, और गये कहीं और ही थे, झूठ बोलकर।" लड़की ने सुशील के ख़ाली हाथ देखकर रूठकर कहा।

"अरे बेटा, गये तो सूट लेने ही थे, बस जँचा ही नहीं कोई, फिर आगे ड्राइंग लेने गये ही नहीं बाज़ार में, कल को ज़रूर ले जायेंगे।" सुशील ने सच्ची बात बताकर लड़की को विश्वास दिलाने का यत्न किया।

"झूठी कहीं की!" लड़की ने मुँह लटकाकर रोने जैसी लिलक लेते हुए चीख़ कर कहा। लड़की के इस हठ से सुशील के तेवर चढ़ गये।

"अच्छा बाबा, झूठी तो झूठी सही, मुझे नहीं पता चलता क्या सच है और क्या झूठ, माफ़ करो मुझे।" ऐसा कहते हुए सुशील बेड रूम की ओर चली गयी। रूठी हुई लड़की हटकोरे लेते हुए रोने लगी और रोते–रोते ड्राइंग रूम में बैठे अपने पापा के पास चली आयी।

बेड पर लेटी हुई सुशील को बार–बार अब भी यह ख़याल सता रहा था कि प्रेमपाल की तरफ़ देखकर मुस्कराहट बिखेरना सच था कि अमर के कन्धे पर हाथ रखना। इन दोनों बातों को वो जैसे बार–बार किसी तराजू में रखकर तोलने लगती, कभी एक पलड़ा भारी हो जाता, तो कभी दूसरा, कैसे तोलती वो !

किसी के क़दमों की आहट सुनकर सुशील घबराकर उठ बैठी, जैसे वह चोरी करती पकड़ी गयी हो। अमर पानी का गिलास लिए उसके पास आकर खड़ा था।

"अगर तबियत ठीक नहीं तो कोई गोली वग़ैरह लाकर दूँ?" अमर ने उसके माथे को सहलाते हुए पूछा!

"नहीं, अब ठीक हूँ, यूँ ही शहर का धुआँ–मिट्टी–सा चढ़ गया था दिमाग़ को।" सुशील ने पानी के दो घूँट पिए और आराम की मुद्रा में शरीर को ढीला छोड़कर लेट गयी।

मैना तोते की कहानी

"तोता मैना की कहानी तो पुरानी, पुरानी हो गयी" किसी फ़िल्मी गाने वाली रिंगटोन बजती है। सुनकर मैं चौंक गया। मुझे मालूम है कौन होगा। यह रिंगटोन एक स्पेशल कॉलर के लिए सेट की हुई है, यूँ ही शरारत के साथ।

"मा...य...ना" मोबाइल अंग्रेज़ी लहजे में बोलता है। मैना ही है। उसका नाम स्क्रीन पर भी जगबुझ–जगबुझ कर रहा है। उसका नाम देखकर मेरे कानों को दिल की धक...धक सुनने लगी है जैसे किसी परीक्षा का नतीजा सुनने व देखने के समय होता है। अब भी नतीजा ही तो निकलने वाला है, मैना की हाँ अथवा नाह...। नाह शब्द दिमाग़ में लाने के लिए भी मन तैयार नहीं। मैना के साथ इतना कुछ जुड़ चुका है। वैसे भी ये कान नाह सुनने के तो आदी ही नहीं रहे। जो ठान लिया वो प्राप्त करके ही दम लिया है। तो इस बार...।

"हाँ तो मनमीत...?" मैं दिल को सँभालते हुए, स्वर को डगमगाने से बचाते हुए, पूरे संयम के साथ उसे पूरे नाम से पुकारता हुआ पूछता हूँ।

"घर में हो न? आ–जाऊँ मैं?" उसका लहजा पूछने की बजाय बताने वाला है जैसे कह रही हो तैयार रहो श्रीमान जी मैं आ रही हूँ। उसकी आवाज़ में मुझे मसखरी वाला सुर झलकता महसूस हुआ। पहले तो वह सदा 'सबमिस्व' सी टोन में पूछती होती है, "सर मे आई कम" जैसे कोई कमरे में आने से पहले पूछता है।

"श्योर... श्योर... वेल–कम, ऐनी गुड न्यूज़?" मैं अपनी उत्तेजना को बाँध नहीं पाया। अपने रिज़र्व स्वभाव के विपरीत ओपनली पूछता हूँ।

"सरप्राइज़ है... रियली बिग वन... फार योर इन्फार्मेशन मम्मी–पापा भी साथ आ रहे हैं, कहते हैं मुँह मीठा करवाना...ओ...के... टेक केयर... सी यू।" कहते हुए उसने फ़ोन काट दिया है। यह भ्रम है या सत्य मुझे अन्त में कोई नखरे भरी पु...अ...च...सी आवाज़ भी सुनाई दी है।

अचम्भित–सा हुआ मैं मनमीत के एक–एक शब्द को मथ रहा हूँ। मनोविज्ञान के विषय ने यह मेरी आदत ही बना दी है। आज उसने सम्बोधन भी सर कहकर नहीं किया। 'घर'... 'आ...जाऊँ', 'मुँह मीठा' तमाम शब्द उसके अचेत मन की किसी अनोखी लालसा की बातें करते प्रतीत होते हैं। शायद उसकी इस घर में रहने की तीव्र इच्छा हो। अब शायद की तो ख़ैर गुंजाइश ही नहीं रह गयी। यूनिवर्सिटी की प्रोफ़ेसरशिप और मनोविज्ञान के विषय का रिमोट हाथ में हो तो मन चाहे चैनल क्यों न चलेंगे? 'मनमीत या...।' सोचकर मुझे स्वयं पर अभिमान जैसा गर्व महसूस हुआ।

"सरप्राइज़!!!..." मनमीत के बोलों को मन–ही–मन में दोहराता हुआ सोचता हूँ, "अब कैसा सरप्राइज़ रह गया डियर, सब कुछ तो सफ़ेद दिवस की तरह स्पष्ट है। घरवालों से हरी झण्डी मिल गयी होगी और "कत्तणी को फूल लगने की तैयारियाँ होंगी" इस काव्यमयी–से ख़याल के साथ मेरी सोच को सुरूर आ गया, दिल को करार आ गया है, होठों पर मुस्कान खेलने लगी है। लो जीत ली यह जंग भी, जीत ही लेनी थी। हारने वाले ख़ानदान में तो मैं पैदा ही नहीं हुआ। मेरे पुरखों को यूँ ही तो नहीं जागीरें मिलती रही हैं। यूँ ही तो नहीं इलाक़े में निराली शान का परचम लहराता रहा। 'सरदारों का घर' वैसे ही तो नहीं कहा जाने लगा गाँव में। जाट तो भले वहाँ सारे ही थे लेकिन सरदार जाटों का तो हमारा एक ही घर था। यूँ सरदारों की तरह सोचना तो मुझे घुट्टी में ही मिला है। सामान्य जाटों की तरह सोचने वाले की हमारे घर में होती टोका–टाकी बचपन से ही देखता आया हूँ। वह बात मुझे अब भी याद आ रही है जो मेरी चढ़ती जवानी के समय घटित हुई थी। मेरी गठीली क़द–काठी देखकर हमारा

खाना बनाने वाली महरी ने माँ से किसी जाट लड़की के साथ रिश्ते की बात करनी चाही थी।

"अरी, सरदारों की लड़की है?" माँ ने दोहराकर भेद लेना चाहा था।

"नहीं बीबी जी, जाटों की ही है, वैसे ज़मीन–जायदाद बहुत है, घर भर देंगे, लड़की की तो पूछो ही मत, परियों–सी सुन्दर है।"

"देखो तो सही, न अकल न मौत अरी कहीं मोरी की ईट भी चौबारे को लगी है भला? आगे से न ऐसी बावली बात करना मेरे सामने, नहीं तो फिर मुझसे बुरा कोई नहीं।" माँ ने महरी को डाँट–डपट कर बिठा दिया। फिर महरी ने तो या गाँव के किसी अन्य जन ने भी ऐसा पागलपन करने की हिमत नहीं की थी। इससे मुझे भी पता चल गया था कि सरदारी क्या होती है और इन मामलों में माँ की तरह कैसे सोचा जाता है।

फिर जब मैं यूनिवर्सिटी में लेक्चरर लग गया तो 'चौबारा' और भी ऊँचा हो गया। न जाने कितनी लम्बी, गोरी–चिट्टी, पतंग–सी पतली लड़कियाँ मेरी इन आँखों ने देखी होंगी मगर अन्त में रदद् कर दीं। कोई भी मुझे अपनी भीतर की सरदारी के माप की न लगती। चालीसवाँ वर्ष गुज़रते हुए कहीं अन्दर से यह ध्वनि भी सुनने लगी थी कि शायद संसार में ऐसी कोई लड़की होगी ही नहीं। परन्तु नहीं, यह सत्य नहीं था, पहली बार मनमीत को देखकर ऐसा ही लगा था। कामना के सूखे बाग़ जैसे क्षण भर में हरे हो गये थे। मेरी पीएच.डी. की पुरानी स्टूडेंट गुरजोत के साथ वह मुझे विशेष तौर पर मिलने आयी थी।

मगर मुझे तो जैसे कुछ भी नहीं सुन रहा था जो गुरजोत बता रही थी। मेरा ध्यान तो मनमीत के सौन्दर्य और सलीके पर टिका हुआ था। उसने पूरी बाजू वाला घेरेदार सफ़ेद रंग का अनारकली स्टाइल कुर्ता पहना हुआ था। रेबदार पजामी और कढ़ाईदार जूती खूब जँच रही थीं। बड़े पनहे के दुपट्टे के साथ उसने आधा सिर ढँक कर घूँघट निकालने की तरह दुपट्टा तिरछा–सा किया हुआ था। छल्ला, बारीक चेनी और मोतियों वाले लांग शेप टॉपसों के साथ उसका हुसन और

निखर आया था। लिपस्टिक इतनी हल्की गुलाबी कि होठों के कुदरती रंग के साथ हिलमिल गयी लगती थी। देखने वाले का मन उसके किसी अंग की छोटी–सी झलक पाने के लिए तड़प उठता लेकिन उसने अपने यौवन को यूँ सँभाल रखा था कि हवा भी सिर्फ़ हाथों और चेहरे को तनिक स्पर्श कर सकती।

यदि माँ उसके ऐसे अद्‌भुत सौन्दर्य को देख लेती तो उसके मुँह से स्वयं निकलना था, "बेटा यह होता है सरदारी रूप।"

मनमीत की ओर मैं मन्त्रमुग्ध हुआ देख रहा था लेकिन गुरजोत लगातार गहरा–सा मुस्करा रही थी। इसलिए मुझे भी एक झटके के साथ अपनी वास्तविक दुनिया में लौट आना पड़ा। फिर मैं अपनी शर्तें बताता गया। मनमीत सिर के हलके से अदायगी भरे संकेत के साथ स्वीकार करती रही। शायद किसी भी क़ीमत पर मेरा इनकार नहीं सुनना चाहती थी। उसकी कमज़ोरी मैंने भाँप ली थी। "सर जिस टॉपिक के बारे में मैंने काम करने का मन बनाया है, शायद कोई मैरिड टीचर उस बारे में बायस हुए बग़ैर नहीं सोचेगा। केवल आप ही ऐसे काम्पलेक्स से मुक्त होकर मुझे ठीक सजेशंस दे पायेंगे, मेरा यह विश्वास है।" उसने भले ये सब मेरी प्रशंसा की ख़ातिर ही कहा हो मगर कहने का अन्दाज़ मुझे लाजवाब लगा था। अपनी पतली गोरी उँगलियों की अदा से वह यूँ बता रही थी कि मुझे पल भर फ़िल्म 'उमराव जान' में रेखा का जलवा, 'दिल चीज़ क्या है, आप मेरी जान लीजिए' जीवन्त हो गया लगा।

"क्या टॉपिक सोचा है?" मैं अपनी उत्सुकता छिपा न पाया।

"सर टॉपिक है, तोता–मैना की लोक–कथाओं का राजनैतिक अवचेतन : समकाली न सामाजिक सन्दर्भ में।"

"रियली इनोवेटिव!! या हाइपोथीसिस है प्रारम्भिक स्तर पर?" मेरी जिज्ञासा जाग उठी थी।

"सर इन माई ओपिनियन, बेवफ़ाई अथवा धोखे का मसला जेंडर बेस्ड नहीं लगता। स्त्री–मर्द दोनों परिस्थितियों के अधीन छल करते आये हैं। छल करने वाला पक्ष उतना ही सफल होता है जितना वह

दूसरे पक्ष की कमज़ोरियों व सपनों को समझकर दाँव खेलने के योग्य होता है। सर यह अवधारणा मुझे समकालीन सामाजिक प्रसंग में भी रेलेविंट लगती है।" संक्षेप शब्दों में अपने विषय के बारे में बात करते हुए वह मुझे पुख़्ता सोच वाली लगी थी। ऐसी पुख़्तगी लम्बे अभ्यास से आती है परन्तु वह तो शुरू में ही... । लगा सूरत और सीरत का अद्‌भुत सामंजस्य थी मनमीत। भीतर ही भीतर मैं उसके बारे में 'पोजेसिव' होकर सोच रहा था। डॉक्ट्रेट के बाद मैं उसे विभाग में ही सेट करा लूँगा। मनोविज्ञान के बाटों से मैं ने माप–तौल कर देखा तो यही सारांश निकला कि मनमीत भले ओवर एम्बिशियस भी हो लेकिन "...सब्मिस्व" और हाँ में हाँ मिलाने वाली होगी। अति शीघ्र मेरे व्यक्तित्व के ढांचे में ढलकर मेरा ही रूप हो जायेगी। इसी की तो मुझे तलाश थी। ये तो वही बात हो गयी "रब ने दी गाजरें बीच में रम्बा रख कर।" कुछ ही दिनों में मनमीत काम में यूँ जुट गयी कि थीसिस उसके लिए मछली की आँख और पुस्तकें अर्जुन का तीर लगने लगीं। छुट्टी वाले दिन भी काम में लगी रहती। शाम को मेरे कैम्पस वाले घर में आकर भी डिस्कस करती रहती। मेरी मनोवैज्ञानिक समझ बताती थी कि पहले मुझमें और फिर घर में उसकी रुचि बढ़ने लगी थी। थीसिस के बारे में बात करते हुए अचानक वह किसी–न–किसी बहाने से मेरे निजी और पारिवारिक बैकग्राउंड के बारे में जानकारी लेने लग जाती।

"सर, पेरेंट्स ने कभी आपकी मैरिज के लिए दबाव नहीं डाला?" सीधा आँखों में झाँकते हुए वह आत्मीय भाव से पूछती।

"बहुत प्रेशर डालते हैं, लेकिन कोई लड़की मन को भाती तभी तो बात आगे बढ़ती।" मैं बताता।

"वैरी मच राइट सर, कोई लाखों में एक ही आपके माप की हो सकती है। आप तो जिस पे उँगली रख दें, उसी की हाँ होगी, मुझे यकीन है, सर।" वह मुस्कराते हुए मेरी प्रशंसा के पुल बाँधने लगी।

मैं भीतर से प्रसन्न था। मेरा रिमोट पूरी तरह काम कर रहा था और मनमीत उसी दिशा की ओर चल पड़ी थी जिधर मैं चलाना चाहता था। उस समय तो मेरे आश्चर्य की सीमा न रहती जब मनमीत मेरी

उन इच्छाओं को भी समझ लेती जो मैंने अभी किसी भी जेस्चर के साथ बाहर न निकाली होतीं।

"सर, चाय पीने का मन है?" कई बार काम करते हुए वह अचानक पूछती और मेरे कुछ कहने से पहले ही किचन की ओर जाने के लिए उठ जाती।

"ओ माई गॉड!!! कैसे टॉपिक का चुनाव कर बैठी मैं, काम्पलेक्स प्रॉब्लेम है सर, ह्यूमन बिहेवियर के बारे में परडिक्ट करना, यहाँ आकर बेचारी साइकॉलोजी को भी ब्रेक लग जाती है, आई थिंक पहले चाय पीते हैं, फिर रिफ्रेश होकर इस समस्या का सामना करेंगे।" कहते हुए वह किचन की ओर चली जाती।

मैं अधलेटा–सा सोफ़े पर बैठा उसकी छोटी–से–छोटी हरकत को निहारता रहता। वह टी–पेन उठाती, पानी डालती, गैस पर रखती तो किसी भी चीज़ की ज़रा भी आवाज़ न होने देती। यूँ लगता जैसे किसी दिव्य शक्ति ने चाय बनाकर कपों में डाल दी हो। घर में इस प्रकार की बे–आवाज़ नारी–अस्तित्व की तो मैं कभी कल्पना नहीं कर पाया था कि वह हवा की भाँति महसूस हो, सुख दे, मगर नज़र न आये। ट्रे में केतली, कप, मिल्क पॉट, शूगर क्यूब्ज का पैक बिस्कुट और नेपकिन रखे वह किसी स्टेजी अदाकार की तरह यूँ अडोल–सी चली आती दिखती कि देखकर मन सुकून से भर जाता।

'मनमीत में यह कोई अद्भुत सेंस थी कि छलावे की तरह सामने वाले की इच्छा के अनुकूल रूप धारण कर लेती।' यह विचार अक्सर मन में आता। "ये सब कहाँ से सीखा है मनमीत?" हर बार यह जानना चाहता मगर पूछता न। मेरा मन चाहता काश यह थीसिस वर्क यूँ ही चलता रहे, उम्र भर कभी समाप्त न हो। किसी मनोविज्ञानी ने ठीक ही कहा है कि मनचाही स्थिति में काम भी खेल बन जाता है। सच ही तो था। थकावट शब्द तो हमारी सोच के शब्दकोश में से जैसे ग़ायब ही हो गया था।

"मनमीत तुझे थीसिस सबमिट करने की इतनी जल्दी क्यों है? कोई प्रेशर है?" मनमीत के चले जाने के ख़याल से भय आने लगता तो मैं पूछता।

"येस सर, वही प्राब्लेम विवाह वाली जो भारत की नब्बे परसेंट लड़कियों के सिर पर तलवार की भाँति लटकती रहती है। मेरी उम्र बढ़ती है और पेरैंट्स की हाइपरटेंशन। मुश्किल से ही थोड़ा–सा समय मिला है।" उसने बादलील ढंग से बताते हुए कप होठों को लगाया और बिना सुड़ाका मारे सहज व सलीके के साथ चुस्की भरी।

"यू आर वेरी मच राइट, मेरी एक स्टूडेंट को शादी करके पीएच. डी. बीच में ही छोड़नी पड़ गयी थी।" मैंने अपना खदशा ज़ाहिर किया।

"नो सर, इस ओर से मैं डेफिनेटिली क्लियर और अस्रटिव हूँ, मैं पेरैंटस को पूरी रैस्पेक्ट देती हूँ मगर घर में मेरी मर्ज़ी के बिना ऐसा–वैसा कुछ नहीं हो सकता। यू नो सर अरेंज्ड मैरिज ने गुरजोत दीदी की ग्रोथ को कैसे स्टक किया है। बेचारी पाँच सालों से पीएच. डी. में अटकी हुई है। सर मेरी फ्लाइट्स ज़रा ऊँची व और हैं।" मनमीत की आँखों में आत्मविश्वास की चमकती लकीर देखकर मुझे भय–सा लगा। इसलिए मैंने फिर से पूछा, "और मीन्ज़? ऐनीथिंग अल्ट्रा– मॉडर्न?"

"सर नॉट सो कॉल्ड अल्ट्रा–मॉडर्न, बट एकेडेमिक। टू बी वैरी फ्रेंक मेरी एम्बिशन इस फील्ड में ऊपर तक जाने की है। इस लिए मैरिज भी यही सोचकर करनी है कि पोस्ट–डॉक्टरेट वाली रिसर्च के लिए अपने इस यूनिवर्सिटी कैम्पस जैसा माहौल मिले। कम्पेनियन मैच्योर हो मेरे सपनों की पूर्ति के लिए सहायक बनने वाला, ससुराल की लायबिलिटीज़ कम–से–कम हो, अपने सब्जेक्ट पर मैं कन्संट्रेट कर सकूँ... आपके भाँति ही... यू नो वैरी वैल सर... नो नीड टू एक्सप्लेन।" कहते हुए वह सहज स्वभाव ही ड्राइंग रूम की उस दीवार की ओर देखने लगी जिस पर मेरी फ़ोटो लगी हुई थी। इत्तेफ़ाक की बात थी कि वह पिक्चर मैंने कभी मैट्रीमोनियल परपज़ के लिए ही खिंचवाई थी।

कोई कुँवारी लड़की भला इससे ज़्यादा और क्या कह सकती थी? मनमीत के उत्तर में सब कुछ तो सफ़ेद दिन की तरह साफ़ था। अपनी मनोविश्लेषणी समझ के घोड़े और दौड़ाने की मुझे भला अब क्या ज़रूरत थी? अब तो युद्ध जीत चुकी फ़ौजों के आराम करने का

समय था। मैंने सोफ़े पर फैलकर बैठते हुए बैक पर रखा सिर ढीला छोड़ दिया।

"सर यदि रिलेक्स हो गये हो तो फिर पी हुई चाय का लाभ उठाया जाये अब?" मुस्कराते हुए मनमीत ने अपने चेप्टर की पाण्डुलिपि मेरी ओर सरका दी।

"ओ... श्योर।" मैने सीधा होकर बैठते हुए कहा, "मनमीत इस बात पर तो तेरा थैंक्स करना बनता है। सच में मैं अपने शोध कार्य में ढीला पड़ने लगा था। तेरे आने से फिर से तेज़ी महसूस होने लगी है। यूँ मिलजुलकर हम बहुत कुछ नया एचीव कर सकते हैं।" मेरी प्रशंसा का तीर ऐंन ठिकाने पे लग गया। मनमीत की नम नज़रों ने इस बात की गवाही भरी।

"मैं क्या हूँ सर, ये सब आपकी महिमा है जी। और हम तो ख़ैर यत्न ही कर सकते हैं, न जाने फ्यूचर के गर्भ में क्या है?" मनमीत बेवजह निराश–सी हो गयी। शायद मेरी 'ओवर पोजेसिवनैस' से घबरा गयी हो। उसका ध्यान बदलने के लिए मैंने चैप्टर पर नज़रें घुमाते हुए पूछा, ''मनमीत हम हाइपोथीसिस को थीसिस में बदलने के लिए किस कथा को बेस बना रहे हैं भला?''

"सर, वही किसान की औरत वाली कथा को। अकाल के दिनों में बनिए से अनाज लेने के लिए जो अपने यौवन की युक्ति का प्रयोग करती है। फ़सल आने तक बनिये को बहानेबाज़ियों से टाल–मटोल करके अपना जत–सत भी कायम रखती है और परिवार का कठिन समय बिता देती है।" मनमीत कथा का सारांश बताती है।

"ठीक... इसमें सत्तावान और सत्ताहीन के हितों का संघर्ष भी है और अपना काम निकालने के हुनर के प्रयोग का कमाल भी... यू आर एब्सोल्यूटली करेक्ट।" मैंने मनमीत को दाद देने की तरह कहा।

"सर मोर–ओवर एक कोण से औरत धोखेबाज़ लगती है, दूसरे से बनिया और तीसरे से किसान जो पत्नी पर शक भी करता है और मतलब निकालने के लिए उसका प्रयोग भी करता है। आई थिंक मामला बहुत काम्पलेक्स है। सर मेरे अनुसार सत्य जानने के लिए

हमें सभी कोणों पर खड़े होकर देखना पड़ेगा, एम आई राइट सर?" मनमीत ने मेरी ओर इस तरह देखा जैसे कहना चाहती हो हम दोनों में अब दो राय की गुंजाइश कहाँ है? या शायद मैंने ही उसकी नज़रों के ये अर्थ निकाले।

'क्या सच में हम एक जैसा सोचने लग पड़े थे?' एक मनोविज्ञानी के तर्क के साथ सोचते हुए मुझे यह अनहोनी–सी बात लगी। 'भला दो व्यक्तियों का दृष्टिकोण एक–सा कैसे हो सकता है? वो भी यदि दोनों औरत–मर्द हों? चलो विचित्र ही सही विचित्र बातें भी तो इसी संसार में घटित होती हैं।' सोचते हुए मैंने अपनी शक्की दुविधा को शान्त करने का प्रयत्न किया। शान्त होकर सोचता तो लगता कि मुझे मनोविज्ञान के फोबिए ने घेर लिया था। मुझे साधारण बातें और हरकतों के गहरे मीनिंग ढूँढ़ने का रोग लग गया था। थीसिस मुकम्मल करने, टाइप कराने और शीघ्र सब्मिट करने के झंझट में उलझी मनमीत मेरी ओर से ज़रा–सी बेध्यान हो जाती तो मैं उसे कोई और ही अर्थ देने लगता।

"मनमीत क्या तू ज़रूरत से अधिक शीघ्रता नहीं कर रही?" मेरी आवाज़ में से तलखी झलकने लगी थी।

"सर, सॉरी, यू नो सर्दी की ऋतु भागी जा रही है, इस बार मैंने इसे यूँ ही नहीं जाने देना, यदि थोड़ा–सा भी काम अटका रह गया तो विवाह में बाधा पड़ जानी है। सो हर तरीक़े से काम फिनिश करना है, प्लीज़ हैल्प मी सर।" मनमीत की मिन्नत मेरी सारी तल्खी पी गयी। मैं फिर से सहज हो गया।

अपना काम ख़त्म करके जिस दिन मनमीत जाने से पहले मिलने आयी, उस दिन भी गुरजोत साथ थी। न जाने ऐसे विशेष अवसर पर वह गुरजोत को क्यों साथ ले आयी थी। कोई भी बात खुलकर नहीं हो रही थी।

"ले भई मनमीत तेरा टारगेट तो पूरा हो गया, अब लड्डू कब खिला रही है?" वैसे ही जो बात मैंने पूछनी थी, वह गुरजोत ने पूछकर मेरा काम आसान कर दिया।

"बस वायवा होने से पन्द्रह दिन बाद तैयार रहना।" हँसते हुए मनमीत ने कहा गुरजोत को मगर जैसे मुझे सुनाकर। मैं समझ गया। अब इस बारे में ओछे ढंग से कोई बात करने की ज़रूरत भी नहीं थी। हम लोग आम साधारण बातें करते रहे।

मनमीत के जाने के बाद एक दिन मन में आयी कि माँ से भीतर की बात साँझी करूँ, 'माँ मुझे तेरी पसन्द की लड़की मिल गयी है, है तो जाटों की लड़की मगर सरदारों की बेटी से चार रत्तियाँ ज़्यादा ही है। सौन्दर्य–सलीका सरदारनियों जैसा और बुद्धि इक्कीसवीं शती की लड़कियों जैसी, है न कमाल?' फिर रुक गया। सोचा पहले अच्छी तरह हाँ हो जाये और फिर सरप्राइज़ दूँगा।

आख़िर मनमीत का वायवा भी हो गया और उसके बाद घर में आये हुए उसे महीना भर हो गया था लेकिन अभी कोई पॉज़िटिव ख़बर नहीं आयी थी। मन में कई बार शक का नाग पुनः फन उठाता तो उसे शान्त करने के लिए बात को दूसरे कोण पे खड़े हो देखने लगता। घर वाले उम्र के अन्तर वाला इशु न बनाकर बैठ गये हों, शायद वह कनविंस कर रही हो। कभी स्वयं फ़ोन करके पूछने का ख़याल आता परन्तु उस समय भीतर सरदारी वाली ईगो की चिंगारी धधकने लगती। यूँ पहल करके चाहत दिखानी तो झुकने वाली बात समझी जानी थी।

एक दिन टेढ़े ढंग से गुरजोत से पता करने की कोशिश की, "गुरजोत तेरी सहेली के लड्डुओं का कोई समाचार नहीं?" मैंने मज़ाक़ में कहा।

"क्या पता है सर, फ़ोन भी नहीं उठा रही, शायद नम्बर बदल गया है।" स्वयं गुरजोत ने भी हैरानी प्रक्ट की।

"अब किस बात में बिज़ी होगी?" मैंने कोई भेद निकलवाने के इरादे से पूछा।

"कोई नया रोल कर रही होगी सर।" कहकर गुरजोत खिलखिलाकर हँस पड़ी।

"नया रोल?" मैं कुछ और ही सोचकर सीरियस हो गया।

"जस्ट जोकिंग सर, असल में यह मनमीत का ईड़ियम है, कॉलेज

में थियेटर किया करती थी। अपने प्रत्येक कार्य को रोल ही कहा करती थी, कहती थी अनारकली का रोल कर रही हूँ, एम.ए. करने का रोल कर रही हूँ, रिसर्च स्कॉलर का रोल किया जा रहा है। बहुत फनी क़िस्म की है सर मैना तो।" गुरजोत ने हँस–हँस कर लोट–पोट होते हुए नया रहस्य–सा पैदा कर दिया।

गुरजोत की हँसी–हँसी में की बातों ने मेरे दिमाग़ को और ही दलीलों में डाल दिया। "कभी थियेटर करने की बात तो नहीं की मनमीत ने?" मैं इस भेद के अर्थ ढूँढ़ने लगा। कभी–कभार अपनी मनोवैज्ञानिक समझ ख़ाली लगने लगती। अजब उधेड़ बुन में था कि आज सुबह मनमीत की फ़ोन कॉल ने 'सरप्राइज़' दे दिया। उसके दो बोलों ने सब संशयों की मैल को धो डाला था।

मैं जल्दी–जल्दी तैयार होने लगता हूँ। तैयार तो चाहे पहले ही था मगर ज़रा अलग तरह की तैयारी करनी है। चाहता हूँ मनमीत के माता–पिता को पहली ही नज़र में जँच जाऊँ। कपड़ों वाली अलमारी खोली है। पगड़ियों के ढेर तले दबी गुलाबी रंग की पगड़ी छाँट ली है। इसके साथ हल्के लैमन रंग की सिलकी क़मीज़ ठीक रहेगी। न जाने कब क्या सोचकर ली होगी, वैसे इसकी चमकती आभा करके कभी विभाग जाते हुए न पहन पाया। क़मीज़–पगड़ी के साथ हल्के ब्राऊन कलर का कोट–पैंट मैच करना है। ये तमाम रंग शगुन वाले होने के कारण चुने हैं। बहुत देर बाद लम्बी–तीखी नोक वाले लूई फिलिप के जूतों को डिब्बे में से निकाला है। पूरे चाव के साथ चिनकर पगड़ी बाँध ली है। मन की तसल्ली के लिए पहले से ही प्रेस दाढ़ी के बालों को डोरी के नीचे करने के लिए सिलाई फेरता हूँ। चैनल–फाइव ब्रांड के सैंट का स्प्रे करते हुए मन में लतीफे–सा ख़याल आया, 'अब तो केवल कलगी लगाना शेष है।' शीशा देखते ही मेरी हँसी छूट गयी। पुत्र जट्टा दे... अपनी सरदारी वाली शान देखकर पुराना गीत स्वयमेव होठों पर नाचने लगा है।

दीवार पर लगे क्लॉक की ओर देखता हूँ। समय ठहर गया लगता है। टाइम पास करने के लिए ड्राइंगरूम में आकर टी.वी. आन कर लिया है मगर उसमें मन नहीं लग पा रहा। फिर इधर–उधर टहलने लगता हूँ। 'ट... अ... न...' बेल बजी है।

क़िस्मत पुड़िया खोलने की तरह सँभलकर दरवाज़ा खोलता हूँ। देखकर हैरान होता हूँ। मनमीत की जगह बाहर जैसे कोई और ही प्लस–टू पास चुलबुली–सी लड़की खड़ी है। स्काई ब्लू जींस के साथ उसने काले रंग का स्किन फिट टॉप पहन रखा है। कानों में आर्टिफिशियल लटकते हुए छोटे–छोटे बाले हैं। डीप गले के टॉप में से यौवन टप–टप टपकता जाता है। 'यह क्या पागलपन किया है आज इसने, रब्बिश, नॉनसेंस' मनमीत का नया रूप देखकर गाली–सा ख़याल मेरे भीतर से करंट की तरह कौंधा। मनमीत की ओर से ध्यान हटाकर मैं उसके पीछे खड़े माँ–बाप को ज़रा झुकते हुए सति श्री अकाल कहता हूँ। वह मध्यवर्गी किसानी से सम्बन्धित सीधे–सादे जाट लगते हैं।

ड्राइंगरूम में बैठते ही मनमीत के पापा दोनों हाथ जोड़कर बोलने लग जाते हैं, "प्रो. साहब मैना तो दिन–रात आपका गुणगान करते नहीं थकती। बहुत सहायता की आपने इसे ऐसी ऊँचाई तक पहुँचाने के लिए। स्याने कहते हैं बच्चे पर टीचर का अधिकार माँ–बाप से कहीं अधिक होता है। हमारा सौभाग्य है जो आपके साथ मेल–मिलाप का सबब बना।"

फिर वह खुशी के साथ काँपते हाथों के साथ लिफ़ाफ़े में से ड्राई–फ्रूट का बहुत सुन्दर पैक निकालकर मेरी ओर सरकाता है। शर्माने की जगह मनमीत हँसते–हँसते सब कुछ ग़ौर से देख रही है। नम्र होकर मैं पैक पकड़कर मेज़ पर रख लेता हूँ। पैक के ट्रांसपैरेंट कवर में से मुझे एक कार्ड दिखाई देता है। तिरछी नज़र से मनमीत की ओर देखता हुआ मैं कार्ड पढ़ने का प्रयत्न करता हूँ। 'दिलजीत वेड्ज मनमीत' पढ़कर मुझे पसीना आ गया है। "सरप्राइज़... रियली बिग वन...!!!" कहते हुए मैं खिसियानी–सी हँसी हँसते हुए मनमीत की ओर देखता हूँ।

"सर... दिलजीत वाज़ माई क्लासफेलो, इनफेट मोर देन... नैट क्लियर करके उसे पंजाब यूनिवर्सिटी में अपॉइंटमेंट मिल गयी है। हार्ड वर्किंग और नाइस फेलो है... बिल्कुल आप ही की तरह। ही वाज़

जस्ट वेटिंग फॉर माई डॉक्ट्रेट। थैंक्स अ लॉट सर।" मन्द–मन्द मुस्कराते हुए वह सब कुछ बता रही है जिसकी पूरे तीन साल भाँप भी नहीं निकलने दी।

"सर, वन इन्ट्रेस्टिंग थिंग, ही इज़ फांड ऑफ़ मॉडर्न थिंग्ज़, उसके लिए यह...।" उसने अपने दोनों हाथों को सिर से पैरों तक ले जाते हुए अपने नये रोल की व्याख्या करनी चाही मगर मुझे अब उसकी ऐसी बकबक में कोई रुचि नहीं है।

'ड्रामेबाज...' मन में सोचता मैं अपने लावे को मुश्किल से सँभालता हूँ। बाहर से सहज दिखने की कोशिश करता हूँ पर भीतर से किसी पराजित योद्धा की तरह बदले की आग में जल रहा हूँ। उन छोटे लोगों के सामने असहाय नहीं दिखना चाहता। सोचता हूँ। 'जब मौक़ा मिलेगा तो बताऊँगा। रे कुतिया तुम अब इस कहानी को ख़त्म हुई न समझना, याद रखना भागते हुओं के रास्ते एक जैसे ही दुर्गम होते हैं।' साँस चढ़ने से मेरी आँखों के आगे अँधेरा छा गया है। सीने पर कोई लाखों मन बोझ आ पड़ा है। यूँ लगता है जैसे शिखर से गिरे चौबारे के मलबे के नीचे दबा हुआ मैं निकलने के लिए पूरे ज़ोर से कराहने का प्रयत्न कर रहा होऊँ मगर मेरी आवाज़ हलक में फँसी पड़ी हो।

वाणी
प्रकाशन
ग्रुप

भारतीय
ज्ञानपीठ

वाणी प्रकाशन : भारतीय ज्ञानपीठ की पुस्तकों के एकमात्र प्रकाशक एवं वितरक